ZUI
最世文化

千秋

落落 著

目录 　　千秋

背日

过了几分钟，他重新蹬上自行车，继续一路往前问西，背日的方向。

一

周二的午休时间，我在教务主任的介绍下见到了曹前。他推门走进办公室，寻常的学生模样，晒得黑，头发有些毛乱，藏蓝色的长裤盖住鞋面。

教务主任对他说："这位就是电视台的李编导，她负责这次的拍摄。"

我就着茶杯朝曹前点点头算是招呼，一边忙于吐掉嘴里的茶叶。

教务主任身子侧向他，用长辈的语气："怎么样？家人都讨论过了吧。有什么具体的想法可以对李编导提的。不必紧张，也别有什么思想负担。这又不是一件坏事。"

仿佛仍有拘谨，男生目光垂向地板不说话。

"那等放学我们先去你家实地看看吧，"我接过话头，"前期的提纲眼下还在准备，所以特别需要听听你们的要求。尤其是我想和你哥哥聊一聊——"

"但我哥他不太方便聊天……"他这时打断我。

"不是真的要'聊天'，"教务主任插进来解释，"编导总得先见见你哥哥，毕竟这次拍摄的主角是他。"见男生动了动嘴巴却没做声，她淡淡地皱起眉头。

"听班主任介绍，弟弟成绩一般，不太上进，其他方面也没什么拔尖的。"等曹前离开之后，教务主任对我说。

我理解她的意思，"不要紧。如果我打个报告上去，说这次的主题是'背负残疾兄长的愿望，弟弟发奋图强'这种故事，反而不会被批准啊。"

教务主任很快笑着，"确实，那样太老套了。"

我等在驾驶座里，没一会儿发现了放学人群中的曹前。像每个傍晚都会出现在马路上的学生一样，书包侧袋塞瓶饮料，习惯性驼点儿背，看见我之后才板直起来。而他流露出很明显的局促神情，在我招呼他上车时，虽然先碰到副驾驶一侧的门把手，最后却是打开后排的车门钻进来。

　　沿着高架从南往北开，下了桥以后仍有一段路，感觉车内的气氛过于紧绷了，我回头看一眼。

　　"平时怎么上学？坐地铁？看你家离学校也不算近啊。"

　　对于我突然的问话没准备，男生条件反射般"啊？"一声，接着才放低声音："……我骑自行车，大概半个小时多点儿。"

　　"啊，那也挺长时间的吧。"

　　"嗯……"

　　"父母还在工作吗？"

　　"妈妈几年前申请了提前退休，爸爸还没有。他在厂里上班。"

　　我点点头："听说你比你哥小八岁？现在读高二？高一？"

　　"读高一。"

　　"那家里的事——照顾你哥哥之类——都是妈妈在忙了？"

　　"嗯。"

　　"很辛苦吧。"

　　"嗯。"始终一致的回答。

　　我抬起眼睛从后照镜里看了一眼。男生脸朝着窗外，入夜后路两旁打起间隔的灯光，跳过男生的眼睛落在鼻梁两侧。

　　月初接到的新企划，确定下期特辑为关爱残障人士的纪录片。当时我刚从外省追踪采访了几个月回到家，累得散架，但得到上司称赞说播出后的反响很好，他用虽然官腔可仍然颇具蛊惑力的口吻做结尾，"有前途啊，小李，好好加油！"同事也传来若有似无的风声，暗示似乎我若保持这副势头，年末时离晋升也不远了。

　　她们拿稍带酸意的口气搭话着，凑近我的电脑，"喏，这家人就是下期的拍摄对象？"

　　"嗯，是这位，"我伸出手指，"这边的哥哥。"

　　"是么——他怎么了？"

"唔，他是……"我翻开手边的资料夹，"小时得过小儿麻痹，落下了残疾。"

对方愣了愣，随后毫不避讳地笑着，"啊，就这样？听来还真普通呀。"

"确实是。"我点点头。

"哦，但有你出手的话肯定不同了。红人哦，完成后一定要让我们好好观摩学习一下哪。"

我笑笑，用鼠标关闭了图片窗口。

"到了。"曹前说。

车停在一片小区楼房前，时间颇为久远的老式小区，不过骤增的私家车还是把狭窄的过道占据得满满当当。

我跟着曹前走，直到他停在一户门牌前，"就是这里，我家在二楼。"

我仰起脖子，"唔，那儿啊。"

"小心这里有个铁钩。"曹前推开底层铁门，"之前我哥还被它磕破过……他这人原本走路就不怎么利索了。"

他先几步走上台阶，书包蹭着扶手栏杆，发出嚓啦嚓啦的声音，像藏着十几只蝉虫的翼，"但我哥心里很清楚的。他什么都知道。"

包括肌肉萎缩在内的后遗症，带给病患的多为身体机能上的损伤，一般不会对智商产生影响等等等等，这点儿我当然也明白。但实际接触曹前的哥哥，仍比想象更严重。几乎完全丧失劳动能力的程度，说话吃力且浑浊不明，必须依赖家人的翻译（回忆起曹前最初在办公室里的话，也不是没有道理）。而仅仅想象把这样的病患推到镜头前，他伸着已经畸形的双手努力要表达什么，连我也觉得那未免是过于凄惨和不人道的景象。

"唔……单从哥哥本身作为切入点的话确实很不合适的感觉……"后来遇见上司，他问起新专题的准备进度时，我回答说。

"那其他的，比如家人方面呢？"

我回想两位普通平凡的老人，脑海中又浮现曹前的样子。到家后男生一直待在厨房门口，我偶尔瞥去才注意那里还有只小猫。猫凑着食盘在吃饭，曹前蹲在一旁。而当时看见这一幕的我好像也顺便问了句：

"家里有养猫？"

"哦，是，是。"做父亲的赶紧站起来要把它抓来给我看似的，在我连忙表示不必要时他又坐到桌边，"养了两个月。曹前带回来的。猫也乖，就是坏了一条腿，但不招事，所以养就养着了，况且他哥也特喜欢。"一直抱着异常谦卑以至于悲伤感觉的老人，在访问过程里絮絮说着感谢的话和哭诉的话，所以关于"猫"的部分，也只是一笔带过般简短而已。

——回想起这一幕。

二

"听说是你抓来的？"我问曹前。

"嗯，它那时刚生下来没多久，小得一丁点儿，躲在轿车底下叫了几天。"

"有爱心啊。"我惯性地夸他，"小猫很娇嫩的。"

带着导演和摄影师上门做准备，一周后我第二次来到曹前的家。人一多，显得空间愈加小，我退到厨房。曹前也被母亲支使来泡茶，男生从吸油烟机上的厨门里找到茶叶罐头，一边若有所思地点头：

"开始只是顺道去看它。我总感觉它活不长似的，但又不敢带回家，怕我妈发火——"

这时出现的曹妈妈从后面敲男生的头，"你不要把我说得那么凶呀，养猫养狗本来就不是小事，你们这种小孩脑子一热又不考虑后果的。"男生不理，继续往下说："那时我想买火腿肠喂它，但店里的老板娘又说那么小的猫吃不了这些。"

"哦是吗？没法消化？"

"也许吧……后来有天我路过那辆轿车旁，猫却突然跑了出来，跟着我的脚，一边叫一边绕着我转……那天刚刚下过雨，我猜它大概真的太冷了吧，就觉得干脆带回家算了。"

"我说吧，脑子一热，冲动的。"曹妈妈在一旁很肯定地说。

"是认识你了，对你有感情了啊。"我转向男生。

"这杯给您。"曹前将一个玻璃杯递过来。

"哥哥也喜欢它？"

"是啊，幸好哥哥也喜欢。你知道他不方便活动，但小猫又喜欢跳在他腿上睡觉。我想也好，算是个伴。"曹妈妈回答我。

"上个月我哥还让我们买超市里那种罐头里的猫粮给它吃，为这我妈还跟他生过气。"

曹妈妈从柜子里拿出猫粮罐头来给我看，一边说："其实这些花里胡哨的有什么用，都是浪费钱。以前养猫，馒头青菜甚至油条，杂七杂八什么没有，不照样喂大了。"

而原先不知躲在哪处的小猫闻到罐头的味道，很快出现在我们脚边，喵喵叫着，蹭人的裤腿。

我这时才稍微看清它的长相。寻常的小白猫，除了背上落着块黑斑。还小，也瘦，三角形的脸，显得耳朵分外大，一片粉红色。而醒目的是右前腿，大概是被什么压折过，在末端朝里拐，猫好像捧着个数字"7"。

"好在还能跑能跳的。"曹前一边对我说明，一边蹲下身擦干净它的眼角，念一句"脏鬼"。

猫回答般叫了声，声音还很纤细，浅得好像没擦干净的粉笔字。

"明天就正式开拍了，"我放下茶杯，"因为要持续跟拍两个月，接下来我就不跟着了，之前留了手机号码给你们吧？反正有什么问题，直接打电话给我也行。"

"明天哦，"曹妈妈露着几分期待，又仿佛有些紧张，用手指扒着头上两枚铁丝发夹拔下来后重新夹回去，"不不，不会的不会有什么问题的……"

我翻着包找出几页文件，"这份提纲留给你们吧——之前在电话里确认过的拍摄大纲。"

老人接过来扫了个开头，曹前也凑上来，然后趁着母亲跟我说话的空隙，男生把提纲拿到手里悄悄地看：

"……主角和猫一起生活的……"直到他小声地念出来。

我朝他看一眼，"嗯，这次要把你哥哥和小猫放到一起来拍摄，简单说，就是拍一个讲述他们俩怎么'一起生活'的故事。以他们俩为主角。"

"是吗，和它一起？"曹前重复一遍。

"不用担心，"我微笑着，"观众看了一定会很感动。"

在上报时也顺利获得批准的主题，上司显得尤其满意。"特别是女性观众肯定最爱这类题材。动物与人，又都有残障的共通点，这样不会太突出悲惨的气氛，还能加倍煽动到观众的情绪，比简单拍摄一个人物要好多了，"他对周围说，"可以期待一下收视率吧。"然后转来拍我的肩，"这次也很不错哦。"

"没，"我连连摆着手，"其实还是您提醒的。要不是之前您说从他家人方面考虑看看……"

"呵呵，是吗？我说的啊？功劳又归我了哦？"上司扬着语调，听起来还是高兴的。

临走前，曹前父母将我们一行送到楼梯口，两位老人又显出激动的样子，用了几乎很大的力气，曹前母亲握住我的手，说话中涌现哭腔，"全靠你们帮忙了。哥哥他……已经好久没有地方接纳他工作了。街道里也说他的伤残程度太高，所以没法安排。残联我们也一直在跑，对方虽然一直说再等等，但我们也不抱太大希望了，他那副样子，连我也想不到有什么是可以做的，但每个月三百八十多块救济金实在是太……他毕竟才二十刚出头啊……所以如果电视上播出后，能够有什么机会……我们也不多期望别的，但至少能找到份工作的话……总之全靠你们了。"

我退后一步，"其实电视台也不是万能的，很多事情我们只能尽力而已……"

那时身后传来曹前的声音，他搀扶着哥哥陪在后面，却用了仿佛兄长般的语气，提高音量，男生一字一句地问："电视拍完，你就可以去'上班'了。想去'上班'吗？"

而猫乘着空隙，三两下跳上窗台，张望这一切。

三

"……我读小学的时候，我哥还没有从同校的初中部毕业。他有时候也会到班上来找我，或者我去他那里给他捎点儿东西。

"他腿脚不好，走起路来歪歪扭扭的。喊我的名字也喊不清楚。嗓门却又大得很。我妈说那是哥哥的发声器官也受到损坏，是他没法控制的。

"她那时总让我对哥哥要耐心一点儿，让我不要厌烦，不要讨厌他。"

"我妈曾经说，要不是哥哥的残障，她是没有可能生下我的。正因为前一个孩子有疾病，我妈才被允许生第二胎。也就是说，我是因为哥哥的疾病才得以出生。把话说得很重。

"但我还是避免和我哥碰面的可能。有一次我妈让我捎饭盒给他，我也没有做，结果他就那样饿了一天。那天我妈气得发晕，拿衣架把我狠狠打了一顿。可当时我仍然觉得，宁可被打，也比和哥哥在学校见面来得强……那时就是这样想的。"

　　"所以我也说不清楚，是从什么时候开始，之前的那些念头都没有了。生气或者厌恶的排斥的念头没有了。我开始得非常非常同情我哥哥。家里给他买了手机，但他就算从口袋里掏出来后按下接听键，都要花上很长时间。很多电话常常没等他来得及接听就挂断了。外面的人对他没有那份耐心。他们也不知情。

　　"……那个时候就觉得很难过……

　　"如果我将来大学毕业，我想开个公司，先给我哥哥安排个职位。

　　"他不是没有用的人。我哥他脑子还是很好。他心里其实对什么都很清楚。他心里很明白……"

　　我等在教学楼前，虽然是春天了，天空仍然清冷发白，太阳淡得更像是一个指印。

　　大约过了十分钟，走廊出现曹前的身影，随后他加快步幅走到我面前，语气明快地向我问好，"李编导。"

　　"你好，没耽误你上课吧。"

　　"没没。"他递上手里的纸袋，"这就是您要的照片。我哥的一些，他抱着猫的不算太多，都在这里面了。另外我妈让我跟您说，全家福原来家里拍过一次，但前年碰到发大水所以那张已经没法看了。所以您昨天打电话来之后，我妈就找人来重新拍了一张，只是现在还没冲洗出来，下次我再给您送去。"

　　"行。"我抽出两张简单看了看，又放回袋子里。

　　男生站在原地，没有打算走的样子，于是过了几秒他问我，"……听导演说，四月就要播出了。您看过了吗？"

　　"之前拍的那些有部分样带在台里，但我只看了一点儿。怎么了？"

　　"没，不是，也没什么……"听出是一副好奇的口吻，"啊，昨天好像突然下了大雨，结果没有拍成。"

　　"嗯。我也听说了。"导演曾经打来电话诉苦。

　　"我回家后听我妈讲的。她担心地问我摄影机不会坏吧。但我想那应该都是高级货不会有什么问题。不过我哥的鞋子倒是进了水，他袜子都湿透了，脚也被泡得白花花的。"曹前回想着，而他无意识被话题越牵越远的神态让我笑了起来。

"我看了采访你的那部分。你说的那些话。"

"啊？……"他飞快地抓抓头，还是有点儿害羞的样子，"我也不记得自己具体说了什么了……"

其实样带的内容在后期往往许多都会被剪辑掉。我打量着曹前。男生缓慢地动着脑袋一点儿一点儿也带动了肩膀，好像一棵落着风的新竹。

"说得挺好的，很真实。"

"那再见。"看时间差不多了，我和曹前告别。

"嗯。再见。"他跟着走了两步才停下来，直到我走到路对面，背后再次传来声音。男生提了一点儿音量，不至于到"喊"，但仍是很明亮的声音说："谢谢您。"

仿佛气球升到上空，最后远远响起一声的爆裂。

"……直到今天还是有人会觉得我哥是'怪物'。起初当然很生气。但后来渐渐地也觉得无所谓了。我接受了。哥哥的样子对于很多人来说，确实是怪物吧，以前他的班上写关于他的爱心救助报道，'走起路来好像被折断的铅笔，一截一截的'，文章里也做了这样描写。

"但我们还是感谢的。

"没有办法管别人怎么想。我妈说，那些我们管不了，知道别人不是恶意的就行了。

"就默默地接受吧。是像'怪物'一样的。

"但他是我的哥哥。

"就是这样……"

四

五月初,名为"结伴生活"的纪录片在夜间播出了。拿到收视率是三天后的事,但在当晚就接到不少要求重播的电话。电视台的网站里也冒出许多留言,一连翻了十几页。与预计较为一致的是,观众大都被人与动物之间的剧情所感动。从口吻中就能感觉是出自女性笔下的留言纷纷写道,"到最后我才发现自己在不停地流泪""想起了在童年曾经陪伴我成长的小猫""动物是人类最好的朋友"……

而随后上司在电话中告知我,在年末的国内评选中,电视台已经确定把这一集送去参加纪录片竞赛单元。

与以往相比,是顶峰级的好消息。

上司的语气欣喜,"等我回来后再开个会,讨论下续集的事宜吧。"

"续集?"我从椅子上坐直了身体。

"乘胜追击啊。"

即便未必成为全社会性的话题,但也在某个范围内获得远超预想的高度关注。同事整理出网络上的热议,又通知我有其他媒体想要采访,他们眼睛在房间里转一圈,"那些都是礼物啊?"

"嗯,寄到台里要我们转送的。"我翻开日程手册,"下午刚好要过去。"

播出完当天曹前母亲似乎给我打过电话,但没有接通,随后我收到了从曹前手机发来的短信。放眼望去屏幕上"谢"字很多。他毕恭毕敬地说着"我们全家都非常感激""电视和想象中很不一样""但我妈觉得很感动""谢谢您还有导演和摄影师傅的帮助""代表我哥哥非常感谢"。

一瞬间我回想起那天样带里男生的样子。因为时间久远,已经出现的距离感像隔着宽阔的灰蓝色的河。那段内容最终还是因为不适合主题,没能得以保留。所以那是在我的记忆中。曹前说"其实我哥哥心里是很清楚的",他坐在厨房的凳子上,还穿着学校里的体育服,说完一句停下来,含着嘴唇,然后镜头外传来小猫渐近的叫声。

　　听完我带去的消息后曹前父母都激动不已。做父亲的带翻了自己的茶，溅在裤子上，尽管如此，脸上的笑意仍然退不去。倒是刚刚放学的曹前顺手递来抹布，有两个多月没见，整个人像是高了一些，但再看就觉得是瘦了的关系。听到谈话内容，男生很快地靠近母亲站着，等到空隙他插进来问："怎么了？"

　　"哥哥的事，说是反响很好，所以要再拍一集。"曹妈妈笑着一边替他整理衣摆，下一句是对我说的，"麻烦了还帮我们捎来这些礼物。其实这两天收到不少了。"她又匆匆忙忙起身走去阳台，回来时抱了七七八八好几件，一样样摆在旁边的桌子上，"还有两个但不知道放哪去了……啊，这些都是居委会那转交来的，都不知道那些好心人怎么打听到的地址。"

　　我扫一眼桌子："猫罐头，哈。"

　　"还有这个，这个是什么啊？太新式了我也看不懂。"

　　曹前拿过来看着背面的说明，"是给猫的爬架。"

　　"照这样说，拿来的东西里有袋特别重，没准是猫粮啊。"我笑着，"小东西呢？"

　　"你快去找找。"做妈妈的催着男生。

　　"哥哥今天正好出门了，要作个体检报告，所以他上残联去了。"

　　"哦，有消息吗？"

　　"是呀是呀，前些天打来电话说有个社区中心想招聘一名残疾人做图书管理员，他就被推荐上去了。真是想不到这么快。我和他爸说电视的力量真是大啊。"曹妈妈搓了搓手，"马上也快到二十五岁生日。怎么了呢，像突然转了运一样。……哟，找到啦。"

　　这时传来的猫叫声让我也转过头去。曹前一边回着"在阳台上呢"，手里捧着团白毛球一边走来。

　　猫明显见胖了点儿，毛尖亮亮的，甚至原先瘦弱的残肢也圆乎了不少。

"它是大功臣啊，"我弯着眼睛对曹前开玩笑，"开拍之前得照看好它。"

"听见没？"两位家长也重复到。

似乎对长辈的唠叨有些不耐烦，曹前皱着眉没应声，但他拿指背刮了刮小猫的下巴，"尽吃好的了。"一边念着它，男生脸上有块地方突然明亮起来，从眼角到颧骨。

"弟弟还是小孩子。"有一天导演在闲聊中跟我谈起，"想什么直接摆在脸上。即便我们都在旁边，也会跟家人发脾气。"

"诶，会么？"我有些意外。

"具体也不清楚是争论什么，反正那天跟他母亲争了几句，结果就把门一摔。我们在旁边还有点儿尴尬。唔，不过……"导演将着下巴，"没一会儿倒是又乖乖地出来帮忙搭手了，真是小孩子啊。情绪没个准头呢。"

抱着猫坐到厨房的曹前，听见我们这里谈话中冒出的一两个关键词又稍微冒出脑袋。男生眼睛亮亮的。末了他举起猫到面前，碰了碰它的鼻子。

是高兴的表现。

像一间屋子，拉了电灯就变亮，熄了就变暗，非常简单。

五

所以，倘若在日后回忆，有什么是确实的分界线，它改变了最初的发展，离开了站点的车辆最后却抵达不同的地方，总还是有一个岔口是与设定中不同的转向——确实后来有不少人问起"发生什么了？""听说是开拍前两天出的事？""那天到底怎么了？"

我搜肠刮肚地想着回复。"是这样"又或者"不是这样"。

续集开拍之前的某个周末，我载着两个年轻女孩离开了电视台，半路上接到电话，是曹前打来的，说哥哥因为身体不舒服，刚才由父母陪着上医院去了。

"哦，要紧么？什么病？"我问，不禁皱起眉头。

"没什么，他呼吸一直不太好。"他语气犹豫，"所以现在家里只有我一个人……"

"稍等一下，"我转过头坐在后排的女孩简单交代了一下情况，对方摆摆手表示没问题，正好车停在红灯前，我干脆将手机递过去。

"喂喂？啊，你好……哦是吗，啊没有关系的，我们原本也是来看小猫的呀……"

那天下着雨，是光线非常昏暗的午后。水珠在雨刷摇摆的短短间歇也能彻底花了视线。

两个女孩不受影响，积极地与我聊天。她们是某家报社介绍过来，网上一个颇具影响的小动物保护组织的成员，希望由我们引见给曹家。

"那期节目我看到后来几乎哭蒙了，"年轻一些的女孩还在读大学，说起话来非常爽利，"真的非常感人，大家都写了很长的观后感。"

"是吗，谢谢诶。"

"我们还录制后压缩成视频放到网络上，已经有四万多次的观看或下载了呢。"

我扯过嘴角笑笑。

"请问续集什么时候播出？"年长些的女孩已经踏上社会，听先前的介绍貌似刚刚留洋回国，"我们也想尽自己的力推荐给更多人。"

"目前定在九月，"我将车停下，"就是这里。我们到了。"

曹前开了门，一眼望去是他的房间，电脑屏幕在白花花地闪。

打完招呼后，我提着一个纸盒，"这个，给你哥哥的。"

看他不解的神色。我继续：

"你哥生日刚过吧？不好意思，前些天我也没时间。后来打电话问你妈妈要了他的鞋码。"我解释到，"前面你说过，你哥的鞋坏了？上次让他泡了水挺不好意思。"

"啊……"语调瞬间羞涩着，曹前抽了两张纸巾擦掉盒盖上的雨水，"没什么的……谢谢您。哦请进来。"对着我们说。

女孩们拿出照相机，一边逗着猫一边问："可以给它拍几张照么？不会打闪光灯啊。"得到同意后，年长些的那位向曹前解释着，"先前电话里说过的——我们是网上一个志愿者团队。因为那期节目大家看了后感触很深，现在也正在做保护小动物的新宣传，所以来看看节目里的这只小猫。我们想，有了它为代表性角色，能够更加扩大宣传效应吧。"

"好的，可以……请，请随便坐……"男生显得有些无措，收拾了桌子上一个果盆出来，中间放了两颗梨，几包话梅肉和瓜子。

"诶，这条腿肯定不是先天的残疾。看这样子，先天的话是不会的，"年轻些的女孩揉着猫的残腿，颇为老道地分析后向曹前求证，"捡来时就这样了吧？"

"嗯，捡来时已经折了。"

女孩把猫抱给同伴："能治好么？唔……回去后拿照片给孙医生看看。你觉得呢？它现在年纪还小，说不定能矫正一些，试一试总没错……"

等她们抬头向我，顺势地我问："你们那儿配备很齐全啊。"

"我们那儿兽医是最少不了的，"女孩落落地谈着，"因为一直会接到患病的小猫小狗。有些很明显都是人为的，自然状况下不会有那么恶劣的惨状。"

"嗯，现在不少地方还有吃猫肉的习惯吧。"我点点头。

"是的。"年长些的女孩插进话来，"所以尽管我们一直在宣传，但还是缺乏传统媒体的支撑，社会对小动物的关注总有点儿欠缺……"她与同伴交换了一下眼神，"所以如果您有兴趣报道这些的话，意义是深远的……您需要任何资料，我们都会尽全力提供。"

"唔……也不是不能考虑，什么时候我跟台里提提看。"

"啊？真的吗？"女孩们放下了猫，又从照相机里调出几张照片，语气热忱地介绍给我，"这个，我们叫它秋秋，刚捡到的时候两个耳朵都几乎快被耳螨腐烂了，好在有个好心人收留了它，是个非常有爱心和耐心的主人，每天奔波着来给它换药。怎么样？眼下根本看不出之前是只病猫吧，看这小眼神……这个是王子呆，嗯，尾巴也是被不知道谁弄断的——断了尾巴的猫我们每个月都能接到数十只——可瞧它现在的风范啊，上次还拿了什么评审比赛的大奖，所以以前叫小呆，现在冠上个头衔叫王子呆了嘿。这个是 Leon，也过上幸福生活了，这个叫葡萄，但它是聋子，可她的主人一点儿也不嫌弃……'每只小猫都是一段美好的故事'，是吧。"

我点着头附和两句，"真的，小猫就是可爱。"

"其实热爱小动物的人还是很多的……不是只有黑暗面，也有光明的事情。我们现在有全国各地上万名会员，参与具体活动的一千两百多人，全部是义务劳动。现在每个季度都能收到十万块左右的捐款，非常不得了了。"

我有些诧异，"这么多啊？"

"是啊，很多人只是不了解，如果加大宣传的话，小动物的生存环境是能够进一步改善的。"

"想做手术的话，我们马上可以安排哦，我们的猫大夫非常了不起，以前还曾经在国外进修过呢。"突然改变说话对象，女孩转向一直沉默坐在角落的曹前。

"……嗯？……啊。"而他停了一秒，语调也似乎变得微妙，令人以为还有下半句，墙角却从此沉默下来。

"已经收到不少好心人寄给小猫的生活用品了。"我冲曹前抬了抬下巴，"是吧？"

"你们真的挺幸运，"年轻些的女孩重新抱着猫，很由衷地对曹前微笑着，"很多小动物根本没人关注它们的死活……有了宣传毕竟不一样啊。"她摇摇小猫的前腿，"马上还有续集了哦。"

曹前看着地面，似乎动了动眼睛，却又没有丝毫表情。又或者他的表情在转瞬即逝间被昏暗的光线吞没了，使我错过了察觉的机会。我接过女孩们带来的宣传资料，听她们继续介绍，语气热情而积极，看得出是真心投入。于是几乎一直等到对方表示要告辞了，我才察觉曹前突然站了起来，他走到房门前。

"手术的事你们家先商量一下吧，"两个女孩一边整理背包，也不忘嘱咐几句，"虽然未必能完全恢复，但起码会好很多。对了……带了些专门用于这方面的药片和食物给它——"，摆出两大包塑料袋到桌上，"辅助治疗用的。这一盒是专门防治骨头坏死的，它正需要呢。给它定时服用好么。"

"知道了。"曹前背着我站，动了动身体。

两人站到走廊上，朝我和曹前挥挥手，最后是对他说的话："谢谢。你们家非常有爱心。"

除了室内暗沉的光线，雨水缓慢在墙壁上渗出灰淡的影子，我依然觉得没有什么特别。这是一次——普通的，常见的，隔三差五会出现在我日程表上的小事。一盒饼干中的某一块，一条街道上的某一盏路灯，寻常地点亮着。

我掏出手机看了下几条未阅的短信，等抬头曹前已经回到屋内，我回想起来：

"对了，上次听说你哥哥工作的事，现在怎么样了？"

"这两天他还在做。"他重新坐下，顺手把塑料袋放到一旁的地板上。

"哦是吗，很好呀。"

"不过，听我妈说，好像也不行了。"

"怎么了？"

"残联昨天打电话给我妈，说是对方觉得我哥仍然不适合他们提供的工作。所以很可能成不了。试用期一过就会辞退的样子。"

我哑然了几秒，正要开口的时候，曹前接着说："不过没什么。这种事也不是第一次遇到了。"

"……不要急，急不来的，慢慢来吧……"

曹前用脚尖轻轻碰着袋沿，发出沙沙的声响，"就是觉得没法告诉我哥。他最近一直挺高兴的，看得出来。"

"前些天，在地铁上，我碰见一个和我哥哥应该是同样状况的残疾人。"在我以为话题已经结束的时候，曹前却突然又开了口，但他语气平淡，像是随便话着家常。

"虽然他坐在位子上，但一看他的手和两只脚我就能分辨出来了（他举起双手模仿了一下）。那人摊着一本杂志在看，但是翻页很困难，毕竟他们这种程度严重的，手指都没法并拢。

"地铁上别人都隔着他坐。

"最后下车时，我跟着大部队走到台阶二层，那时候也不知怎么回头看了一眼，却没发现他。我还稍微站住等了会儿，他也始终没有出现，最后干脆蹲下来。然后才看到，他是落在整个人群后面——落在非常后面的地方，整个站台都空荡荡了——一拐一拐地往这边走。

"我想，我哥平时出门也是这种情况吧。

"前两年，我妈一直在跑他救济金的事。听说是因为残疾的年份太早，现在的什么体系里没法加入，所以那三百多块钱一直批不下来。也是去年底才刚刚拿到手。"

"连几百块也是吝啬的。"

曹前看着我，并没有转开眼睛：

"所以，这算什么呢。我哥他过的这种日子，他碰到这么多困难，他非常需要帮助……"

六

"有些事真的不公平。我觉得不公平。"

"我没法想通。"

七

"年初去采访一个犯人，二十岁，到大城市去打工，工作没找到，最后还用光了身上所有的钱。他和几个同乡在深夜的马路上抢劫单身女性。最多到手不超过几百块，但一次他们对挣扎的被害人捅了几刀，整个性质突然变得非常严重。最后他被判了十九年。"

同行的资深前辈在过七十岁生日时，我和其他同事一起聚集在他家，蛋糕和饭菜还没有摆上桌的时候，他用我们所熟悉的语气与大家聊天。

"我们还在要求记者尽量提些可以挖掘他内心的问题，把谈话往那条路上引导。但后来大家也发觉了。这中间根本不存在什么想法，甚至连过程也没有。被害人挣扎并大声喊叫，所以他就掏出小刀——有什么想法？一点儿也没有。没有就是没有。

"他捅了她，因为要保护自己。你要在后期追加评论，'就因为这个自私的念头，残忍地加害了一个陌生人'，也对，没错，但这话实际是多么愚蠢啊。"

前辈在行业里是第一个得到国际奖项的人，却没有架子，说话也实在，人缘始终很好。

"所以我常想，人的心理底线到底有多坚固呢？许多我们日常看来不应该做的事，无论如何也应该维护的底线，其实是异常容易就被打破的，一点儿小小的诱因都能构成足够推翻它的理由。远远比我们想象的要脆弱得多。那些支撑在它底下的什么价值观、人伦观，以及最弱势的法律——它们原本都是因为出现了罪恶的事才被后人制造出来的，所以要这些东西反而去遏制罪恶，就如同徒弟对付师父，怎么可能不失败呢。

"所以，有什么可追究的？'你为什么要做这些''你想过后果么'——不论怎样回答，仍然是愚蠢的对话啊。"前辈一挥手，"就因为这个，你们看，我现在转行搞起动物题材了，动物最简单，它想吃，它就捕食，也不会憋了半天回答你'我错了，我非常懊悔，我对不起我的父母'，连采访对象都知道这样说方便你向电视台交差啊。"

大家一起哄笑开，并随着前辈的夫人招呼着该上桌了，那段话题才就此结束。

八

"所以，这算什么呢。"
"有些事情我觉得不公平。我没法想通。"

九

我接到导演的电话时刚刚下了飞机。因为托运的行李箱摔坏了壳，正在手忙脚乱地把散了一地的东西收拾好，并忙着和机场交涉，所以前三通电话都没来得及接，但他持续打来，我扔下手里粘满了洗发液的外套：
"怎么了？我这里出大麻烦了。"
"哦……如果能让你欣慰点儿，我这里的麻烦也不小。"
"怎么了？什么事？"
"猫不见了，找不到猫了。"导演声音还算冷静，"怎么也找不到。"

出租车被堵在高架桥上，我还用三根手指翻着背包想从里面找几张纸巾把粘在手上的洗发液擦干。手机此刻又响了起来：
"喂喂，是我。要不你明天过来吧，今天都晚了，反正也没法拍了。我在这里安抚他们一下，明天再想办法了。"
"……不，我还是过来看一下。车都往这开了。"
"好吧。"导演和我同时沉默了片刻，"真奇怪了。听他们家说，昨天晚上还见到的，今天要正式开拍就没了踪影。它又是个瘸腿的，能跑到哪去呢。"

　　曹前妈妈坐一会儿又站起来，她啪地一拍手，"大概是——隔壁四号有个小姑娘，挺喜欢我家猫的，要么是她抓去玩了，我去看看，我这就去看看"，然后又支使丈夫"你再去附近找找有没有宠物店，难不成给人抓去后放到哪里了？"最后她苦笑着看向我，"打印些寻找启事有用么？我以前也看见过家里丢了狗的人打印了照片贴在电线杆上……动物就是不可靠啊……关键时刻倒跑了。"

　　"别太担心……多半累了就回来了，猫毕竟是喜欢自由的。您也别忙了，该找的都找过了，不如先在家等等看。"我安慰她。

　　"哥哥怎么就这么可怜呢……"曹前妈妈终于忍不住流下泪来，握住一旁长子的手搓了又搓，"怎么你就没法顺利一点儿呢，原先还以为开始有起色了，结果又……到底前世作了什么孽啊。"

　　喉咙里发出声音，曹前哥哥抽出手掌在母亲的头上拍了拍，表情却看着还是沉静的，我回想起曾经听到的评价"行动虽然不方便，但他心里其实非常清楚"。

　　想起这句话的时候，大门打开了，曹前提着书包站在走廊上。他挡着光，整个人看起来又薄又长。

　　曹前妈妈立刻拥上前去，她手掌在窗台上乒乒乒连捶着，"糟糕了啊，糟糕了啊！"

　　"现在回家都这么晚哦。"我说。
　　"嗯，快期中考了，学校课补得晚。"
　　"这样。学习上觉得吃力么？"
　　"一般般吧。"
　　"已经确定了吗，将来的志向什么，想做什么工作之类……"
　　"没有。"他乖乖地摇着头。
　　"好像以前你说过想开个公司吧。"
　　"嗯……"
　　"只是不知道开什么公司？"我看看他，"开公司可不是那么简单的啊。"

　　曹前没有说话，把我的行李箱往人行道上拽。是他母亲坚持的，我虽然表示不要紧，曹前还是一路帮着我把行李提下楼，一直拖到马路上。

　　"就到这里好了，我打辆车走。谢谢。"我接过东西，"回去再安慰安慰你家人吧，尤其是你哥哥。"

　　"好的，我会的。"

　　我沉思着，"……如果真的找不回来的话，有 50% 的可能拍摄是要取消的。毕竟不可能去找只相似的小猫来冒充。所以先给你打打预防针了。"

　　曹前眼睛扫着远处的路灯，他的视线也是淡黄色的。

　　"你知道猫跑哪去了么？"我问他。

　　"不知道。"他摇头。

　　"你不知道发生什么事了？"

　　"嗯。"

　　"是么？"

　　"我不知道。"

　　他垂着手，用指节缓慢地敲击腿侧。

　　被灯光改变了颜色的，还有头发、衣服、鞋边，以及表情。

　　所以似乎那一刻，我是想再说些什么的，但这个念头几乎在诞生的瞬间便藏匿起来，如同在整个森林里寻找一条白色的叶脉般困难，变得悬而未决，极其模糊。我知道情况发生了变化，我参与其中，目睹、听闻、经历，或者参与一部分的决定，可尽管我参与在其中，依然有些环节比空气更难以目测，无法准确察觉。只有当它急速掠过的时候，一丝凉意闪现在我的意识中。

　　随后的三天，一切工作都停止了，连我也换了平底鞋拿了打印的启事一条马路

一条马路地贴，即便没多久就被人撕走。再过两天，能够确定结果是失败的。导演带着剧组回到台里，大家聚在一块讨论接下来该怎么办。

"我的建议是取消。"导演说。不少人也赞同他的看法，"剧情的主题已经不存在了，还怎么拍呢？"

我揉着太阳穴，"先别确定……再等等吧。反正现在手头也暂时没有别的活么。"

"你还不准备放弃啊。"导演笑着。

"不是放弃的问题……"我叹口气，"看看主题能不能改成……比如'没有了小猫之后的生活'……先别反对，让我仔细想想怎么操作。"

"好吧，你加油。"

然而第二天上午，我在走廊上小跑着赶去主持一个即将开始的招商协作会，手机却突然响了。

"不好意思，等下再说。快迟到了。"

"哦……"

"……怎么了？"我意识到，"……猫找到了？"

"不是。"

"你不会想到的。"导演说，"我们谁也没想到。"

"什么？"我站住脚。

"弟弟承认了。"

"猫是他带走扔掉的。他昨天晚上承认了。"

我站住脚步停在台阶面前。

像穿过云层的飞机，刹那就清晰了。曾经掠过我胸口的一片羽毛，它已经离得足够远，足够遥远，足够让我看见是一只什么大鸟。

十

从后来在场工作人员的描述中，我大致明白了那天的情形。在他们看来最初不过是曹前被妈妈要求继续去贴些寻找启事。"他们当时在厨房那儿，开始谁也没在意，但后来突然地，他妈妈厉声地喊'你说什么？'，真的是突然之间，我整个儿人都哆嗦了一下。"摄影助理说。

等其他人站起来凑上前去，已经看见曹前妈妈拿着个塑料淘米篮，"拼命打他的背和肩膀，拼命地打"，他挥动着手臂模仿着动作，"里面原本还盛着些菜什么吧，因为地上撒得到处都是，可她就是这么用力，她真的完全气疯了。"等工作人员上前想拉开她，"男生就蹲在地上，他下巴被刮红了一大片。"

曹前妈妈大喘着气，她最初几乎说不出话来，直到声音完全颤抖着，"猫是你扔掉的？"

周围人也瞬间停下了动作。

"你说是你扔掉的？"

她越来越愤怒地质问着，"你为什么要这么做？""为什么要这么做？""你想到过后果吗？""你说啊？！""你为什么要这么做？"

"她不断地问，就重复这几句不断地问。"摄影助理摇摇头，"我们也傻了。她不懂，我们也不懂。怎么一回事呢。"

但曹前就蹲在地上，不动也不说话，一直低着头。"他妈后来上前推他，他摔倒了，也继续坐在地上，地上都是水和菜叶，但他没有丝毫解释或反抗的意思。面无表情的。"

"让人觉得很可怕。"最后是一致的总结，"不知道他在想什么。"

话题随后朝"现在的小孩子我们真是看不懂"发展而去，有人回想着"其实我最开始就觉得弟弟这个人有点儿阴阴的哦……""没错没错，现在想想，的确是这样""他还当着我们面跟家人吵架呢""诶，长大了肯定更严重，性格会扭曲"。

"诶，你要出门？"摄影助理回过头来看着我。

"嗯，"我穿上外套，"跟赞助商有个洽谈。"

抵达餐厅的时候，客户还没有来，把手头的资料又整理一遍后，我拿出手机找到曹前的号码。在他的电话本资料里有我补充的一句"患者弟弟"。

手机里还存着第一集播放结束后他发来的短信。放眼望去许多个"谢"字的短消息。他说"代表我哥哥非常感谢您"。的确，那个时候他既兴奋又欢快，三步并两步跳下楼梯。小猫抓着他的裤腿爬上膝盖。

续集的拍摄在上司的权衡下暂时进入无限期搁置状态。那几天我一直接到来自曹前妈妈的电话，反复询问还能开拍吗？还有可能吗？她甚至表态自己绝不反对找只相似的小猫来代替并一定会严守秘密。

"这个不可能的……我们不是拍摄电视剧，纪录片必须追求真实。"我握着电话无奈地摇头。

"……但是……就这样结束了吗？哥哥的事就没有办法了吗？只拍他一个人不行吗？为什么不行呢？"

"目前暂时是这样了……我们也没有更好的解决方式……不好意思。"

电话那端长时间地沉默着，而我不敢擅自出声打断，直到曹前妈妈最后开口说："其实那孩子在想什么……我是清楚的。"

"嗯……"

"只是……"她哭了起来。

事实上，我也考虑了许多方法。和残联的有关负责人联系后，他带领我和几位同事参观了属下的几家保健和治疗机构。见到不少与曹前哥哥类似的病人。虽然无法和第一集的主题关联起来，但倘若能从这里找到突破口，也能让拍摄进行下去。

负责人本身也有残疾，他坐在一辆电动轮椅上，带我们穿过长长的走廊。

园子中间有人在晒太阳。三四个，与曹前哥哥同样的病状。而其中有一位低下身子，我看出他是在系鞋带。

不是平常可见的鞋带。没有把两条交叉、穿圈、绕折、抽紧的步骤。他穿着一双特别的鞋子。

我走近几步。

是一根带了卡子的橡皮筋。在运动服的下摆或帽子束口上曾经看见过。它代替了鞋带，所以一抽就可以了。需要的动作被减少到最低。

我"啊"了一声。

负责人看见了，把轮椅转过来，"没办法，平常的鞋子他们根本没办法系鞋带。所以生活中连买鞋子也很麻烦，因为一定要买这种款式来穿。……就是啊，在各个方面都有别人想不到的困难。"

确实是想不到。我连一丝一毫没有想到。

"包括这件事在内，你是失望了吗？"

十一

曹前坐在我对面。玻璃桌子上倒映着他小半张脸。

距离前一次碰面已经过去大半个月。天气也转暖了，窗户外星星点点的绿。

"因为拍摄已经结束了，这些资料就还给你们吧。谢谢了。"我拿出一个大牛皮纸袋。

他"嗯"一声。

"决定停止拍摄了。"前几天上司正式作出决定。

"嗯……我妈已经听您说了。"

"不好意思了。"

"……不是……"他低着头。

"对不起。"曹前说。

"是吗？"我看着他。

"嗯……"

"你是失望了吗？"

"是有失望在内吧？"我问，"和预期的落差太大，是吧。"

"……"曹前不做声，他把牛皮纸袋摊在膝盖上，解开封口处的绳子缓慢地绕着圈。

"你'觉得不公平'——"

"我错了。"他打断我。

"你不需要向我表态。而且，这也不是'你做了''你发觉是错''你道歉'的过程。"我下意识地提高音调，"你完全知道是错的。只不过……"

"您说的都对。"他再度插话打断进来。

我不禁沉下脸。

"那你觉得，是摄制组的过失？电视台的过失？难不成还是小动物协会的过失么？你不知道世界上会有很多种可能，不一定会符合你的心愿。太阳还未必照得到所有角落呢。这些就都是不对的了？"虽然意识到自己的情绪有些激动，但我还是忍不住，"别人的爱心成了你的绊脚石了？"

"别人的爱心，我们家顾不上。那不关我们的事。"

"……什么？"

"我要考虑我哥哥。不论什么情况下他都是我们家首位要考虑的。其他什么，没空也没精力。

"我哥他心里很清楚。他不是没有感觉的人。相反他心里更加敏感。播出之后，发生了什么。他慢慢地，也都明白了。他不会表达出来，不会对我们说，不会问为什么，但我知道。可是这点最让人难受……

"所以，不能再有第二次了……"

"小猫你扔哪儿了。"

曹前伸手揉了揉右眼眶，没有回答。

十二

早晨五点不到，天还是依稀地亮。两排云由宽至窄，尾处染成灰色。

曹前推着自行车走出楼道。他在车前框里摆着个小布袋，书包挂在后座上。一踩，蹬坐上去。

出了小区门往右拐是学校的方向。但他却朝左转。

沿着马路骑下去。几座铁桥和逐渐开始热闹起来的菜场。

远处是一排电线塔。电线已经看不见了。

曹前朝塔的方向踩着踏板。

路面上有修缮后的坑坑洼洼，自行车突突跳了几下，车前筐里的小布袋被顶开，露出一双粉红色的大耳朵。猫好奇地转着转着，最后看向主人的脸。

曹前把车停到路边，举起袖子擦着脸。又反过手来挡着眼睛。

过了几分钟，他重新蹬上自行车，继续一路往前向西，背日的方向。

永恆的爱和无尽天光

大概要过多少年我才能看清当时包裹住我们的是多么脆弱的幻觉呢，就像一只指甲大小的螺丝壳。

"时间和晚钟埋葬了白天，乌云卷走了太阳。向日葵会转向我们吗。"
——艾略特

　　在这会儿，我说："找个地方坐坐吧，我脚疼了。"
　　你又笑，"谁说要走路来着，现在地铁也没了。"笑完张望着四周，"没地儿让你坐。"
　　我想了想，"那就抱一会儿吧。"

　　两条小路会聚的地方是棵大树，我不知道它是什么科什么目，只是临近夏天它啪啪掉着黄绿色的小小毛果子。然后春天开米黄色的花朵。在窗户上望见满满一圈，好像是个在婚宴中被彩纸撒了一头的姑娘。
　　树的旁边站着路灯。所以在夜晚的影子投得很长。总是我候着窗等了很久，慢慢地你的影子才像被树吐出来的那样，你走到了巷口，在那里等着车，好像是伸手掏裤子口袋找烟。你的动作变得细小，像一个音符潜在曲子中悄悄跨了一个阶。

　　我望着你离去后的巷口，在它远处的天空露出着饭店的霓虹灯牌。空气还是异常炎热，仿佛能量都在这里了，只等它倾覆一泻千里。那个瞬间我突然紧张起来，心脏像攥在手上，然后被一些"爱"或"永远"的词语抚摩。
　　我想起你的时候，它们总是变着样地来。如同细胞分裂，顷刻间占领了所有的空间，甚至连梦境也被渗透，它像一座巨大而灼热的宫殿，蒸发了水分蒸发了眼泪蒸发了安宁等一切可蒸发的东西。

　　那个时候在郊外租的房子。一辆公交车突突突开过大片杂草丛生的荒野，开过有气味的河，开过泥泞的路，然后停下，就到了家。门口还有商店，卖五金或卖水果，要走一圈才能找到很小的超市。你在那里买两瓶啤酒，又拿了打火机。其他菜是从市区一路带来的，捂在饭盒里已经糊了些。藕片粘上鸭子的味道。

有时候也在外面吃，一个月吃一次好点儿的馆子，平时就找马路边的小烧烤店。很大一碗凉面，当年卖十八块一碗，连冬天也吃，一直冻到肩膀，筛糠似的抖。

你说："抱一会儿。"

末了又把放在上衣胸口的手机先掏出来塞到裤子后面。

冬天街道就积了雪，没一会儿又下起来，鹅毛大的雪被风卷得一阵阵。我们躲在路边的林子里，看马路上的人在帽子上积了一小撮白毛毛的，咬牙切齿地顶风踏着自行车。

我没觉得什么不好，没觉得什么坏，没觉得什么是错了的。我只觉得紧张，心悬得太高了总也看不到地面一般。觉得一口气也在鼻腔里停留了很久，直到它喘不过气来。觉得手脚冰凉，但脸却死死地发烫。

你还很年轻，我还很年轻。我们不拿未来说事，只有沿着林子的路，走一会儿停下来拥抱在一起。你穿很普通的夹克，那年还愤世嫉俗又骄傲着，把自己想得很高。可却是我都喜欢的。我全部全部都喜欢。你在我心里代表了最纯质的希望，它就是忽冷忽热却坚硬的东西。

没什么不好，没什么坏的，没什么是错了。就是二十岁那会儿，一部电影也能改变人生的年纪。我们被放到热气球上一般，不会也不屑考虑它总有失温而降落的时候。只要世界可以在脚下有一刻一秒，那么不论它燃烧的是什么都没有关系。

那整整两年里，我在一家眼镜店打工，把隐形眼镜的这个特质那个特质背得滚瓜烂熟。每个礼拜换上新的促销策略也耳熟于心。客人不要三百套餐的，给他推荐一百八的，直到最后在镜片上悄悄提价，一半的客人没有发觉，剩下一半发觉的客人用"哦，那我之前误会了您的意思"来打发。晚上下了班，去对面的大楼下等你。

你在给人做摄影助理。大部分是体力活。有时候一次带三四个镜头，重得我想试着提一提结果差点儿没摔坏。还有一次，说是在海边给人拍婚纱，结果把测光仪给弄丢了，我不知道那是什么玩意儿，但其他人撤走之后你还得卷了裤管在海边一次次捞着寻找。

"见鬼。"最后东西还是没有找到，但腿已经麻得动不了，回来后在浴室里拿热水泡了半天。

我给你送毛巾的时候，看见你挽上去的裤子露着膝盖，两片很锐利的骨头突出在那里。上面还留了条据说是小时候留下的伤口。

我不觉得害怕。找个卫生间的空隙把自己挤过去从背后抱住你的脑袋。我们的路还很长，长到没有任何计划和现实能够左右般，是在异次元中的路。围绕它是藤蔓，然后它们会开出什么花。红的紫的，巨大的什么花。

好像是，就好像我们可以在这个世界之外而活着，胸腔里的热流会撞击着原来的固体的墙壁，让它们完全破碎。

抵达更高远的地方。

我没有哭过。

有年我们坐火车去附近的海边，抵达的时候不是旺季，整个海滩非常空旷。海风一如想象中咸涩，没脱鞋子前已经有沙子钻进袜子里。我们找了块靠岩石的地方，铺了塑料纸。我想去找点儿贝壳什么来玩一玩，你笑着说这种沙滩是不可能的。我不信，找了一路，但结果确实属实，到最后也只挖到几枚指甲大小的海螺。甚至我不知道那是不是海螺，因为它更像是裹着沙子的变形的壳。

忙了一圈我回到原地，你刚刚抽完一支烟。

海在眼前绕了一个圈子。看起来非常冷漠又寂寥。风掸着它，也只能抵达浅浅的表层。

我说了一会儿店里的事。又问你工作怎么样。

你嗯嗯地简单地回答着。

我又想起报纸上看到的什么新闻，或者同事间流行的传言。

你眼睛望着远方，拿手揽了我的肩没有接话。

天空上挂着几颗提前的星。而天空是橙红色的。

"怎么了？"我问。

"接到家里的电话。"你说。

"啊？刚才？"

"不是，昨天。"

"怎么了？出什么事了么？"

"没。"

"那是？"

"还是那些老调常谈。"

"……想让你回老家？"

你点个头接着不再说话。一直过了很久很久，我几乎忘了话题的开端时，你拉过我的手，有节奏地轻轻按着，力量传递过来，却显得非常冰冷。我回过脸来看着你，你的瞳孔里映着海面和天空。它们被浓缩着，是一个光斑似的圆。让人联想到我们。好像只是依偎着，有什么会为我们而改变，腐朽的只有周遭，它们绕过我们前行。

"它被炎热的灰尘所闷死，它被正午的阳光所烧伤……它被创造到世上，只不过是为了紧靠着你的心口，就只生存那一瞬的时光。"

——我读到过的一句诗。

大概要过多少年我才能看清当时包裹住我们的是多么脆弱的幻觉呢，就像一只指甲大小的螺丝壳。但那时我仍然没有动摇和怀疑。我心里还是满溢的，它们冒着慌忙而兴奋的气泡。我没有惧怕过未来。那是什么？那能是什么？我从不认为它有任何的侵略性。它是无足轻重的，一点儿幻象也能麻痹。

我靠着你的肩膀，你的手指覆盖我的手指，我可以感觉到你的气息，非常具体而独立的它们笼罩了我。那就是一些永恒的东西，世界上没有什么比永恒这个词语更强大了。我想自己是爱你的，那爱就是没有解药的东西，它能接连地接连地毁灭一切，当一切都化为尘土，另一个宇宙也容不下它。

"它被创造到世上，只不过是为了紧靠着你的心口，就只生存那一瞬的时光。"
　　——屠格涅夫的诗。

我们这次是在一个招商贸易会上遇见的。

我找到你的展会位置上，看见你正在里面，拖着张凳子和一个客户模样的人说话。我在旁边静静等了一会儿，顺便观察了一下贴在背景墙上的展商介绍，貌似这是个做机电通讯的公司。你穿着西装，很正式，连领带也打了。比起原先肯定是胖了些。原先穿什么裤子你的两条腿好像还是晃荡晃荡的。

那时我们都刚满二十岁，过去了十年。

你看见我的时候抬了抬眉毛，随后笑了起来，"刚到啊？"

十年里我们偶尔也会联系。分开后虽然各在两个城市，但倘若有机会，我也会打电话给你，你也会打电话给我。时间充足就吃顿饭，都没法抽身时就只在电话里聊几句。很多次，我听见你接起电话时说的"你好"，那是非常突兀而异样的感觉。我听着你的彬彬有礼，它们像是被漂亮的刀刃切割过，整齐光滑。

"你什么时候忙完？我先外面转转不打搅你了。"

"差不多再过四十分钟吧。要报纸么？我这里有，打发时间也好。"

"哦不用了。"

我退到展会外面，暑热扬起灰尘，从头覆盖下来，一颗一颗掉着汗。心脏再度突然加速，它朝不知道什么地方一路狂奔而去，闭着眼睛狂奔。

　　仿佛一隙的阳光，照出扇形的白亮，在我的世界里投射了无数画面。它们像隔世的电影，播放着无声的影像，带来飘雪的冬天和荒芜的海。

　　曾经那些被我们所融化的东西，到最后它们融化了我们。囫囵地吞下了我们的糖衣外壳，那些于年少时熠熠的糖衣，留下最后灰陌的核。错的错了，坏的坏了，失踪了，分离了。

　　到最后融化的是我们。

　　这会儿，我说："找个地方坐坐吧，我脚疼了。"

　　你又笑，"谁说要走路来着，现在地铁也没了。"笑完张望着四周，"没地儿让你坐。"

　　我跟着笑，"是你说喝一杯喝一杯的，现在又赖到我头上。"

　　"再到前面点儿吧，好像有个花坛。"

　　"真的走不动了。"

　　"那怎么办？"

　　我想了想，"那就抱一会儿吧。"

　　你的笑容是缓慢加深的，"乱说什么呢"，你站着不动。

　　"呵呵。也是啊。"我耸耸肩。

　　远处路在尽头拐弯，那里站着棵巨大的树，深夜了像团巨大的萤火。

　　仿佛一个世纪。

雪原

我想在栗原消失的世界，她的那片没有人迹的白色荒野上，原来还是留着一行脚印的。

楔子

　　毕业后第二年，我在一次公司间的联欢上遇见了旧时的高中校友，彼此留了联系方式后，除了业务上的往来，节假日时也常常互相发些短信，没有多久她被分配往海外的公司，临行前我们约在一起吃了顿晚饭。

　　席间惯例地聊起以前学校里的逸闻。虽然已经离当年遥远，但依然会同时大笑起来，谈及过去的时候，中间并没有过多的隔阂。

　　"不过，整个三年里，最难忘的，还是栗原的事吧……"最后她说。
　　"念书时会参加同学的葬礼，当时就很骇然。
　　"如果栗原现在依然在世，应当和我们一样二十四岁了……
　　"就像村上春树笔下的直子，当她和渡边都已经跨入二十，死去的木月却永远保持着十九岁的年纪那样……
　　"每次这样想着，就觉得非常不真实。"

　　"桐山你还记得吗？"她问我，"栗原的事。"

一

　　放学前我在操场边找到栗原："在这里闲晃什么啊。"
　　"噢。桐山君。"
　　"修学旅行的费用，全班就差你一个还没交了。"
　　"真的吗？"
　　栗原撑着双手坐在双杠上，两腿垂下来，裙子像随意粘盖在蛋糕上的白色油纸，留下双膝中间的一点距离。

　　于是我把头低向一边："……总之快交啦。"

　　手上加了力气，让自己的身体绕着杠身翻了半个圆圈后，栗原跳到地面上，她掏了掏耳朵，"男人来向女人讨钱，这可是很丢脸的诶。"
　　"别说这种不知所谓的话。"我皱眉，"记得明天把钱缴来啊，最后期限了。"
　　栗原用轻快的音调唔一声，一副没法保证的样子。我无奈地松开肩膀，转身去推自行车的时候又回头看了一眼。
　　一步一步沿着球场围网离开的栗原，地平线仿佛是张开的上下两颚，把她吞食在落日的味蕾里。

　　催人缴费是身为班长而不得不负责的琐事。虽然当初仅仅因为在班主任说着"没有人自告奋勇为班级出力吗"时，我正好倒霉地掉了课本在地上，于是有了"那就桐山同学吧"这样毫不负责的结果。
　　干的多是打杂跑腿的活。十八岁的高中生没人还会把这个头衔当一回事，包括我自己在内。两个女生在后排吵架，最后动起手来接近过火的程度，即使知道阻止也不会有效果，但这时依然得上前形式化地说一声"请注意些"。
　　上下睫毛涂得粗粗的女生瞪着我，彩绘指甲抓在头发里，"真啰唆啊，关你什么事。得意忘形了吗？"

　　"可是我觉得桐山君跟'得意忘形'这个词实在差得太远了……唔，倒不如说，完全是两个方向。"
　　之后曾经听到这样的话，是在下午的美术教室里。美术老师要求我替他找本画册，走进教室我发现栗原坐在角落里，她拖了张椅子靠着墙角。
　　"怎么躲在这里……"
　　"没哦。"栗原揉了一把头发，"等会儿美术小组的活动上，我要做模特。"
　　太明显的戏弄的话，也打消了我继续下去的念头，走到橱门前只管翻找东西。

栗原拿鞋面从后边碰了碰我的腿，"出去的时候关一下灯好吗。太刺眼睡不着呢。"

"不是要当模特吗，灯关了别人来怎么画。"我瞥她一眼。

栗原仍旧抬着下巴朝我笑："呐？"

"真是麻烦。"说是这么说，夹着画册走到门前时，还是抬起手按下墙上的开关。

"谢谢啦。"昏暗里栗原说，带着微笑的语气。

所以说，似乎我和栗原还是有一点点熟悉的。即便熟与不熟的界限本来是个太模糊的东西。班级里三十几个人，大多见了面也没有对话的意图，仿佛中间隔着可观的距离，是个让人疲于走近的庞大数字。

但是，偶尔我会觉得，从"看见栗原"到"和栗原说话"的两点中间，并没有太远。那个数字它非常微小，可以用单手握住。

黄昏总是带着一层薄霭，棒球队训练已经结束的沙场上扬起灰黄的风，两三个体育部的女孩子拿着扫帚。校门口也有人在浇灌花盆。学校外有个天桥和巴士站。远处是山。大部分人的家都在山脚下的街巷里四散着。那里有神社，也有理发厅和书店，门面大都小得可怜。

走出校门前经过贴得花花绿绿的招贴栏，里面就有关于修学旅行的海报。画面上是原生态的沼泽，一群不知道雁或鹏的灰色大鸟落落地振着翅膀，像连成了片的锈斑。

二

很久以前的一天傍晚，我在书店遇见栗原。那间拥有上下两层，但面积依旧袖珍的书店。一楼放着杂志期刊和漫画，文艺和专业书则在二楼。

　　当我通过狭窄的楼梯走到二楼时，在两排书架的尽头处，有人站在那里，书包搁在地上，翻阅着一本书。看得很专心，不时把重心在两腿上交替。

　　我很快找到自己需要的辞典回到一楼，随后没多久，那个人侧着身子一步一步沿着木头楼梯走了下来。

　　栗原穿着黑色的半筒袜，校服裙长到过膝，和裙子一样藏青色的外套，头发在肩膀以下——是无意识里自下往上地一点点看清楚。所以当我的目光循着这条路线，最后停到她脸上，一下就转开了。因为是在很久以前，只知道是和自己同班的女生，其余完全是如陌生人般模糊的。

　　等我从老板手里接过找回的零钱，栗原已经走出了店门。我们两人的自行车都摆在店门前。她在前面一些，我落在后面，就这样沿着起伏的小路骑着，到了有汽车驶过的十字路口便一齐停在白线后面。

　　这个时候栗原回过头对我说："桐山君。再见。"

　　喊着我的名字，汽车远去后，她骑上朝右转的路。

　　"再见……栗原同学。"我在片刻后回答她。

　　这是我和栗原第一次说话。第一次说的话，内容却是在道别。

三

　　顺着理发店所在的路口上坡走，邮筒后面的房子就是我家。母亲把衣服晒在院子里，曾经我老远就看见地上陆续散落着貌似自己家的衣裤，一路捡回去，在家里看连续剧的母亲还压根儿不知道外面突然刮起的大风已经卷跑她的劳动成果。

　　不过，即便是稍微迷糊的长辈，也会有把我藏在床垫隔层里的成人杂志偷偷拿走一两本的举动。并且拿走归拿走，明知道我一定会发现，但从不正面提起，我也干脆装作仿佛什么都没发生过。

　　自行车在院子里停好，推开家门后，母亲举着锅铲从厨房走出来一边说"今天吃牛肉炖饭哦，快去洗手"。

　　几年前开始，父母开始在意和紧张某些方面。他们找机会旁敲侧击地问我，最近在关心什么，有什么新的兴趣爱好，然后会绕着圈子问班上同学怎么样，女生们如何。

　　"那么，有没有什么投缘的异性朋友呀。"父亲喝一口酒，又像是对这个话题其实并不关心似的，一下用筷子指着电视机说："就是这个艺人，每次都要钻人裤裆！好笑是好笑，不过也让人觉得，有必要做到这个地步吗？唔，对了……刚才说到哪里来着？"

　　"没什么。"我说，"没有。"

　　"哦，是吗……对了，你们修学旅行是在下个月吧？"这才正式换了话题，父亲回头看挂历，"没几天了呀。"

　　"最要紧的还是注意安全哪。"打了一碗饭上来的母亲坐到桌边。

　　其实，在三个月前的结婚二十周年纪念日，微醺的父亲完整地向我讲起他和母亲从认识到结婚的过程——原来父亲和母亲从读高中时开始恋爱，他们十几岁的时候。

　　父亲说到半路，母亲会笑着打断他，然后对我说："那时候你爸爸真傻啊。就是个粗线条的愣小子。"

　　班上一共三十一人，女生的人数比男生要少一些，但即便在原本就不大的基数里，栗原也算不上显眼。有时候看见她与别的女生说话，或者一块儿吃午餐，但感觉上又不像是关系亲密的好友。回家路上她自顾自地骑着车，有一两次，我在离她不远的地方，已经决定了不打招呼的时候，栗原却看见了我，她说："喔，桐山君。"

　　那是入夏的时候，栗原穿着学校的衬衫，开着一颗扣子，衣服下摆束在藏青色的百褶裙里。脸晒黑了些，手臂和脖子却是很白。

"回家？"我问。

"嗯，不过那之前要去邮局一次。"

"哦……"

"嗯。"

"寄信吗？"

"不，有个包裹要取。"

"哦，是吗。"

"嗯，"快到邮局的时候，栗原放慢速度。"那么，拜拜，桐山君。"

"唔，拜拜。"

于是到了第二天，在学校里遇到，栗原提着垃圾袋，我则拿着簸箕刚离开教室后门，就有了新的对话。

"昨天，后来，包裹拿到了吧？"

"嗯，拿到了。"

"哦……"

"桐山君，你把簸箕给我好了，反正我也要去倒垃圾。"

"啊，谢谢。"

"不客气。"

那么到了下午，我因为被班主任留在办公室帮她整理资料，栗原那时推门进来，扫一眼似乎没有收获的样子，于是她问我："老师呢？"

"班主任？"

"嗯。"

"不知道，也许去校长室了。找她有事？"

"是她找我才对。"栗原笑笑，"那算了，我先回家了。"她冲我比出"拜托"的手势，"别告诉她我来过。"

"哦，好的。"

已经走出办公室的栗原随后又折返回来："啊对了，这个东西，"她拿出一枚钥匙放在桌上，"上午从簸箕里倒出来的，大概是班里哪个人掉在地上后被不小心扫走了吧。"

"啊啊……"我有些尴尬，"明天我去班上问一问。谢谢你。"

"嗯。那么我走了。拜。"

和栗原的对话干巴巴，谈不上有什么内容。哪怕说得最多的总是"嗯""哦"这样的词，但一次顺着一次，一天到另一天，在夏天早晨的教室里，栗原卷高了衬衫袖子，拿着板擦，一边对我说："老师果然问起我啦？"

"唔，好像她也忘了约你的事，问我'栗原同学来过吗，糟糕我给记错了'。"

"那你说？"

"没来过。"

"呵，谢谢。"她笑着，举起右手，"诶诶，说是无尘粉笔，可明明你看——"

一次顺着一次。

今天过去明天。

那么下次也许就讲着关于粉笔的无关紧要的事了。

像条越接越长的绳子，慢慢地就走得很远。琐碎的和平淡的话题，从一个延向又一个，我开始觉得自己和栗原是有些熟悉的，从看见她，到上前对她说话，这中间没有什么距离。像做着一件自然而然的事。

四

最近这段时间里，我常常出现在要替朋友圆谎的场合。初中时同班的朋友到了高中也分到一起，几年一过关系就变得很铁，平日空闲里多凑在一块儿"互相扶持"。包括在他的父母面前硬着头皮承认"伯母，那些的确是我寄放在他这里的"成人用品。

对方打量在我脸上的视线像有硬壳的虫在爬。

不过尽管当时难堪，晚上聚在一起，没有抽烟的时候酒还是尽兴地喝起来。两人把拉盖拔开，一喝就是一大口，灌在喉咙里起初冻得哆嗦但很快就回热起来。

"啊……当时我就觉得她那个模样，超——可爱的。"朋友喝开了就开始乱挑着话头。

"哦。"我摇晃着手里的铝罐，空了大半，所以脑袋已经有些软软的触感。

"手机的桌面也换了，等我……"朋友边说边掏着口袋。

"行啦，我不用看。"

手机面晃在我眼前："怎么样，乱可爱一把的吧。"

"还行了。"

常常还有其他人，粘着朋友的朋友，朋友的朋友也是朋友之类的关系，四五张面孔聚在屋檐下。话题也由此变得更加肆无忌惮了。校内校外某些风云的女生，常常成为评论的对象。

"那种不叫可爱叫假仙。"

"你懂个头啊。"

"C班那谁才叫可爱呢，皮肤透明的！"

"水母啊，还'透明的'，白痴。"有人边说边回过身来喊我，"桐山你去买东西？"

"嗯，酒快没了。"我站起来收拾空了的罐头。

"噢那好，帮我带个打火机吧。"

"好。"我揉了揉下巴。

就在这一天，上午赶上突击的随堂测，下午又是防灾预演，闹哄哄里被不知道哪个家伙撞了一肘，下巴也因此肿了起来，久久涨着疼。非常不得劲儿的一天。因而等到傍晚时分我才真正确定到，栗原的座位一直空在那里，并非仅仅在我望去时刚好离席那样凑巧的事，是从早到晚持续的状态。栗原今天没有来。

离校前我经过办公室，班主任从里面探出头来喊我："桐山君——"

"什么？"

"明天把修学旅行的分组去布置一下吧，每五个人自愿结成一个小组。"

"哦。"我想起来，"那不是总有一个人会多出来吗。班上三十一个人的话。"

"这个啊，不会。"班主任摇了下头说，"栗原同学昨天住进了医院，所以没法参加了。"大概是见我瞬间哑然的表情，班主任又补充那并不是什么严重的症状。而她确实拿着随意的口吻，并很快回到了先前的话题。

我站在走廊上，外面正对着操场，正是课外活动的时间，棒球队和田径队，还有在空处排练集体舞的社团。气氛非常热闹。四处响起高喊的口号，"加油"和"再加把劲儿"，朝气十足的声音穿过操场，隔着玻璃也能听清楚。

并没有因为一个人的健康原因而变得暗沉起来的空气，仍然在明亮地流动着。像沙子淹没一个单独的脚印。

记得暑假结束前的某个傍晚，我曾和栗原在商店街前碰面：

"桐山君也知道这个摄影家吗？"穿着灰色私服的栗原停下自行车。随后她指着一旁的个展海报问我。

"啊，什么？……噢……唔。"我哼了一声。"是吗？"她看着我，"这样呀。"

"啊啊……嗯……"

我眼睛斜向海报上的名字，陌生到几乎不能立刻通顺地读出来。如果换一个时间，被别人问起"桐山你知道这人吗"，也许我会第一时间内反问到"谁？棒球选手么？"

但是我却对栗原做出肯定的回答。后来想想，或许是觉得要从头解释自己无非是在这里等待朋友，盯着海报也不过为了打发时间，其实压根儿没有在意上面写着什么——这样冗长的一长段，会显得无趣吧。

又或许，在我无法说明的地方，那是想对栗原的话表示肯定，在和她对视的时候，犹如无意识间自然的行为，我点了头。

"你也知道他？"我问。

"嗯。"栗原说，"喜欢他的拍摄题材。"

"是么……"我徒穷地考虑着尽可能不会败露的回复,"我也有同感……如果有时间的话,真准备去看一看……"

栗原回过脸来盯着我,眼神在最后露出让我异常心虚的微笑。

那次并没有到这里就告别了。栗原在等待对面超市六点后进行的特价酬宾。而我则迟迟没有等来朋友。

聊起一些寻常的话。刚刚下过雨的黄昏,空气里又回蒸起暑热,栗原手里的雨伞上粘着零星的树叶,和我说话时一边把它们捡开。

即便是回忆里,每一幕依然历历在目般的清晰。

从便利店买完啤酒和小吃后出来,晃着手里的塑料袋一路走,盖着霜的草和月光。走到一半时我停下来,打开手机一排排翻找着。

的确没有栗原的电话。

我和她之间就是这样的关系吧。

连下定决心去医院探望一回也迟迟做不到。

无非在面对面时可以寻常地谈话,反反复复琐碎平淡的内容。

没有更多接触了。

我和栗原之间——

用单手就握得住的,非常渺小的关系。

而这样的关系,只能让我在听见"可爱"一词时,随即浮现出栗原的样子。

空气潮湿的黄昏,穿着灰色 T 恤的栗原像一杯积下的雨水,一边和我说话一边把粘在伞面上的树叶捡开。

我觉得，那是很可爱的。

五

这天放学后终于应班主任的要求，我把最近几天的课堂笔记送到了医院。

却不是在病房，我刚走到中庭就遇见了栗原。没穿病号服，因此看起来也只是脸色差了一些。手插着衣服口袋，蜷着上身在长椅上看书。

我走过去，栗原先注意到落下来的影子，抬头后很惊讶地"诶"了一声。

"怎么搞的？"我说。

"不知道。"栗原笑了笑。

"不严重吧？"

"嗯。"栗原朝旁边挪了挪身体，"坐。"

"喔，哦……"我把书包放到地上，一边打开盖子，"老师让我给你送讲义。"

"谢谢。"栗原把东西接过去后哗哗翻一遍，然后下了结论说，"桐山君你的字写得不赖嘛——"

我条件反射地立即把书册又抽回来。

"我是在赞美诶。"栗原笑着，弯了一双眼睛。

"啰唆，谁让你看这些了啊。"

"好好，不说这些。给我吧。"

"我们后天就出发了……"

"哦是吗。"

"不去挺可惜的。"

"也还好。"栗原挺起背直到微仰了身体，"不是那么遗憾的。"

"别嘴硬了。"

"真的，"栗原转过头看我，"我有其他更想去的地方。"

"哪里？"

栗原盯着我的眼睛，停了两秒后笑着："没有，我瞎说的。"

"……"我拿不准她话中的真假，只能持续地犹豫，"什么啊。"

"桐山君平时爱上哪？"栗原低头翻着讲义，仿佛随口问的话题。

"……问我干什么。"

"没有吗。"

"……嗯，有个地方倒是小时候很喜欢去。"我回想起来，"在翻过神社，山底下有一段电车会开过的地方——其实以前电视台也曾报道过，不过当然是本地的小电视台……"

"嗯。"栗原点着头，示意我继续说下去。

"就是我小时候很喜欢玩儿的……说玩儿其实不太正确吧……就是以前总和几个当时的玩伴一起守在桥上等着电车开过。因为那个时候，当驾驶室里的司机看见我们，每次会和我们互相挥手，我们还对他喊着'辛苦了'……"说到这里却感觉内容太幼稚，一下打住了话头，"都是读小学时干的傻事了。"

栗原一下笑起来："可我觉得很不错。"

"……你想看的话……反正骑车也只要二十多分钟的地方。"

"是吗。"

"嗯。"

"那以后去看一看。"

栗原一直送我到医院大门前。两侧种了对称的松柏，她在胳膊下夹着讲义，站起来后显出身上穿着长长的冬衣，一直罩过膝盖。

我沿着医院前的坡路往下骑。车轮胎碰到不平的突起时跳得厉害。转过弯后能看见远处的平地。冬季的稻田一层层淡黄色。

——那以后去看一看。

——以后一起去看一看。

六

我想我的确是喜欢着栗原的。

什么时候，哪里，怎样——这些都说不清楚地喜欢着。小孩子们喜欢糖果，夏天到了的话理当去海边，比起足球对棒球更有兴趣……也都是简单真实又无须理由的喜欢。

但是我喜欢栗原这件事，又在它们之上，我无法说清的地方，像手腕旁的脉搏，一直持续地跳动，微弱却明晰。

七

在修学旅行出发前夕我还见过一次栗原。地点却不是在医院了。晚上我从家里出来为了替母亲去送份礼品给长期照顾她的朋友。很冷的夜晚，出门时兜了围巾和口罩但手套却忘记了。回来的时候感觉手指僵得发麻。而当我骑到书店边，却突然看见了栗原：

"诶？！"我抓了刹车。

栗原发现了我，"啊，晚上好。"

"……什么晚上好，你出院了？"我把口罩拉过下巴。

"还没有，出来转转，买点东西。"

"没关系吗？"

"没关系的。"栗原说，脸色或许是因为寒冷，但确实显得红润了许多。

因为坚持要骑车送她回去，所以陪着栗原从书店到商店街一路走了走。她买了一本书，但是已经用牛皮纸包上了所以也不太清楚那是什么。还有一些笔和几袋冲泡饮料。我推着自行车等在店门外，又害怕被同班或认识的人撞见惹来尴尬，把口罩重新拉了回去又揽好围巾。

最后从便利店里出来的栗原拆开一个塑料包装，将一片暖手宝类的东西用力搓了几下后塞进我的口袋里。

"给。"

"……你自己不用？"

"我不太习惯这个东西。"

"谢谢……"我腾出右手插进口袋。

"不客气。"栗原笑笑。

"明天就走吧？"

"嗯。"

"大后天回来？"

"不，四天三夜。"

"好长啊。"

"是满长的。"

"要好好玩喔。"

"你还管这些哪……"已经走到商店街尽头，"回去么。"

"嗯……要不再走一会儿吧。"

"好……可以啊。"

往医院去的路在夜晚显得安静，罕有人影。灯火在远处，只有偶尔的汽车在一旁驶过，它们带来巨大的光亮和声音。

我把栗原往里侧让着，"很危险啊。"

"是呀。"

"……不上来吗？"我犹豫地问，指指车后座。

"再走会儿好了。"

"嗯……"

"晚上很冷啊。"

"最近有寒流。"

"但一直不下雪呢。"

"下雪了以后骑车很不方便。"

"这倒是呢……不过，下雪还是很漂亮吧。"栗原笑着说。是我已经看不清她的表情，但能从声音中感觉到的。

"旅行回来，给你带礼物吧。"我努力地说，把原先拖缀在句子末尾的省略号咬断了。

"是吗？"栗原停住脚说，"谢谢。"过了一会儿又继续着，"桐山很体贴呀。"

"……乱说什么。只不过随便买点儿当地的纪念品……反正我父母也要求了一堆，还有邻居家的小鬼头什么……"鼻子嘴巴闷在口罩里呼出湿重的热气，一直熏到眼睛下都发了烫。

"那我要刚出炉的芝士蛋糕！"

"没有纪念品带这种的吧！"

到下一个路口时，却已经能看见医院的灯光了。原来不知不觉中我和栗原已经把一路都走了下来。

"不过真是麻烦你了。"

"没关系。"

栗原转过来背着光站，"那么……再见……"

"嗯……回见。"我跨上车。

这个时候她又一次喊住了我：“等等……”

我从踏板上放下腿：“怎么？”

走上一步后，栗原伸手将我的口罩拉过下巴。

大概两三秒的时间，她对视着我。然后才把口罩又戴回了原样。

“……怎么了……？”

“想要记住桐山你的样子……想再看一看……现在好了，”她简单地说，“拜拜。”

“……拜。”

八

“拜拜。桐山。”

“拜。”

那是我最后一次见到栗原。那才是最后一次。

九

几年后读到的一本书里说，其实国内每年都有超过三万人选择自杀。当中最常用的方式是跳楼，其次是上吊和服药。

我在大学图书馆里发现了这本关于自杀的书，尽管出版日期为八年前，可保存在这里的是第六印次的最新版，并且从外观来看，已经有相当多的人曾经借阅过它。

对每一则自杀方式的介绍后面，都会附上案例，其中有因为事业失败而几次刺伤自己的身体，最后在意识模糊中拖着破烂的躯干爬上高楼的公司社长，也包括因为受同学欺负在第一次自杀失败后第二次跳下房顶的女生，落地时的撞击力将地面上的水井盖砸成了两瓣。

因为无法继续活下去，所以选择了死亡，是关于这样一些人的一本书。

书中记载了一则故事，决心离开人世的父亲在临走前给家里打去电话告别，焦虑的妻子让孩子在电话中询问爸爸现在在哪里，让孩子挽留他的爸爸不要去。尽管如此，结果仍然没有改变，父亲哭泣着挂断了孩子的声音。

我想起了栗原。

据说是在修学旅行结束的前一晚，栗原离开了医院，所以当我回来后只听到她失踪的消息。然而加入搜索的队伍不到几小时，我就接到电话说遗体已经被人们从河中找到了。她在下游几公里的地方，但是找到了。

老师在电话那头说："桐山……你可以回来了……"

我挂了电话。挪着腿走下天桥，从旁边的草丛里扶起倒在那里的自行车。摔得很厉害，整个车头扭向一边。车把下的照明灯也碎裂了塑料外壳。

没有电车驶过的时候，这里宁静得像一个冢，狭长的天桥如同凹槽，流过灰与蓝的声音。

我并没有在这里找到栗原。而是从电话中得知了她自杀的消息。

一路赶骑着，然后连人带车摔在桥下，爬起来后到天桥上面寻找。

从桥上到桥下，也向旁边开杂货店的大婶打听，得到的都是否定的答案。

栗原没有来过这里。

即便说过以后去看看，说过这样的话，但她没有来这里。

仅仅是，我以为她也许在，我希望她在。我希望自己对她提起的一句话，可以在最后具有特别的意义。

十

　　栗原的葬礼我没有参加，那天父亲在工厂加班而母亲正好病倒，我在家手忙脚乱地照看直到她睡下。拿着母亲喝完的粥碗去厨房时，刚刚拧开水龙头，电话就响起来，接通后，是朋友刚刚从葬礼上离开后打来的电话。说了一些场面的描述，也问我"桐山你真的不来哦"。

　　我握着电话点头。

　　"其实我们刚刚才听说，栗原之前的住院也是因为自杀未遂。
　　"她吃下了许多药片，但那一次被救活了。
　　"开始似乎被当成使性子，只是没想到，原来她是这么执意的吧……
　　"老师也非常吃惊，说自己什么也不知道，连连哭着说她失职了……
　　"……桐山你在听吗？"

　　"我在听。"我关上水龙头，"其实也不该怪老师吧。"
　　"是没错。只不过，大家都觉得不明白呢。"
　　"嗯。"
　　"但的确，栗原的事平时大家很少注意吧……班上的人，如果不是非常熟的话，根本彼此谈不上了解……"
　　"嗯……有时候别提班上的同学，就是亲人，也一样的。直到事后才说'怎么会这样'的情况太多了。"
　　"也是。"

　　收拾完碗筷，母亲却在屋里醒了，带着咳嗽。我于是拿了零钱和外套准备去药房配点儿药。最初她只推说多喝点儿热水再睡一觉就好了，但看来还是不行的。
　　巷路里没有人影，电线杆投着间隔的光，往远处便暗淡。我伸手进口袋时，摸到了僵成一块的暖手宝。已经是彻底的冰冷的固状物了,凹凹凸凸的像破旧的马路。但把它握在手里时,一瞬间觉得没有办法走下去,怎么也没有办法移动身体。血液好像也凝固成同样彻底冰冷的固状物了。

"谈不上了解""什么也不知道""事后才说'怎么会这样'"……仅仅是单手就可以握住的那样微薄的关系。

自己是一无所知地喜欢着栗原,完全一无所知地,当她看着我的时候,一定觉得"这个人什么都不知道啊"。

——只要一想到这点,就想要把拳头砸在哪里般,无法面对的羞愧的感觉。

非常非常难受。

十一

和预料中一样,身为班长的我还是和老师一起去栗原家拜访了一回。出门时,栗原的母亲从屋内又喊住了我们。

"啊,请等一下。"她拿出一个信封递到我的面前。

随后解释说,这是给校方的,写了一些感谢与安慰的话。

老师伸手接了过来,我听见她作着动情的致谢。然后我们一起退出了院子。走到路口时,老师说自己还得回一次学校。我"哦"一声,推着自行车朝家走。然而刚刚转过身,我觉得自己的脸色一定马上变得惨白。

那封信。

我的的确确,在看见被递到眼前的信封时,以为是栗原写给我的。

的的确确在那个刹那,这么认为着。

和当初认为自己会在天桥上发现栗原一样。但终究和所有其他人没有什么区别，我从电话里听到她的死讯，从旁人处获悉她的传闻，被她的亲人说着"谢谢你们"。

与所有对她一无所知的人一样，只能在事后惋惜。

是这样的吧。

十二

冬天即将过去时，教室里早已恢复了常态。二月底，班上的女子拉拉队被选中参加春季全国大赛的表演，为此庆祝了三天。于是最近在啤酒聚会上的话题也变成了围绕着那些拉拉队员们。而朋友的手机似乎也换上了他与新女友的合影。

"桐山你还没见过吧？"

"嗯……邻校的？"

"没错，我在卡拉 OK 房里认识的。对了，这个周末你也一块儿出来玩儿吧。介绍她的朋友给你认识。有两个也是参加拉拉队的诶！"

"哦不用了，这个周末我要出城。"

"啊是吗？"

"嗯，有点儿事……"

"那带我好啦，"旁边有人插进话，"我也叫上几个，一起联谊呀联谊吧？"

"等你脸上的青春痘治好再出门吧！"朋友又回过头，"桐山你真不去？"

"嗯，不去了。"

我在上个月的杂志里读到一则展览的广告。打着"感动再开"的字样，被刊登在中页的一角。据说是曾经在夏季时开展过，当时就颇受好评，因而此次决定二度开展，日期几号至几号，时间上午几点至下午几点。

是我曾经被栗原问起"你也认识吗"的那位摄影家的个展。

我撒谎说"嗯，我很喜欢"的摄影家。

当日子已经过去一段，我可以拿着平常的心情回想起栗原的名字时，在书店里读到这则广告后却还是决定去看一看。

去看看究竟是什么。

周六的早晨八点我出了门，骑车到车站后把自行车停在那里，然后按照查阅的路线，应当要换四次电车，算上班次间隔的时间，估计抵达时已经下午了。

初春的天还是寒冷的，中午在换乘站上吃了一碗拉面才觉得手脚又活络起来。随后便在车厢里沉沉地打着瞌睡，有差点儿坐过的时候，好在还是及时醒来了。

抵达美术馆时已是下午一点。人却不多，门外有负责分发说明手册的小姐，我走去领了一本，然后走进入口。

馆内布置的照片，全都拍摄着被白雪覆盖的矿窑区。

被积雪从各个方向包围着无人的屋宅，雪粒从屋中流入室内，聚起尖锥的塔形。

空酒瓶里的积雪已经从瓶口溢出。瓶身则被深埋在雪面之下。

或是一具倒在地面的人体模型，朝空中举着手臂，却没有两腿，雪花落在它的胸前。

还有不断在融化和累积中反复的雪，显出多层的截面，高高地堆在一尊折断的立柱上。

白色的雪，和黑色废墟，近百幅的照片都是这样。有占据了整面墙的一幅，是矗立在雪原上的空楼。远处的地平线上落着夕阳微弱的光。

"从 100 年前便以煤矿为主要经济来源的城市，在 60 年代初鼎盛时全市有 24 个矿井，和 12 万人口。然而 1982 年以来，由于市内的多个煤矿发生瓦斯爆炸事故，致使矿山倒闭，破产，整个城市人口外流。未经多日，城市大部分便沦为无人的废墟，终年被 2 米多厚的白雪覆盖……

"那是我第一次遇见，便再也不会忘记的景色。无法用言语表达，只能用镜头短暂地记录下来。"

摄影家的话被放大贴在展览终点处的看板上。

一旁布置着笔和留言本。

连同第一次开展时的留言本一起，有新和旧两册。新的一册还没来得及留下什么。我翻开旧的那本。

不同的字迹多写着"震撼""难忘""不知为何觉得伤感"之类的话，再翻了几页后，我读到了栗原所写留言。

排除任何同姓的可能，那是她写的话。

我咬紧了牙齿。用手指点着，一字字地读完。

"看过展览后，感觉比从画册上读到更加真实。非常感谢。

"如果可以的话，还是希望能去实地，想要实地看看这样的景象……虽然知道是不可能的……很多很多的失望后……

"所以才会觉得感动吧。

"流下了眼泪，是因为感动吧……

"像从时间中离开的废墟那样。

"我对自己说……并不一定要坚持下去，不用坚持下去也可以……

"真的可以放弃了。"

有被涂改的文字，句子断断续续的。

日期落着是那年的夏季。

只是在日期后又写着一句：

"但能够认识你，真是非常好的事。"

"桐山，你好吗？"

尾声

开始工作后，我想自己多少理解了一些，公司里有每天加班到深夜的中年职员，没有费用的加班并不会是自愿的，但谁都有自己的负担。

犯错误被上司批评时，一定要把头压得更低，更低一点儿。

回家后对家人发脾气。

各种失望的时刻。

但我毕竟还是用自己的方式去揣测的吧，就像我所看见的照片，与栗原所看见的一定不会相同。只能和许多人一样感到"震撼""难忘"的我，对于栗原的留言仅仅明白了大概。

尽管如此，尽管是这样——

我想在栗原消失的世界，她的那片没有人迹的白色荒野上，原来还是留着一行脚印的。

落在雪地中，像笔印那样模糊弯曲的一行。

陪伴了她的一小段路。

"再见了，栗原。"

你好吗？

在分离前总有相遇。

相遇是件美好的事，和其他所有平凡的事物那样，

光明的，温暖的，善良的属性。

お元気ですか?

那天有位搞笑艺人在娱乐节目中说，自己看了电视里关于候鸟的记录片，结果对着电视流泪不止。附和在他周围的人们，以制作精彩的娱乐节目的精神，一个说也曾看着两只昆虫在交配而感动，一个说自己曾为色情片里努力工作的男性而哭泣。四周笑声不绝。

我在屏幕前追踪那位最初开启了话题的艺人的脸，虽然镜头因为随后焦点被转移了迟迟没有再投射向他。

关于那位搞笑艺人，有些不为大众所知的是，我听说原来他曾以化名一直为某本杂志撰写短期的专栏。虽然不是那么流行的刊物，以至于附近的书店都很少进货，但还是想办法搞到了几本看看究竟是怎样的风格。

和预料中接近吗？或者大大出乎意料吗？应该在这两者之间吧，他写非常感性的句子，和节目中被恶整时常常嘴巴里塞满了豆馅的夸张表情无法联系起来。偶尔说起自己的家人朋友，更多是在工作中的偶感，而那部候鸟的记录片，也在某篇专栏中被提及到了。

"迁徙危险而漫长，有许多落队或者干脆在路程中被射杀的鸟儿，但它们不作任何放弃。""可我觉得，习惯一件残酷的事，那丝毫不悲壮或伟大。""只是习惯了而已。"

星期日晚上七点的娱乐节目里，装扮成树的样子，在攀爬布景墙的时候不断有机关打开以使他落入下面的泥水槽。

一直是很受人欢迎的节目。

お元気ですか？

前两年和当时初中的同学一起去著名的寺院旅行，游人如织的景点，而我们的巴士在中途换了一位司机。

于是大家在下车后，纷纷说，新来的这位没有前一位和蔼呢，硬邦邦很冷淡似的，而前一位却是非常地温和啊。

等到旅行结束时，最先返回到车上的我，只有那位司机坐在座位上喝茶。他看见我，朝我点着头，说："回来啦？"

我说："嗯"。

"怎么样？人很多吧。"当我入座后，他从前排走来，与我攀谈起来。又问到了有没有买那个名产的陶瓷挂件，以及我们是从哪个学校来的等等。

不时笑着说"真的呀"的他，声音豪爽。

等到其他人也陆续返回时，他也回到了驾驶室。我则被邻座拉着观摩她买的小礼物。

在别人的脑海中最终以批评的情绪而记住的他，是不是只有我，知道他其实也是善良的健谈的人。

但我的那部分还是太微不足道了吧。

许多误会，不重要的误解，一个个去纠正是不可能的。
要学会的就是放弃它们。

又及，在那所寺院里，我还是抽了签。排在那儿的人很多，熙熙攘攘的，我总算拿到签筒搏出一支。

那是支下下签。

签后有一句话写着：到尽头的船，无处可去。

お元気ですか?

姐姐从大学的假期中回来，但她和父母相处得并不好。她很少露面，平时仍然和原先的朋友们聚在一起，直到入夜后我听见楼梯响起脚步声。

而家中的气氛，不得不说，确实是在姐姐离开后，才显出平静的样子。

在学校里听见有同学写的作文，写着父母对自己的爱，她非常感动，读到最后有些啜泣的情绪。并在结尾中说了类似不论怎样，和父母之间的感情是不会被折损的，那是世界上最伟大的爱。

"最伟大的爱"，是吗?

会写出这种句子的人，究竟我是羡慕的，还是嘲笑的呢。

期许一切都是如想象中最真切般的美好，并且希望别人也和自己一样，相信那些健康积极明媚的力量。生活是美好的。

我是羡慕，还是会嘲笑呢。

经过了近十年的习惯之后，我想姐姐跟父母之间已经没有平常的感情了吧。在她读高中时，因为争执，父亲冲进厨房拔出刀来，并没有犹豫地就砍下去了。虽然姐姐躲过了，她用手肘顶住父亲的喉咙，大吼大叫着。母亲在旁边找不到东西，就干脆拿桌面上的西瓜砸向她。

并没有哪种感情，是能够经受住任何考验的。会慢慢地消逝掉。

所以这数年来，我看见父母在饭后收拾完碗筷，没多久姐姐回来，拿着自己带的外卖回到房里独自吃。

半夜时也接到过姐姐的电话，她说："你下来帮我开一下门。"

我就爬起来去楼下。门被锁上了，要拉开外面的铁栅栏。

跟着姐姐上来的时候，我去拉了一把她的手。

她很快甩开，说："我丢了钥匙。"

而平时，即便家里有人，姐姐也从来都是自己拿钥匙开门进来的。

我不知道姐姐的想法。也不清楚平静地坐在桌旁，听见门锁转动的声音，然后打开，又被关上的时候，父母在想什么。

只是，这样的忍耐，这样的失望，变成了无法挽回的东西了吧。

连窒息都可以习惯的生活，在持续下去。

お元気ですか?

一天天地长大，一天天地变老，最后死去。

毕业时写纪念册，现在看，只觉得当时幼稚的笔迹，说出的话与现实几乎完全没有关系。被隔空放置的希望，是完全落不到地上的翅膀。

过年前跟随父母回家探亲，小巴士开过孤悬的山脉。在对面的山头，阳光从云层中投射下来。阳光是线状、水状。使我几乎相信，在光源的地方，是有什么存在。是人们离开一切，也想要了解的地方。

我打开了窗户，想要再看清一些，但是吹进窗的强烈的风，让坐在后座的父母醒了。他们说："快关起来诶。"

很多事都不清楚，难过的东西令人彷徨，我不知道自己心脏的开关究竟在哪里。

被阳光照耀的时候，它嗒地跳了挡。

将来变成怎么样的人，承受或是拒绝，在时间中像被风化的砖，一点儿雨水也能使自己碎裂。而更早的时候等待的所有期许，一件件都没有实现。或者遗忘了，或者失败了。

这样的话，不知道对谁讲，也不知道如何讲。
说不出口和说不明白的伤感，对于他人来说总是负担的呓语吧。

お元気ですか?

夏季的时候买了新的泳衣。因为之前的用旧了，变脆的布料在洗完后发现裂了个口子。
这次买了深蓝色的泳衣。
最早是读小学时与同桌一起去学了游泳，读初中开始自己一个人去。
泳池里真正游泳的多为前来健身的中老年人，玩耍的年轻人则在一旁泼水嬉戏。
结束后就带上一身消毒水的味道，头发也粘在一起，衣服的后背很快湿了。

将眼睛没在水下的时候，会觉得自己感受到了鱼类的视角。水面是绸缎感的物质，光在上面摇晃。
在水中待久了，是感觉不到它的。水像空气一样，透明却浑浊。
或许正因此吧，曾经有一次，我忘了憋住呼吸，在水下突然吸了口气。
被呛的感觉是很难受的，连肌肉也会在咳嗽中酸痛起来。
当时就想，将来一定不要被淹死，那太难受了。
但后来每每在水下睁开眼睛，看落在水面上的光，都会无意识地放松着，因为走神而制造了危机的可能。

一整个夏季里。

お元気ですか?

被问到"怎么了"时，往往反而说不出来。
就是这样。
很多话并不是因为想说而存在的，恰恰相反，因为说不出口，才有很多话语累积在脑海中吧。

在演唱会终曲时哭到颤抖的女生，并不应当问她在哭些什么。——同一个道理。
还是有太多解释和阐述都做不到的情绪，远远凌驾在我们的词汇和逻辑以上，压迫着，像无法战胜的敌人。最后是被反复折磨的疲倦，却无法为他人所了解，只能草草总结成一两个常用语来定义。

不会被理解。
但是，如果你对我说"怎么了"。对视着你的时候——
我可以说吗。

お元気ですか?

从春到夏，然后是秋和冬。
在成人以前，最后能看见的风景是会被永存的。我相信即便身体腐朽了，依然会有类似灵魂的东西。冬天开始时，红叶落在地面，像伤愈中的肌肤。

在分离前总有相遇。相遇是件美好的事，和其他所有平凡的事物那样，光明的，温暖的，善良的属性。如同在冬天时想握住暖热的手，我对它们的向往，心情也会愉快一些。

如所有人一样，安静地、努力地生活。什么时候开始，听着会感觉激动呢？还是原来大家都承受着很多？

お元気ですか?
你好吗?

仙人掌投下花的影子

从我身后，脚下，会聚出黑色的影子，它们融合到一起，暴露出形状。

无奈或不甘的，酸涩与沉默的——

一朵花影子。

「时间」

春天时，有人靠近我的耳朵说："呐，听说隔壁班有人喜欢小哲，你知道吗？"

以这个八卦入题后，下文不断。那位某某君在班内的朋友半开玩笑地挑明，"小哲，这是'别人'让我给你带的东西哦。"女生们嫉妒得要死。"唷"字主打的口气压不住笑容里的酸意。接着那位某某君从幕后逐渐转入幕前。下课时偶尔经过，都有人朝他已经消失的背影努嘴，连连揶揄着说："小哲，你看你看，是他诶。"四下哄笑开。于是小哲摆出"神经，闹什么呀～"的表情，起身跳到我身边，拉住我的胳膊说："陪我去洗手间。"

课余时连厕所也要手拉手一起去。

彼此家住得很近。一个小区里隔着两幢楼的距离。

晚上留宿在对方家里，聊到各自沉沉睡去才罢休，也是常有的事。

我和小哲是关系亲密的朋友。

「小哲」

在这之前，并且我相信在这以后，小哲依然能遭遇类似的事情。某个男生，不论是否本班本年级甚至本校，直截了当者拐弯抹角地，递来信息。

她从小学习舞蹈。家境和成绩都不错。及肩的头发长度，也能在发卡或头箍上变换造型。性格很乖巧，老师爱让她在早自习领读。

所以，我相信隔壁班的那位某某君事件，只是其中的几分之一。一张白纸折成四列后的其中一列，或者均匀切分的六块蛋糕之一，甚至是未必有草莓点缀的那块。

「某某」

　　春天时来了一股严重的流感，班上许多人遭殃，最多一天空了七个座位。出操时各班队伍跟着短去一截，许多人原本的站位改变，我往前挪了三个不止。小哲跟在我后面。

　　在校长讲话进行到一半时感觉到周围的隐约骚动。那种兴奋的期待的，以亢奋节奏编制的复杂气息，的确是在我的身边形成并会聚。我四下张望，回头后看见小哲微红着脸，好像要压住羞涩和嗔怒，但又从眼角里流露出来。

　　目光移到她身旁，隔壁班的队伍里。

　　与她站在并列同排的人，喔，那么因为队列改变而站到了小哲右手边，近在十几厘米外的人，一定是那位某某君。

「某某·二」

　　他右手垂在身边，左手些微背一点在身后。

　　而比起长相，这时更容易在第一时间注意到的是表情——

　　应该不是日照的原因，脸上有能让人察觉的热度。隐在看似平静的神色下。

　　呵……我想。

「时间·三」

　　又过去几年。

　　许多个许多个春天过去后，我回忆起来，当时他袖子挽到手肘。背脊不是笔挺，带有平缓的轻弧。

　　顺带一块儿回忆起来的还有，四周投影的树木，那时的学校里种木棉，花期短暂，但每当开花时往往叶片落尽，一大团一大团满树的红色。

「黑板报」

　　每个周五的傍晚，美术课代表和学习委员，以及轮到的小组推送的一两名组员，要留下来出黑板报。雷锋叔叔的头像或是天安门，还有奥运五环什么的，都是古老的应景的配图。在这个时代，有更多动漫人物上场也不奇怪。经常全班在网球王子或是海贼王的注视下一起读《左忠肃公逸事》。

　　出黑板报的前十分钟多半都在互相打闹或是聊天，十分钟后开始正式工作，然后坚持二十分钟后再次松懈下来，选出一人去校外的小店买烤饼回来吃。

　　于是我说"我去好了"。先到厕所洗了手，然后穿过校门，按照人数买了五块。回来的时候看见美术课代表蹬着自行车心急火燎状地冲过来，与我擦身的一隙，扔下句"啊忘了重要的事必须先回家了——"，没等我追问"那黑板报谁来画啊？"

　　担心只维持了几分钟。走到教室门前，看见某某在里面。

　　嗯，就是那位某某君，举着手在黑板上方写下一排美术字。

「美术」

　　小哲在这时招呼我说："课代表有事回家了。所以她们——"她指指剩下的两个女生，"去隔壁班找他来帮忙。"

　　"哦。他也没回家吗。"这时听到对话的男生看向这里，于是我只能转向他问："你也没回去？"

　　"我们班也要出这个——"他说。

　　"你是美术课代表？"我问。

　　"不是。"他摇摇头。

　　"那……"对话似乎在这里就该结束了，我看了看手里的袋子问，"……你吃么。"

　　他顿了顿后笑起来："不了，谢谢。"

「名字」

小哲悄悄告诉我，"他叫阿澈。"
我问："彻底的彻？"
"清澈的澈。"她说。
后来无聊时突然想到过，似乎没有别的组词了，我们在描述澈字的时候，永远
都说"清澈"的"澈"。

「阿澈」

手写非常漂亮。黑板上，是非常漂亮的有十足气概、笔锋和结构都很出色的手
写体。就男生而言格外少见。
傍晚光线昏暗。
所以还是没有注意他的长相。

「冷光」

我在更早以前的十三岁生日时买过名叫仙女棒的烟火。那天父母都不在家，身
边也没有人知道是我的生日。因而在家门口的饮食店里吃了碗排骨面，然后在隔壁
小店里买了一把烟花，没有等到回家，就在小店后门把它们全放完了。
应该还有别的名字，但我当时只知道它叫仙女棒。细长细长的，几年后才在有
它反复出现的日本电视剧中更新了对它的认识。好似金色花瓣那样的火光。
而那火是可以触摸的，是冷光。
开始用食指指尖轻轻靠近，会发觉几乎没有感觉，然后用手指去捏，也一样。
最后把整个手背都靠过去，火花缤纷跳落在上面，依然没有半点儿灼烧的痛楚感。
冷光。

　　不过如果有人想尝试的话我以为一定要先向店老板咨询确认才可以，毕竟那是很多年前的事，我不能保证是否直到现在依然通用可行。

　　但我为什么突然说起这些呢。

　　金色的凋落的花瓣，微小的温暖。不欢乐，也不热烈的可以触摸的光。

「位置」

　　的确不是子虚乌有的事，不是好事者凭空杜撰的。从隔壁班跑来的人找到小哲说"他今天生日，晚上几个人一块儿吃饭，想请你……"，或者问"诶，把你的电话号码给他没关系的吧。"

　　是真的。即便和小哲面对面站在走廊，递上书本或是别的什么给她，周围的人起哄得一塌糊涂，阿澈也依然保持固有的微笑。用手里的饮料空瓶一个个敲人的头顶，说"啰唆"，是会在这之后可能发生的情形，而此刻他依旧维持笑容，肩膀没有僵直挺立，还留有惯例的弧度。

　　传闻是真的。

　　于是那个时候，仿佛是这样的场景——店门被打开，走进穿戴整齐提着书包，手腕上是黑色手表的阿澈，看来非常清爽的样子。他找张椅子坐下来。在我和小哲的旁边。准确地说，坐在小哲旁边。和我隔着一个位置。

　　就是如此。

　　不过如此了。

「雨」

　　我以"隔着一个位置"的关系在某天遇见他。

　　已经是夏天。

　　刚刚入夏，空气甜美而含混。我收了作业本交到老师办公室，正要离开时发觉阿澈跟在后面，胳膊里夹了一张很大的塑料画板。于是到了门外，彼此招呼了一声。说是招呼了一"声"，只不过用眼神客气地点点头而已。

直到他换了个手，将原本靠着我的画板换到另一边。

我没头没脑地问他："你不是美术课代表啊？"他说："啊——不是啊。"然后有点微笑起来，"你之前就问过吧。"

到教学楼要穿过不大的一个小广场。也没有需要刻意拉开距离的理由。一路上走回来。太阳还悬在正当口，是稍微跑动一下就会出汗的初夏。而在我没有刻意去发觉太阳悬在当口的时候，天却下起雨来。

真真正正的太阳雨。

一起加快了脚步，对面教学楼的屋檐近到只需要跑两下就行了。所以最后踏进室内的走廊，衣服头发也没怎么湿。

看向外面，雨丝一根根，全是剔透的，亮晶晶。让人能心情突然变好起来的画面。

"太阳雨啊。"

我应了一声："没错呢。"发觉阿澈手里的东西，想起来，"没弄湿吧，要紧么。"

他摇了摇头："不要紧的。"

「不要紧」

那么，假设，如果广场变得很大，而雨势更强一点儿，有了这样的原因，似乎一般人都会找来遮蔽物，好比大大的白色塑料画板，支在头顶。一前一后，变成游动的白色小方块，把自己藏在下面慢慢载回来。对话：

"这样可以吗？"

"可以啊。"

"没关系吧。"

"没关系的。"

"真的……"

"不要紧啦。"

"没关系""不要紧""可以啊"，类似的泛滥的口头语，却总给人以瑰丽的温和的意向。为什么呢。

非常温和的，甚至温柔的。

尽管广场依然很小，而雨势也不强。尽管没有这样的事情在实际中发生。

「心」

一扇忘了关紧的门，等发觉时外面的机器轰鸣声已经让房间里不再那么安静。

「一」

同一段八卦翻来覆去说得差不多了，迟早要放下对它的注意。甚至是已经被人们替换的以"某某的某某"称呼的当事人，也渐渐对情况熟视无睹起来。

但是在旁人都渐渐放淡的时候，只有我突然开始忙碌不休。

课后小哲去隔壁班送老师讲义。她拉了我一起。教室里人稀稀落落的，她弯下肩打算喊来坐在最靠外的一名女生。我在这时捅她，"你给阿澈嘛。"

声音提得很高。

足够让包括阿澈在内的人都转向这里。

我继续笑着推她"干吗啦""你干吗不肯给啦"。

四下于是跟着再次哄闹起来。

当他接过灰色的文件夹，终于在随后转过视线，看了我一眼。

「二」

出操结束，走在队伍里上楼梯，我拉过小哲，点给她："呐，你看后面是谁。"

然后随着旁边的笑声一起，用玩笑者的表情，回头看阿澈，又回头，不断地，回头看他。

「三」

有天在放学后的自行车棚里遇见同样在解车锁的阿澈。等他直起腰后，我拍一下手："诶哟，还真是巧啊。"他的视线在我脸上停一下，然后移向我身旁的小哲。

说着"东西忘在教室了，我去取一趟"，我飞快地从他们中间跑开，又回过头喊了一声"加油"。比出大拇指，冲着他的方向。笑得满是阴谋阳谋。

「四」

他带有诧异和不解，以及些微尴尬无奈，和隐隐羞涩的表情。

入夏后的短袖衬衫。学校的这套制服是米色，纽扣深灰。沿肩膀软折下的断续线条。

尴尬无奈，和那细微的羞涩，不是对我。

但诧异和不解，那是给我的部分。

我知道。

「五和六、七、八」

仿佛又回到相对之前的场面，为他们每一次的接触而起哄不停，在一个面前反复提起另一个的名字，看两人或窘迫或愤慨的表情。微笑着的窘迫，和微笑着的愤慨，所以不会引发什么真的冲突。

只是对我来说，我开始为他们的接触而起哄不停，我开始在一个面前反复提起另一个的名字，我开始笑得很故意，我把他们扯到一起说"唷唷"。我看着他们的表情，窘迫的愤慨的，又被微笑覆盖。

站在一边，直到他将目光转向我。短短地给我的一瞥。

「俗套而真实」

好像背着降落伞包从天上落下，却与自认为轻软地着陆完全不同，带有巨大冲击地着地，如同摔上地面，只是没有生命危险。

我的目的我清楚。

想要引起注意，想要更多的接触，想要被人发现存在。于是用了最幼稚的最直白的方式，拿着唯一有效的话题做文章。既然他在每次之后，总能顺带朝我看一眼。那么会关注到我的存在吧，会在将来有更多对话吧，会渐渐认识起来吧。

被认为是"小哲的有点儿三八和呱躁的朋友"，这样也可以。

只要有一个认识就可以。

我的目的就是这么清楚。

而我不清楚我的目的。

为什么。

做这样的事。

「硫酸」

其实没有那么压抑。

并且在随后似乎确实变得熟悉起来。甚至在有天打了电话。

我不记得是我打给他，还是阿澈有事找到我。总之打了大约十五分钟的电话。没有尴尬的停顿或是沉默的间隙，很顺畅地一直说到最后。而忘了是从哪里起题，他提起在之前的化学课上不小心被硫酸滴到手掌。

"啊？……"我很紧张地问，"要紧吗？严重吗？"

"没什么的。"他说,"用水冲一下就行了。"

"诶？"我从床上跳站起来,"不是说硫酸不能用水洗的吗？会加速变更厉害？"

"我之前也这么以为,但老师指示的,而且的确没什么事。"话在这里顿了顿,"只留下很浅的一个白点。"

"……是吗……"仿佛是受了他的话影响,我也举起了自己的手掌,放到阳光下。只有通红的一片。边缘是阳光射进来的黄色线层。

而即便在这样的电话里,也得不时提起"小哲今天……""诶你想不想知道小哲……""小哲她……",得不断提起。

原本这才是能够打通电话,我能够和阿澈通话,从沙发上坐到床上,又跳坐到地上,说起一些杂事,包括他手背上白色浅色斑点,这才是它们能够实现的原因。

挂了电话朝光又举起手掌。暖红色的手掌,在脸上落下微凉的影子。

其实,还是有一点点压抑。

「结局」

先预告结局的话,结果没有谁和谁在一起,好像每次校园里的情愫都能修成正果,这样的保证是不存在的。

因为没有结局,所以能够一直记得,直到现在。

「晚上」

暑假结束的晚上在小哲家里,她妈妈烧了菜热情地招呼我多吃。后来在她家洗完澡,做完作业后跟小哲坐在阳台上。她妈妈拿来花露水,等妈妈关上门后离开,一开始故意在她面前说得大声的功课啊,老师啊的话题,很快结束掉。

我把下巴挂在栏杆上,脚一晃一晃地看楼下。

"诶……"小哲说,"今天跟他看完电影,心情却有点儿差。"

"什么？你说谁？"我扭过头去看她。

"外校的那个啊，怎么了？"

"……哦，没什么。"想起来小哲跟我提过，她上个月底新交的男朋友。我将下巴重新放到栏杆上，漫不经心问她，"有什么心情差的呢？"

而小哲的回答我没听进去。

视界里盯着从底层到最远的横巷，可以数到几十盏路灯。傍晚下过雨后，一整条路看来都犹如温润的血管，流着仿佛是橘子香味的橙色血液。

心脏在哪里呢？

把手臂一起架到栏杆上，将脸包围起来，我打断小哲的话问她，"你怎么看阿澈的呀？"

"什么？谁？"

"就是隔壁班的阿澈。"

"诶，说到这个……你不要再哄我了啦，很尴尬诶！"小哲上来拧我的胳膊。

"真的没可能啊？"我还是坚持把脸埋在手臂里。

"有什么可能啊？"

"……"

"怎么啦？"

"没什么……"

"你干吗那么在意他啊？"

"屁咧你才在意他。"小哲靠近过来，我一边往边上让着，直到碰翻她家阳台上两盆仙人掌。没有被扎到，但还是跳起来，"喂！——"

"我在暑假开始前跟他说了啊。"小哲继续之前的话题。

"什么？说了什么？"

"就是说明白了。"

我意识到"明白"的意思，花了几秒，坐回凳子上。

「比喻的场景」

　　小哲轻轻推我的胳膊说："走了啦。"
　　她的右边是我。左边是阿澈。
　　不断地催促，"我们该走啦。"
　　我越过她，朝阿澈看去。
　　举着不会被灼烧的烟火，在街上奔跑，橙色血液缠绵流动，带来橘子的气息。甜和更多的酸楚。
　　我说："再坐一会儿。"手肘用力顶在店面的桌台上，压出红红的痕迹。
　　"干吗啦，都说走了。"
　　"再坐一会儿吧。"
　　在他们都不理解的眼泪下说："再坐一会儿啊——"

「返校」

　　我在暑假返校的路上遇见阿澈。
　　没有犹豫追上去喊住他。他回过头，看见是我，放慢速度。
　　"好久不见呵。"
　　他笑笑说"嗯"。
　　于是问了他放假后在干吗，也插话跟了两句"啊我也是""啊我也一样"。聊得气氛很好的样子。
　　而在告别时，我说："小哲她去旅游啦。"
　　阿澈弯着腰给自行车上锁。
　　我说："没关系的啦，反正开学就能见到了。"

「仙人掌」

七月底盛大的太阳，照得我浑身燥热。骨骼里生出尖锐的东西，带着干燥的撕裂声刺穿出来。

如同仙人掌一般的我。

汗水要流进眼眶，带来刺痛。血液逼近皮层，热烈地沸腾。

仙人掌一般的我。

「花」

他从车筐里提起书包问："什么？"

我歪过脑袋露出牙齿笑嘻嘻，"有没有什么话要我帮你转告的？"

看着他朝我走近。

"我帮你转告她啦。"

从我身后，脚下，会聚出黑色的影子，它们融合到一起，暴露出形状。

无奈或不甘的，酸涩与沉默的——

一朵花影子。

告白

告白吧。

既然不试的话，真的连成功的可能都没有。

不试的话，一定会后悔。

没有什么能够损失。

所有的人都说："不试的话，连成功的可能都没有了。"

"为了让自己不后悔，试一试吧。"

"大不了失败一次，还有什么损失？"

包括最要好的朋友在内，特地发来短信说："加油！不就是心一横嘛。捡日不如撞日，就选在今天吧。"

印晓凡尴尬地笑着，女生将手机放进书包口袋，带上微波炉里刚刚热完的早点，推门出去。地铁站在步行两百米外的地方。早上瞌睡蒙胧的关系，女生背着书包的肩膀，疲倦似的微微垮下去。但是在她踏进地铁入口的下行台阶时，立刻直起背。一边把散乱的刘海儿打理好。

地铁。早上八点和晚上六点的高峰时段，原本设计供六个乘客休息的座位，这时也会被第七个不安分的小孩，或满脸怒容的妇女挤出新的落座空间。

这也许是唯一能安慰印晓凡的事情。她在每天早上六点便要搭上地铁，为了赶往远在城市另一端的学校。女生半睁半合的眼睛里满是困倦，冬天时分在空荡荡的车厢里把脖子完全埋进制服衣领。

早上的车厢，还暗蓝色的天空，座位空着八九成。

第一次只能算小小的意外。事实上，因为睡着而倚住邻座乘客的肩膀，最后被列车一个拐弯惊醒——这样的过程也许连意外也算不上，明明是常见于各种交通工具上的场景。而印晓凡当时擦着口水从睡梦中醒来，等反应完全她涨红了脸，低头连连对被自己借用了好一会儿肩膀的邻座道歉着，"啊……不，不好意思。"

"嗯。"声音传来。很难去分辨是"没关系"还是"不行"的单音节。

那次终究因为太害臊的原因，余下的车途印晓凡连看也不敢往一旁看。只有低下的视线扫见的小半块，如同内容补充一般——浅米色的长裤，白色的球鞋。想要视线再往上移一点点，地铁报站催着女生该在这里下车了。

　　如果有"第一次"之说，就一定会有第二、三次。

　　等到女生突然意识过来，也许已经是第五次，甚至第八次。她从男生的肩膀上睁开眼，地铁车窗外映出投放在车站内的广告牌，斜着看去，有些色块还不能立刻分辨。

　　这次似乎只好说"……啊……"了。道歉还有作用吗。

　　"呵。"回应一个鼻腔里的短促笑意，"没事。"

　　第五次，或许是第八次，才在那样一个"没事"的台阶上，顺势看向对方。与米色长裤统一的上装，冬天里系着深色围巾，下巴掩在里面的男生，对视过来。印晓凡怔怔地点点头，尽管立刻察觉似乎应该摇头才对。而她再次烧到一定高度的脸也充分提醒着——不论怎样，再也不能继续靠过去了。

　　连接触在一起的衣袖也突然变得异常有存在感。

　　故事在某个夜晚的长时间电话里，终于按捺不住说给了好友听，对方的态度和想象中一样激烈，连连把"艳遇""桃花"牵扯到一起用来形容印晓凡的经历。

　　"……至于吗？"女生还在半信半疑。

　　"你仔细想呀，你坐了那么多次车，你也说车厢里很空吧，那为什么这么多空的位置，他每次都坐在你旁边——哦对了，是他先上车还是你先上啊？"

　　"应该是我先吧……"

　　"啊呀！那不更说明问题了吗？"

　　"……会吗……你想多了吧？"

　　"我想得再多，也是因为这么明显的事实摆着呢。"好友似乎在那边拍着胸脯做保证的样子，"不信你看明天。"

　　"明天什么？"

　　"如果明天他还是坐在你身旁，那我的看法肯定没错。"

　　"啊，你什么看法了呀？"

　　"他对你有意思啊。"

"……"

电话结束在印晓凡妈妈敲着门说"差不多了吧"的提醒上，女生看看钟点的确已经很晚了，连忙要收线，掐断在话机里的最后一句话是"他肯定是有所暗示啦！"

印晓凡站在窗台边呆呆地看着外面。末了她伸手拿过一旁的小镜子。照见的也是很平常的脸，如果能允许稍微自大一些的话，没准能说成是"姣好的脸"。十几年里没有特别惊艳的变化，但偶尔换上特别突出的衣服，也能被妈妈夸奖两句"女大十八变"。可妈妈的话能作数吗。

在那个电话后的第二天。印晓凡再浓重的睡意也被驱赶得干干净净。她用几乎屏息凝神，并腿正座的姿势守在自己的固定座位上。当地铁行进到下一站时，早上六点十分依然稀落的上车人影里，米色的衣装和深墨绿格子的围巾，斜挎的包在走进车厢时取下到手里。

接着坐在印晓凡身边。

是没有已经熟络起来的聊天的。不会说"哟"和"啊是你"，也不会说"好巧"或者"来啦"。如果没有"这是第 N 次"的背景，在他人看来完全是最平常的画面——男生坐下后，把手插进口袋，稍微闭点儿眼睛似乎也是在瞌睡，而他的旁边恰好有印晓凡而已。

如果没有"这是重复的几乎天天上演的第 N 次"，没有这样一个前提。

那天印晓凡只觉得浑身的肌肉都因为紧张过度而酸疼地绷住。她内心里反复了千万个念头，疑问句、感叹句、省略句，层出不穷的标点符号像遇水膨胀的植物烦乱地扎根。

而好友的话无疑是不限剂量的催化剂，听印晓凡说完后，立刻露出"如我所料"的表情，"现在你该信了吧。"

"……我信什么啊……还不都是你猜的。"

"喂喂，还要怎样你才肯定啊？他突然抱住你？"

"你有毛病呀？！"忍无可忍，窘迫尴尬又羞涩地喝住好友的话。

如同反驳着印晓凡的嘴硬，第二天在地铁上，因为不敢再贸贸然靠向男生所在的左侧，于是打着瞌睡时也不忘把身子歪向右边。终于在地铁离开某站加速时，女生自然而然地往右边栽倒下去。直到被一旁的人拉住肩。

男生说："唔。小心。"

"……啊……呃。"

想在这句后面接上"请问你叫什么"，一定太奇怪了吧。

可刚才的动作难道不奇怪吗。

奇怪吗。

究竟是自己想得太多，还是事实本来如此。

只能微侧过十几度角的视线，后来发觉还不如车厢对面玻璃窗上倒映的人影看得更清楚。

地铁从地面进入地下后，暗黑的外景和车内橘黄的明亮灯光反差，于是男生和印晓凡的面貌被一起照在了窗玻璃上。

比起面部的细节而言，果然这样的倒影只能大致反映出诸如身高差、衣着颜色对比之类的笼统部分。已经重新把手插回口袋，低头半寐的男生，好像一幅失去了大半细节的图画。然而印晓凡一点点咬着嘴唇，内心的激动一瞬化为悄无声息的软质的水，撞击在整个车厢。

喜欢过的人当然有。小学时迷恋的动画片角色、初中时崇拜过的老师如果统统不算，印晓凡也有被对方喊一声名字就全身绷紧的暗恋对象存在。虽然随着毕业分开，一段过去就成了只供将来怀念的散文诗。可女生有些柔软的触角，还是会像碰到外界的突然刺激那样紧紧蜷缩起来。

如果是真的……

每天每天在地铁上相逢。冬天的早上那么冷的空气。邻坐在一起。

好像任一句都可以问"为什么"。都有应该的势必的理由。

"他肯定对你有意思啦！"好友从电话里跳出的声音肆无忌惮地点着某个方向。

有些漫画不都是因此而产生的么。某个时间、某个地点、某个机缘巧合，或者看来仿佛机缘巧合，实际有莫大的预谋在里面。然后准备一些足够的少女情怀，一两个温柔的男性主角，美好的故事就有合理的结尾。

于是热爱漫画小说的女生，包括好友甚至印晓凡在内，一条条推论就在这样的理论上应运而生。

"可他也只不过每次都坐我旁边。"

"也许他是害羞呢……他感觉自己都已经给了你最大暗示了。"

"……会吗。"

"你也需要牺牲一点儿吧，不然可能一直都不能往前进哦。"

"牺牲……"

"对啊，告白！"

印晓凡一下瞪住眼睛："……别闹了！"

早上的地铁，印晓凡坐在绿色椅子上后重又拿出手机看了看好友发来的那条短消息。不知怎么，自己的故事已经从最铁杆的死党开始，渐渐被要好的朋友、不错的朋友、熟悉的朋友，甚至仅仅认识的人都知道了。

于是课间的聊天里，也有人突然拐过话题说："诶，我觉得你要去告白比较好哦。"

印晓凡含在嘴里的半块蛋糕来不及咽，她咳嗽一声，"……哈？啊？"

"是呀是呀，你不知道吗，隔壁班那■■■，前阵鼓－起－勇－气，对□□□

说啦，最后，居然成了！"到这里似乎挺不甘，"早知道我赶在她之前说了嘛。"

所幸聊天从这里开始转向"哦原来你也喜欢□□□啊"。印晓凡暂时从话题中心解脱，心里稍微舒口气，最后还是冷不防被人又提点了一句"不试的话，连成功的可能都没有了"。

的确是有想抓住的念头。区别只在它随着遇见和分开而时大时小。

好友甚至设计了美好的未来，"想想有个在外校的男友得多拉风啊，什么□□□的都比不过，到时候还能上他学校去转两圈，被别人问起的时候，他说'哦，她是别校的'。"印晓凡刚想打断好友的臆想，对方跟着说："诶你的生日也马上就要到了吧，能有个男友陪伴过生日，那真不是一般的爽翻天啊。"

所有的人都说："不试的话，连成功的可能都没有了。"

"为了让自己不后悔，试一试吧。"

"大不了失败一次，还有什么损失？"

印晓凡缩上键盘，把手机放回书包时，地铁车门打开，固定的那个人影又坐到这里。今天是把白色球鞋换成赭色的，鞋带灰色。

身旁的空气被堵住一半，穿梭在数节车厢里的冷气到这里就消失，变成有温度的隐约而又确实的替代。

印晓凡漫不经心地绞着手指。

随后她深吸一口气，闭上眼睛。借着列车节奏的振动，在某一个拐弯后，女生把头靠上了一旁男生的肩。

是与以往任何一次睡梦中无意识的行为不同，这次是确凿的、故意的、预谋中的。

稍有些久违的触感。头发蹭着他的大衣外套，接触面积有或大或小的变化。地铁进站时慢刹的惯性，就更靠过去些，等到离站时列车加速，给予的压力又减少一点儿。

还是和先前一样，既没有被喊醒，也没有故意动作肩膀提示她避开，完全默许的状态。

印晓凡闭着的眼睛，缓慢地渗出一些潮湿。

告白吧。

既然不试的话，真的连成功的可能都没有。

不试的话，一定会后悔。

没有什么能够损失。

在印晓凡将一张手写的便条纸在下车前匆匆塞给对方后，整整一天她感觉自己像只剩余 5% 电力的人，连站直的气力都没有。好友关切地上来询问"怎么啦"，女生也没有说明"我给他写条了"的勇气，只是找了个台阶蹲下身，随意地挥挥手。

第二天早上。入冬后最冷的一天，气象台在印晓凡出门前的广播里报道着"大风黄色警报"，六点完全漆黑的天，女生坐进地铁时感觉双手都有些颤抖。前往下一站的列车仿佛要抵达不知什么次元的国度。

门开了。印晓凡压着下巴抬起视线。

没有上车的人。

她张皇地四下看着，抱着书包从座椅上站起来，朝前后两节车厢搜寻。直到在视线的某个角落，一块仿佛被圈注出的淡米黄色，着陆后凝固在眼睛的某一点上，印晓凡看见男生换了地方。

不试的话，真的连成功的可能都没有。

——那么，试了的话，连期待成功的可能都没有。

不试的话，一定会后悔。

——那么，谁来解释自己此刻的心情除了"后悔"以外还能有其他别的形容？

没有什么能够损失。

——自信不算损失？自尊不算损失？以往每次的期待都不算损失？

从此以后再不会遇见。

当事人如果不是自己，为什么谁都能够信口开河地许诺着"一定""绝对""没错"，洋洋地渲染着没边的可能。而自己偏偏也相信了那微不足道的可能。印晓凡把脸用力埋在书包里，手一点点抠紧了座椅。

再来已经是一周后。度过最严酷寒冬的列车，天也开始逐渐在六点显出蒙蒙的亮光。印晓凡自上次以后同样更换了原先的固定座位，她调换到后两节车厢。因而这次的相遇只能算彻底巧合中的巧合罢了。

"嗨。"她先向男生打招呼。

已经不系围巾，但依然穿着浅米色制服的男生愣了一下后，尴尬地笑了笑，"你好。"印晓凡身边空着七八成的位置，但他站着没有坐。

"我只是想问一下……那为什么之前你一直坐在我的旁边？"

"如果有让你误解到什么，真的很不好意思……我只是，只是，"男生换了手抓住栏杆，"觉得两个人坐一块儿，不那么冷罢了。"

"是吗？"印晓凡笑笑，"也没错呢。"

"嗯……"

"该抱歉的是我。"嗯，是我想得太多了。

换手

如果世界上的所有『狭路』都是为了『相逢』所设。

事情是这样结束的。

已经忘了是因何而起的口角，接续的不是彼此偃旗息鼓的妥协，却替换上了更长更冷的对峙。手里一张吃剩的饭团塑料包装纸捏了又松，松了又捏后，最后被斜投到了垃圾桶外。

遵循一切好聚好散的套路，皆雨看着邱一鸣走向那个被自己扔偏在地上的纸团时，她扭开头，说了被应用在所有类似结局里的话。全句的关键词是"分开"。末尾的语气助词是"吧"。

男生半弓下去的肩缓慢地重新直起。随后动作的却不是手，而是突然右脚一抬。

啪！——哐当！——

踢飞几米的垃圾桶。滚出几个完整或捏瘪的易拉罐，果皮，不知来历的包装袋。把原先落在地上的塑料纸冲到了不知何方。

以上这些的时态为一年前。

一年后。也就是此刻，皆雨被不知该如何形容的双亲扔到了遥远的爷爷家"休假"，尽管皆雨怎么看都觉得是他俩想要单独庆祝一下结婚二十周年，而把她当累赘似的请走。

女生在父母微笑的挥手里嘴一撇地跳上列车。指向目的地的行程预告说有十四小时。她来得早，卧铺车厢里的人数尚且寥寥，皆雨坐在下铺上，从被妈妈塞满的包里往外掏着水果和零食。

听得见一些说话声，认识的人之间熟络的口气，陌生的人之间客套的聊天。渐渐声音变得热闹起来，说明登乘的旅客正逐渐把车厢填满。在与皆雨同一卧铺位的另几人纷纷到来时，女生已经歪歪地躺倒在了下铺床上，稍蜷着腿是为了给他人留下可坐的空间。

半仰的视角，因为有小桌板和头顶床铺遮挡的缘故，看见的只是一个不规则的多边形。从那个多边形里能够获知的内容——中年妇女的发型，小女孩扎在马尾上的装饰花——那么自己对面铺位上的应该有对母女吧。又或者，举着手机哇啦哇啦与人说话的大叔，留个飞快翻动的嘴皮特写——只希望他晚上呼噜不要打得太响。

大叔勤奋的嘴巴接着换成了另一人的手。在那个多边形的视界里。是刚刚抵达的又一个同铺位乘客，背着身的关系看不见脸，倒是举起行李的手最清晰。等它动作着脱下外套后，皆雨对面的下铺上传来了有人落座的声音。

停顿了约有五秒。

女生慢慢收过腿，撑直坐起来，朝那边望去。

十四个小时的旅途，睡一觉就差不多过去，准备了足够的食物，MP3 里的电池也充得满满。虽然车厢里会播放一些音乐或广播，可怎么会喜欢那些"大路"的通俗歌曲呢。

沿途无尽的山和村庄。

晚上的车厢里空调关闭，不知会不会热醒。

——理当是这样的。理当是普通到不会出现半个"居然"的旅途。

"唷。"皆雨对邱一鸣说。

"……居然……这么巧么。"男生眼里的惊讶延伸了一点儿到嘴角。

"嗯……"

"好久没见。"

"……唔唔……"

车厢乘务员捧着大大的皮本子挨个过来换卧铺牌。皆雨赶忙翻过身抽出压在肩下的背包寻找车票，但越是不想在这个时候显得乱了方寸，却越是有些克制不住地焦虑燥热起来。虽然车厢里，墨绿色床垫、白色的床单，以及淡灰色墙，明明没有一种是暖色调。

如果世界上的所有"狭路"都是为了"相逢"所设。

火车里的走道窄到双臂都伸不开。服务员推着移动小卖柜前来时，打算起身去上厕所的人们都得先等待她的通过。睡在上铺的大叔端着泡面跟在服务员的推车后走回来，小桌板上的东西堆得太满，便有他人顺手收拾着帮忙腾出空地。皆雨听见大叔最后朝邱一鸣赞赏的一句"谢谢哦"，和男生客气回应的"没"。

　　——谢谢哦。

　　——没。

　　和回忆里相符，有力或简短，温和或简短。狭小空间里声音往返回折，怎么都回避不开。

　　接在先前的招呼后也是有继续的对话的。

　　"去旅游？"邱一鸣这样问皆雨。

　　女生点点头，"你也是？"

　　摇了摇头表示否定。

　　皆雨还想再追问下去，看到男生的脸又突然把自己阻止了。

　　已经只能用点到为止的力度才行，客套的气氛、平静的寒暄——眼下只有这样才行了。

　　过去整一年后。因为列车晃动的关系，视线主动或被动地被摇摆着，奏出对方的轮廓。混合着复杂的陌生和熟悉，在铁轨上均匀地延续。没有太多变化的发型、身高、五官线条，甚至连坐着的时候双手习惯性交握在膝盖上这些也和记忆中保持一致。

　　咯郎当，掠过去。

　　咯郎当，扫回来。

　　像是在纸上写出心率起伏线的针尖。

　　而窗外已经是远离城市后连绵的山线。云压得很低，是要下雨么。

　　"一年前"是个不折不扣的过去式。而一旦与它扯上关系，无论怎样狭小的空间里也会有记忆不受限制地一再扩充自己的边界。是的，完全如预料中那样，往事顺序浮现。并且最后的完结画面，便是邱一鸣一抬腿踹开垃圾桶的动作。

简单得完全没有掩饰愤怒和不甘的打算。当时还系着灰色校服领带的男生一言不发地掉头走开。

随后过去一年。

皆雨洗完苹果回来后，看见邱一鸣正帮着那位中铺的母亲在手机上输入中文。从只字片语的对话来了解，似乎是那位妇女不知道牛仔的"仔"字该从何找起。女生抱着小腿坐在床铺上，边啃苹果边看，大概不熟悉这款老式手机的缘故，邱一鸣也稍稍花了点儿时间，最后才说"行了"把电话转递过去。然后在对方的感谢中，淡淡地点点头说"没什么"。

目光和她对视到一起时，男生停了停后说："又不削皮？"

"啊嗯？"意识到对方所指，呵呵笑了笑，"没带刀。"

坐在旁边的中年母亲察觉到了，挺热情地问过来："哦呀，你们认识啊。"

皆雨挠挠头，"……唔，算是吧。"

先前说了，导致分开的具体口角早就不记得，或者说它对于眼下的局面而言已不再重要。反倒是，这个时候，反倒是开端显得更加清楚。就在列车平稳地维持一个固定的节奏摇摆前进时，皆雨躺在床位上，不用看也知道那边的邱一鸣一定是举着右手搁在额上半眯地合着眼睛。

他一贯不习惯明亮的光线和吵闹的声浪。

那么开端呢。

像个小恶作剧一样的开端。从陌生变成认识，渐渐熟络后的某一天，男生送读完自修的皆雨回家。到家门前时，皆雨沉默了一秒后，突然朝邱一鸣伸出右手。

手心向下，指尖微垂。看似随意其实摒了不小力气的动作。

对方有一愣，接着也伸出他的右手，眼看要做出握手告别的姿势时。皆雨却一下换上左手。

这回局面变得古怪起来。如此状态是没法握手吧。邱一鸣也扫上不解的视线，直到被皆雨皱着眉头喝了一声"诶！"，男生才瞬间明白过来，窘迫和惊讶调和成比例适中的气氛，他用右手牵过女生的左手，手腕转过，拉拢过来。

小动作罢了。

小闹剧、小动作，却也是开端。

火车到底是在前进还是在后退呢。有时候会分辨不出。平缓的震动里，也许真的是在逆时光倒行，不然的话，怎么会有酸软的味道，沿着暗色的空气，密密麻麻地布满了整个车厢内胆。

真的下起雨来了。

沿站靠停时，玻璃上划满了短促而无声的细线。

理当停靠五分钟的站点，却在手表走过半小时后依然没有重新发动。等皆雨也察觉时，她对面的邱一鸣同样坐直起来。

"怎么了？"没有特别问她的意思。

"不清楚。"却也还是回答了。

好在车内广播"及时"通知了这样的消息，因前方大雨所致，列车将在这里暂停片刻，发车时间未定。

皆雨上铺的中年大叔先不满地嚷嚷了起来，而列车员也开始一个铺位一个铺位地向大家解释。皆雨朝邱一鸣无奈地耸耸肩，对方也同样微皱着眉浅笑过来。

好像是能够继续进行对话了。

皆雨想起先前一直没有得到解答的问题，"你不是去旅游？那是？"

"……回家了。"

"诶？"有点摸不着头脑。

"回去跟父母住了。"

"啊——"还得稍微理解一阵才想起来，邱一鸣先前一直是随爷爷奶奶住的，"搬了？"

"嗯。"

"这样啊……"

聊天暂停了片刻。

"没想到这里还能遇见。"还是有些惊讶这个的吧。

"唔。"皆雨点点头,"好巧。"又说了句缺根筋的话来,"我像特地来为你送行似的。"

男生的目光在皆雨脸上绕了绕后:"是么……"

从站台上回来的中年母亲拎着两袋买的特产鸭颈回到了铺位里,皆雨和邱一鸣的对话也因此停止了,两人一起带着深浅不一的微笑听那母亲诉说着这里买的如何如何划算,朋友亲戚也托她带了多少多少。最后是抱怨着雨下得太大,边说边掏着纸巾擦头发。

皆雨转过脸去看窗外。确实,连推车的小贩们也纷纷穿上了雨衣,小站上的灯光被晕得像是无边的绒花。缀了好几层。

到底是什么原因,眼下隔着两米的距离,也只是简单地说着"这样啊"和"嗯"呢。明明可以有更多的话说,关于彼此陌生或熟悉的部分,明明能有更多的话题可聊。但时间过去后,连追问这个原因的力气也没有了,像是一块已经被熨得平平扁扁的布。当时间进入九点,皆雨向邱一鸣招呼地点点头后,就把自己埋进了被子里。

尽管过去一会儿后她翻个身,模模糊糊看见对方依然没睡,心里虽然奇怪他不困么,可终究也只是片刻闪过的念头。

熄了灯后的车厢一片浓密的暗色,只在走廊附近的橘黄色小廊灯染着淡淡的光。安静了许多的空间,偶尔才有人走动来去。列车的行进已经感觉不到,小幅的摇摆间好像人会失去重力漂浮起来。于是险些连自己是醒着还是梦着都分不清,被麻痹的知觉花了好久的力气才终于抓到真实的藤线。

皆雨揉着眼睛支坐起来,探手摸过一边桌板上的水瓶,旋开喝一口,这个天里居然还是温热的。

走道那头传来压轻的说话声。

也是过一会儿才分辨出来，应该是自己上铺那个大叔，和坐在他对面，邱一鸣的轮廓影子，以及温和简短的声音。

"我是去看我女儿啦。"大叔的声音。

"这样。"

"换了新工作，邀我过去顺便住两天玩两天。"得意的父亲的口吻。

皆雨醒不彻底，但也没有更深的睡意，只拢了被子继续闭着眼睛似听非听。

"年轻人，你呢，看你还是学生吧？"

"嗯，是啊。"

"去旅游？"好像都会这么问。

"不是，是搬家。"

"啊？"

"父母让我过去。"

"以前一直分开？"口气里有些赞许的意味，"一个人过不会有困难吗？"

"也不是一个，跟爷爷奶奶在一起。"顿了顿，"还有……"没说完。

"那这次是回去团聚，也不错诶。你父母肯定很高兴的。是到▲▲市么。"

"不……"有摇头吧，"在前两站就下了。"

"哦？你不是坐到终点站啊，难怪我想你怎么不睡觉，怕睡熟了起不来吧。"

有轻轻笑了笑，"是担心这个。"

"那就是回■■市去咯？前两站的话。"数着沿路停靠的站推算的。

"嗯，但事实上，在那里也待不了多久。"

"怎么？"

"下周就要出国。"

"啊……"恍然大悟的口气，"跟父母一起出去？"

"嗯。"说完就扳起椅子走到铺位里。

皆雨感觉有人拿过放在桌上的自己的水瓶，走开几分钟后把水瓶放还回来。远远地有一团热气暖暖地蒸着。

"怎么啦？"大叔朝重新折返坐到走廊上的邱一鸣问。

"嗯？哦……没什么，"挺无奈的口气，"是她的习惯，睡醒时总要喝热水。"

"你们认识啊？"

"……算吧……"

难怪会有那么多人喜欢火车。并不是没有道理的。前后左右暗色平原，看不见底下的时候，错觉以为是在黑寂的宇宙中前行也未尝不可。而目的地被远远地替化成十字形状的星星，带有微紫的光芒闪烁在不可测的地方。

旅程到底有多远。

共行的旅程到底还能有多远。

世界难道只在一条铁轨可以计算的范围之内。

皆雨在被子里透不过气，可她感觉露出在外的呼吸会更艰难。距离自己不到一尺的地方，朦胧的暖气。带着"她习惯睡醒时喝口热水"的原因。其实无论怎样，本都可以接受，像是被摇晃的列车安抚的情绪那样，对于巧合的遭遇可以接受，对于彼此的对话可以接受，对于看在眼里的对方的眼睛肩线和动作都可以安然接受。

但列车突然腾空而起了，不知落往什么地方。让人慌乱恐惧的地方。原先所有的小平静都被抛落成地面上微不足道的道标，早就没有了指示方向的力量。

——是送别啊。

——旅途还有多久结束。

——以后应该见不到了吧。

——应该见不到了吧。

列车下一次在凌晨三点靠站，停靠时间六分钟。

广播里这样通知着，到站时间因为先前的事故，延误了两个小时。所以凌晨三点的站台，同样有雨，寂冷的光扯着温度的刻度线。

皆雨在邱一鸣提着行李下车时，从后面喊住他。

"……你……走了是么？要走了？"

"……嗯……"

"出国？"

男生站在站台上，额发很快让雨染得微湿起来。皆雨看到他由吃惊转成温和的脸，"……是啊。你听到了？"

"……"没有说辞，想不出半个字。

"我该走了。"抬着手腕看看时间。

"……啊，嗯……那么，你保重。"

"你也是……"笑起来。把行李袋斜挎到身后，接着朝皆雨伸出右手，"保重。"女生怔了怔，刚要同样伸出右手去握住告别。对方却换成了左手。

——记忆回闪——

皆雨停在半空中的右手也犹豫地跟着要换，却最后没有动作出来。反倒是邱一鸣淡淡地笑起来，"……还是这样好了。"男生收回左手，重新举起另一个，把皆雨握过来，轻轻地摇了一下，"就这样吧。"

从牵手，恋爱。到握手，告别。列车响起预告起程的巨大声响，气流外冲着，仿佛整个列车又回到地面上。

像

好像是种咒语，我在这片死去的地方，慢慢地，自己的双腿也变成了石头，然后是腰，然后过了胸口，心脏变成了灰白色，最后是眼睛。

　　我穿过马路后，发现弄堂口的母亲。有路灯和来往车辆的光，一眼就看清了。我看出母亲是拖着一袋大米。几十斤的样子。她抓着袋子在路上拖了一段，然后是怕袋口磨破了，又抓着两角提起来走几米，母亲个子不高，所以有些踮着脚，被米袋的重量带着，那样子看来滑稽地踉跄。她或者拖或者提，一路不停地交换着。

　　我远远跟在她身后，和母亲保持着同样的速度，因而非常缓慢地，直到母亲最后终于推开房门进了屋内，我还站在弄堂中间，地面上是画给小孩子们的跳房子图案，单格单格然后双格。

　　前一天夜晚，已经过了吃饭时间许久父亲却仍没有到家，又等一会儿我便给他拨去电话，父亲解释说刚才去探望住院的朋友，但已经在返回的路上了，"大概再过十五分钟吧，"末了他补充说，"你先把阳台上的汤拿去热一下。"

　　我找到父亲之前装在焖烧锅里的竹笋汤，或许是锅子的保温特性，还是暖烫的，热气熏人一脸。于是我又回到房里，坐在凳子上翻着电视节目报一边等待他。

　　母亲就在旁边的餐桌上独自吃着晚饭。

　　在我给父亲去电之前，她从厨房端出回锅后的青菜，蚕豆，昨天的百叶红烧肉，包括三副碗筷。但随后母亲坐下，看着电视一口一口扒着碗。

　　四月的时候，全班一起外出春游。开着漂亮油菜花的田间，大家找了空地铺了塑料纸又想搞野炊，最后没有合适的木柴所以还是放弃了，不过聚在一起仍然嘻嘻哈哈非常开心。聊天和玩游戏，玩真心话大冒险，男生说着部分并不新鲜的笑话，可并不影响什么。

　　一边传来了大瓶的雪碧，我倒了些在自己的塑料杯里，手机这时响了，坐在身旁的朋友帮忙着从书包里替我翻找出来。她将屏幕朝向我，"要接吗？"我看一眼上面显示的名字，摇摇头。朋友"唔"一声，将它又放回原处，并没有再问起什么。

　　其实一开始，朋友也会对类似的事情无法理解，但渐渐她们也明白了一些——

　　这是个奇怪的家庭。

这是个奇怪的家庭。

即便就在几米之外，我看着母亲拖一只沉重的米袋，却没有上前帮一把手。

又或者，母亲不会电话父亲询问他"你什么时候到家""晚饭要等你吗"，而我也不会把父亲的话转达给母亲。

他们惯例般维持莫名的冷战气氛，而我对它的熟悉已经远比地下冬眠的昆虫对于雷声的敏感。

回程的路上，大巴士在泥泞的路上颠簸得人昏昏欲睡。朋友歪了脑袋下来，头发擦着我的脖子，痒痒得很，几乎让我忍不住发笑。

我找出手机，屏幕上列着母亲打来的数个未接电话，最后用一条短信结尾，里面留着一段长长的话。没有写"玩得开心吗""注意安全"之类，她在短信里质问我"为什么不接电话？指甲钳是不是又被你拿去了？用了也不还到原来的地方？你回家后马上还出来！一天到晚都那么自私！"

看到这样的内容，果然还是红了眼眶的。虽然立刻忍住了，慢慢从脸上退去的酸涩感消失在空洞的心里。

金黄色的花田，金黄色的光，人们是用什么来区分出"美好"的事物？

那些明媚的、毛茸茸的、暖的、湿润的、噼啪作响的或是安静的，又是如何被赞美的呢。

在路面上不时跳跃起来的巴士，持续地永久地开下去，不要停在我家的门前。

这是我所能想到一桩美好的事。

位置在市中心，我家算得上绝对的"黄金地段"，只是属于年代久远的老城区又迟迟等不来改建，住在这里的人唯一的乐趣仿佛就是每隔两个礼拜传说一次"马上就要拆迁了！听说每个人能分到多少多少钱！"

所以我常常想，是不是因为这个原因，父母还是坚持住在一起而没有离婚，他们不愿放弃很有可能落到头上的一笔巨款，所以即便已经形同陌路，甚至常常迸发战争却依然住在一起。

　　老城区的弄堂房子，而我家已经是附近几户里面积最大的了。父母还能隔出一间阁楼，那是我平时读书和睡觉的地方。层高不足够，所以阁楼无须楼梯，只要我踮起脚，然后用手撑着爬上去就可以了。

　　装了布帘的后面，放着单人床，书柜和写字台。

　　还有一扇窗户，但插销故障着，是无法打开的。窗户外层积着厚厚的对面人家烧菜的油烟，像幅用污渍渲染的抽象画。

　　很多夜晚，作业写到一半，我抽出纸巾擦眼泪。以往常常是一直到眼泪干涸了，像彻底摆脱了一般，流尽后突然冷漠下来，可以继续先前手头的事，甚至读着杂志上喜剧的故事也能立刻笑开。

　　只有一次，不知为什么迟迟哭了很久，然后我听见身后布帘被人猛地拉开。余光里看出是母亲。

　　仅仅盯着我，什么也不说的母亲，视线凝在我的背上。

　　那一刻，也是仿佛瞬间冷漠下来，再也流不出眼泪，我想自己是像冰冷的镜子一样，相信这样可以将母亲的视线原封不动地返还给她，显出自己无动于衷。

　　无动于衷，可能是会出现最多的，在描述我和母亲之间关系时用到的词语。

　　读六年级时母亲在工场里出了工伤事故，被机器烫伤了半张脸，工厂赔了不少钱，而母亲经过长久的治疗也逐渐得到了恢复，似乎有了一个相对幸运的结果。然而在我的记忆中，因为被破相，加上长时间痛苦的医学治疗，母亲在那时已经患上了忧郁症。当时我什么也不懂，只觉得带着半张伤疤的脸，那样的母亲看起来有些可怖，随后就是她性格变得古怪又激烈，常常在家大哭大闹，用各种事由与父亲吵架或是对我发火。

父亲忍耐着，而我害怕着，相信是自己的过错让她如此勃然大怒。考试失利时我绞尽脑汁地隐瞒她，却往往被揭穿之后就会受到更严厉的指责。更常见的是，一点儿言语也可以刺激母亲的神经，很多暴风骤雨来得人猝不及防。

从那个时候开始，任何时候，只要脑海中浮现家的画面——那是我从自己的阁楼上所看见的视角，阁楼下父母的住所，他们的大床。旁边是摆放马桶的地方。在还没有被街道改建成抽水马桶时，每家每户都多半有这个东西。此外冰箱和饭桌都在靠近大门，靠墙立有衣柜和樟木箱。箱子上是奶奶留下的年代久远的黄色发条钟，被一块花布遮盖着。角落里堆放被扎成堆的废报纸，和十几个油腻腻的空酒瓶。

只要我回想起这幅画面，犹如梅雨季节后变质的食物，它透着淡淡的青绿色，阳光落下巴掌大的一块地方，仿佛不会转动的眼珠。空间从上往下夸张地缩小，以至于地面看来阴暗与模糊。

我每次想起自己的家，反感的心，排斥的心，厌恶的心，愤怒的心，那是一处死去般的场所。

念初中后母亲与父亲间的争吵也愈渐激烈。每次只要我回家前看见家里灯火通明的，便一定又是刚刚爆发完大战。这点是自己不曾预料到的，我会与其他所有人完全相反地，放学后走到家门前，心里祈祷那是一扇昏暗的窗。

我并不知道他们在争执些什么，是过去了很久才慢慢明白，所有爆发的原因其实都无从说起，没有道理可言，只是心里出现了恨意、厌倦，无法平息的怒火，被一些小事所点燃。可那些恨意、厌倦、无根无由的怒火，它们又是从哪里来的呢，直到今天也无从理解。

我所唯一记得的是，母亲那时陷入了歇斯底里的暴躁和抑郁。每每她与父亲吵完，母亲爬到阁楼上对我说："小绮你记好了，家里现在还有多少多少钱，存折放在什么什么地方，妈妈死了你就拿钱出去自己生活。"她握着我的手，眼睛因为痛哭已经肿得完全变形。

随后母亲晚上又要与我一起睡，她说："如果我发现她的身体开始变冷了，第二天天亮就去找舅舅过来收尸。"

十三岁的我，一次次听着这样的话，手足无措只感觉到莫大恐惧，晚上一直流着眼泪，不断地摇晃着母亲，希望她还活着。

一次又一次，噪声、尖叫、谩骂和遗嘱般的句子。晚上睡在我身边的母亲。

好像是种咒语，我在这片死去的地方，慢慢地，自己的双腿也变成了石头，然后是腰，然后过了胸口，心脏变成了灰白色，最后是眼睛。

后来也常常看到或与人谈起叛逆期，同龄人说着当时怎么与父母作对，而自己都不被他们理解，反感来自成年人的固有思维和拘束，甚至仇视他们说的每句话，提出的每个要求。他们偷偷抽烟或者与异性约会亲吻，手上用刀刻下对方的名字。

我听着身边的人谈起"叛逆"，回想那自己的又算什么呢。

逐渐明白母亲只是在威吓父亲而已，她不会死的，说的所有的话只是为了使我也怨恨父亲对她的逼迫。她的眼泪和痛苦在我看来终于成为了无足轻重的东西。不再与自己切身相关，不再维护。

我厌倦了，甚至怜悯的感情也懒于产生，我的心脏已经如同石化，它麻木于跳动。当母亲夜晚睡在我身旁，我看着她的侧脸——当时一定曾经想过，"如果母亲真的死了的话"，一定有过这样的想法吧。

平静的、木然的想法，"如果她就这样死了"。

想着。

揣测着。

琢磨着。

睁开眼睛看着低低的阁楼天花板。

这样的我，究竟是怎么一回事呢。

当我考上高中，以学业或者其他借口，待在家的时间比之前少了许多，结交了要好的朋友，有时候晚上也住在对方家里。

打电话回家对母亲说"今天不回来了"，为了不让母亲反对，总是说完就挂断。在好友家吃饭，晚上作业做到一半开始偷懒，她把新买的时尚杂志给我看。上面非常漂亮的，粉蓝色的裙子，腰上抽着黑色缎带。仅仅是想象自己穿上的样子，也会觉得开心。

我喜欢好友家的装修，喜欢她家的味道，喜欢她家的拖鞋，是买了男女两款配对式的，女生穿粉白点，鞋面旁有毛茸茸的蝴蝶结。她的家人喊我的名字"薛绮是吧"，问我"饭菜吃得惯吗"。

躺在别人的家，也没有不适，反而是贪婪地，带有渴望的心。

那会儿父亲也调到新的部门，开始长年累月地加班，虽然在我的理解中，那也是为了逃避母亲的一种行为。所以连我也不回家的时候，就只剩下母亲一个人了吧。

没有了可以争执的对手的母亲，似乎也逐渐变得平缓了一些，忧郁症的激烈表现经过药物控制也减轻了。只是她的语言依然尖刻焦躁，电视新闻中出现的人物，亲戚与邻居中的某些，总是会被她挂在嘴边。她抱怨他们发达了就把自己抛下不管，或者诅咒邻居家那些长舌的八婆，但自己也不忘嚼两句楼下女孩的闲话。

五月的时候，那是父亲的生日。我没有多余的钱购买礼物，但仍然准备了一张生日贺卡。晚上回到家，看见屋里只有父亲在厨房忙碌，我问母亲去哪儿了。

父亲用抹布擦了擦手，说："你舅舅打电话来说姥姥有些发烧，她过去看望了，今天也不回来。"

于是只有我和父亲两人的晚饭，我问他："今天是你生日诶不买蛋糕什么的吗。"父亲说："什么蛋糕啊，多少年都不过了。"

我把贺卡拿出来交给他，父亲老实地指着上面的英语句子和画的符号笑着说："写的什么啊，这么新潮我看不懂啊。"我倒有些不好意思起来，只说："看不懂就算啦。"

　　我和父亲，我和他之前，其实也并不多么热络亲昵吧。早年他与母亲吵架，我从害怕怨恨到后来的无动于衷，不仅是母亲，连同与母亲一起对立的父亲，也被划在了一个圆圈里，他们都同属于我所抵触的那个家。总是忙碌于工作的父亲，他回来时我点个头应一声，吃完饭便回阁楼蜗居在自己的空间里，等第二天睡醒他已经出了门。

　　饭桌上不怎么说话。尤其是当母亲也在座时，我和父亲没有过多的交谈。

　　所以那一次，不知不觉从哪里找到话头。父亲颇有兴致地向我谈起他的过去，他年轻时如何奋斗，我第一次听说原来他还去外地做过倒卖香烟的工作，"和你叔叔一起，还有他朋友叫阿辽的——你小时候应该见过呀——但最后上火车前，全部被人查扣了，当时每个人只能带一条而已，我们多余下来的，统统被没收了啊。"父亲笑着说，又并没有带出伤痛的口吻。

　　又讲起他当初如何离开父母在外地打工谋生，生活艰苦，还要自学去参加高考。最后被分配到内地的机关单位里。

　　"那个时候，别人就给我介绍对象了。"父亲最后说。

　　"妈妈？"

　　"那次还不是，你妈妈是我后来培训时认识的……"他又倒出小半杯黄酒。

　　"嗯。"

　　"你妈妈年轻的时候嗓子很好，那时做广播员，算是小有名气了。"

　　"是么？"

　　"……"父亲干掉杯子。

　　我把一根牙签反复折断成几节，还想分得更短些，指甲上使了力气却也终究没有办法。

　　"其实……你妈妈才是最可怜的……"露出疲倦口吻的父亲，他这么说。

　　我想，那么多年来，被消耗掉的不是只有我一个人。在这个家中逐渐变得冰冷僵硬无动于衷的，不是只有我。

父亲耳朵下现在还留有一条伤口，是早年与母亲在争执中被她用剪刀划破的。似乎因为那一次，他终于忍不住动手推倒了母亲，于是爆发了最为严重的冲突吧。

那么，他们十几年的感情是什么呢？他们的结合又是什么呢？他们生下的儿女是为了见证什么呢？

在忍耐中，已经耗损了所有感情的一家人，到底是什么呢。

周末放学我回到家，仍然是只有母亲坐在电视前面。穿着在家时换上的外套，低着头看起来脑袋与肩膀中间像是没有脖子。她抬头看我一眼说：

"吃饭了。"

我"嗯"一声，爬到阁楼脱了外套后回到桌边。

我和母亲坐在并排，电视机播放着市井的家长里短。母亲像是自言自语地说了句："这个豆芽炒得太咸了。"

"噢是么。"我随意地应一句，"我觉得还好。"

"哪里还好，你爸爸肯定把盐钵都打翻在里面了。"

"至于吗，讲得这么夸张。"

"你就是帮他说话。他烧的菜，再难吃你也不会说的。"

"……"我放下筷子看着她，"什么啊？本来也没有难吃吧？"

"你们俩就是一条战线的，一起跟我作对很开心啊？！"

我咬住嘴唇，决心不追随这个话题下去。

但母亲却被沉默更加激怒，"这个家里，我连说批评一句饭菜也不可以了，这对父女真了不得。"

我没有忍住，扔下碗筷，身体还是因为气愤而发抖了，"这个家里，只有你是不正常的，你是像瘟疫一样的。"

即便是回想，也仍然能清晰地感觉到，那应该是莫大的伤害的话吧。

但那一天的自己，却是咬牙切齿地对母亲说了这些。

我记得母亲的脸色骤然变得浮白，然后扬手打了我一巴掌，她激动得结巴说不清话，直到凄厉地大哭。

父亲说，"其实，你妈妈才是最可怜的人。"

我知道的。我一直都明白。

变成连至亲都憎恶的人，长时间陷在阴郁中无法摆脱，难以和他人正常温和地交际，这样的母亲，每一天都过得非常可怜。

但是，父亲给不了她继续的安慰，而我，失去了同情、怜悯、悲伤与难过的心，只是漠视着。不论怎样也不会被打动了。我将一切都拒之在外，看不见听不着，就感觉不到。我是用出了全身的力气，希望将它们抛弃在最远的地方。

能够支持母亲的人，都没有伸手。我理解其中的残酷。或是窒息般的伤感。

可同时，我所无法释怀的，难道自己就没有了失望的权利吗。被泛泛之交的劝说着"你要支撑起他们""理解他们""体会他们的痛苦"，反复听见类似的宽阔心胸的词句，可我该去对谁进行这样的索取呢。

悲剧发生了，没人是故意的，每一个都是可怜的受害者，所以理当互相谅彼此慰藉，然后所有不幸都会像握在手里的碎冰那样消融——

我不认为是这样。

没有这样简单。

失去了温度的手，冻僵的双手上一片雪花也会停留更长时间，迟迟不见融化。

为了拍摄考试用的报名照，学校在电教室内请来了摄影师。每个班被轮流拉去。我排在队伍里，等待的时候便与人一起站在走廊上闲聊。这是十几天阴雨后的首次放晴，阳光照耀着潮湿的树木几乎显得刺眼。

朋友也拿出小镜子，为了在照片上留下最好的表情，女生们大都会进行先前的揣摩。我习惯地亏她两句"死样",但她不受打击,打理着刘海征询我的意见,"怎么样?"

"嗯,差不多了。"

"OK。"她照着镜子,"唔……你有没有发觉,我笑起来的时候总是会露出右边两颗牙齿啊?我是不是歪嘴巴呀?"

"有么?"

朋友比拟出笑脸冲着我,然后再问:"是吧?是这里——露出牙齿了吗。"

"嗯……没什么大不了的吧。"

"我还是抿嘴笑好了……不过这样显得下巴就不够尖了诶……"朋友很是为难似的。

轮到我坐在灯光下,摄影师站在前面,另一位似乎是他的助手在看管着电脑,每拍一张都会即时输送到屏幕上。

"头再稍微抬起来一些。"摄影师对我说。

"稍——微再抬一点点。

"可以笑一下。

"笑一点儿。

"笑一笑。"

我听见了快门声。

离开前走到电脑旁边查看,助手一张张按着我的照片,"好了。"他说。

在蓝色背景上,我看到自己的脸,因为灯光,额头和鼻梁都过亮着,皮肤也由此显得不像平时似的偏黑。眼睛看着前方。

没有微笑。

我以为自己在快门响起时,的确弯过嘴角露出笑意的,但那一部分的以为,显然和事实出现了偏差。

照片上是数年来,生活在那个家庭里的自己。

灰白色没有表情的像。

风眼

「上」

九月初的天依然炎热。地表上空气烫皱了一切的轮廓。

世界像被太妃糖粘住的牙齿。

一

晚自习上到九点十分，钟弛准备好笔记本和英语书，猫了腰退到教室后门，对坐在那儿的值日生打个手势，"去办公室问两道题。"

"……哦，"对方盯着钟弛的眼睛点一下头，"知道了。"

教师办公室在另一栋楼，钟弛出了楼梯口走到路灯下，半途踢到棱角的石块，骨碌碌，骨碌碌，声音像认路的小狗，直到停在办公室门前。

开满了日光灯的房间，走廊上映得雪白。

钟弛把右手的书换到左手，敲了敲门，喊一声"报告"。

二

两个月前升入高二。

教室换了，从原来的一楼搬到三楼，钟弛的好友庞纭纭从那时便开始抱怨个不停，包括唯一男性的数学老师也被调离，换来教学经验丰富但起码五十出头的老太太。"她的脑袋顶上甚至有块秃斑诶！"庞纭纭不满的嘴巴嘟得像吹气球。

钟弛说："你得啦。"手里的抹布绞干了扔过去，庞纭纭尖叫一声接下来。两个人就在放学后的厕所间里嬉闹一会儿。

天花板的角落上有蜘蛛悠闲地织网。距离得远，所以人拿笤帚扫不到。

一两根丝低垂下来不紧不慢地飘。空气也被撩得痒了，好像有一个藏匿起来的喷嚏。

"不过据说马上会有来实习的新老师喔。"庞纭纭一边擦着窗台一边说，"刚才在办公室听老黄提起一句。"

三

老黄是庞纭纭最痛恨的班主任。钟弛一天里有三分之一的时间在倾听好友的控诉。安慰到后期谈不上效果，钟弛只要在庞纭纭一番激动的咒骂后接一句"算了算了"就行。

四十出头，还兼任着学校要务的班主任，这样的身份总是最容易和学生发生冲突。而尽管了解得不详细，但大体钟弛也知道，老师们也需要业绩，也需要评定职称，也有要力争的东西。

"你去做她的干女儿算了。"庞纭纭有时半开玩笑地生气，"既然她也那么喜欢你。"

钟弛笑笑，懒得回答。

即便被朋友说成是更年期的班主任，对自己还是疼爱有加的。钟弛去年获得市三好生，班主任高兴得像自己女儿的喜事，拉着钟弛的手反复拍着说"真是好"。

况且她出生普通家庭，超市上班的父亲和下岗在家的母亲，也是几天前开始，街道照顾来一个职位给钟弛的母亲，是上门打扫卫生的小时工，因而最近在饭桌上有些话题变得平常。

"今天我只做了一小时四十分，那家人照样付了两小时的钱。真是不把钞票当回事。"

"妈你到底是要谢他们还是骂他们啊。好难伺候。"钟弛打断她的话。

"这个礼拜在学校过得怎样？"父亲在一旁问。

"没什么。哦，"钟弛想起来，"我们下周要来一位实习老师。"

"男的女的？"母亲接口过来。

"不知道。"

"不会是那种刚刚毕业的大学生吧？"

"大概吧，一般都是大学毕业以后来实习的啊。"

"那么年轻，都管不住你们的吧。"做母亲的依然耿耿于怀，"怎么能派这样没经验的人来教课呢。"

"你没必要替女儿担心的，她你还不了解吗。"父亲插话说。

钟弛拿调羹一勺一勺舀拨着碗里的冬瓜片。

父母亲戚还有老师都认为她是家庭的希望。

一点儿贫苦又悲情的先天，加上优异而勤奋的后天，很适合被长辈们当成"自强不息"的范本般称颂喜爱。

钟弛如同包治百病的药丸，连糖衣都是温和的淡淡灰白色。

九月初的天依然炎热。地表上空气烫皱了一切的轮廓。世界像被太妃糖粘住的牙齿。

下午的班会上，班主任走上讲台，说完了本周总结说到下周计划，这时她手掌迎向门外，"今天要为同学们介绍一位新老师。"

四

办公室里总是温暖一些，隔间与隔间中摆的盆栽里开着出色的花朵。钟弛四下张望，没有人在，便决定站在书桌边等一会儿，无聊地拿手拨弄花盆。偏巧有一朵迅疾地断了柄，落到地上。还没回过神，身后走来了人的脚步声。

经过钟弛时拿眼睛笑笑。

"我没看见"的意思。

也许还能加一个语气词。

"我没看见哦。"

五

章悦拖开凳子坐下去，又看着钟弛问："今天又有什么问题？"

钟弛把书摊开到折角的一页说："这个地方。"

"噢，不规则动词的用法……"一边从背后其他老师的办公桌下拉过第二张椅子。

六

每周两个早晨，章悦与几名学生一起站在校门口值日。

十一月清晨的温度已经在冷空气的前锋中跌去一截。人群里已经能看到薄毛衣的影子。章悦觉得夏天仿佛是上辈子的事。

有学生骑车来，到了门口就规矩地改成下车推行，一边喊着"老师好"。

落着薄雾的早晨，太阳在遥远的地方悄悄出现，日光如同一句要经过几次转达的句子，等到送抵已经打了一半折扣。

身边的两名女生偶尔拦下几人。

"校徽呢？"章悦听见她们问。

就有掀起围巾后同时摆出"瞧见没"的恶作剧似的神情。

夏天仿佛已经是上辈子的事。

七

章悦到校报到的第一天气温高达三十五度。行道树被日光烧灼得仿佛绿色的火把。章悦跟着指导自己的班主任往教室走，他抬起手腕按了按额头，却没什么汗水，反而凉矜矜的。

似乎教龄和头衔都有一长串的指导老师走在前面，不时回头看章悦一眼又继续说教着，"也不用紧张。像我之前带过的几个人，刚来时都和你差不多的。一开始也没什么做老师的意识吧，慢慢就会习惯起来，最重要是自己尽快适应。"两人拐上楼梯，"虽然你比那群学生大不了多少，但该拿出师威的时候还是要拿出来。我不反对打成一片，可总得把握好一个度。"

像长辈对晚辈的提醒，不乏严厉地说，哪里不准去。

"我看过你的材料，满好的，好好表现，优秀的人我们总是会挽留成为正式职工的。"

提醒之后又不忘跟句泛泛的鼓励。

应着班主任的要求，章悦先等在教室门外，直到听见里面传来的声音，"下面让我们欢迎章老师，接下来的四个月里，章老师将在我们班上实习。"

八

"我说呢……"讲到一半时钟弛听见话题突然变得奇怪，她不解地抬起头，看见一旁的实习老师已经站起身。章悦走过去，按熄了最远处的两排日光灯。

"我进来时就这样了。"钟弛说。

"是啊。"脚步声又靠近回来，"很浪费吧。"

"嗯……"钟弛压着椅子点头。

　　光线出现了强弱的渐变。屋子像是一只发生倾覆的船，下半沉沉地坠进暗色水中。

　　章悦看见女生坐在灯光里，她身下的凳子扭出细小的吱吱声。

　　九

　　以前的朋友们听说后都直喊"无法想象"。章悦突然变成同学聚会里的主角，被各种声音包围。"章'老师'啊""章'老师'哟"，善意的玩笑声簇拥着他不见停。也有顺着话题回忆，直问还记得偷偷抽烟的事吗，中南海牌的，焦油含量零点六，还记得点了鞭炮塞到同桌饭盒里的事吗，搞得人家现在对番茄炒蛋都有阴影，记得学校最漂亮的姑娘吧，记得你失恋时一站一站走了六个地铁站整整三小时吗。

　　章悦听到这里一下站起来，连连笑着挥手，"行啦！"

　　分开时大家依旧不忘保持一致的口径。"章'老师'，再见哟""章'老师'，保持联系哪"。

　　满天星的灯串拉在头顶上，一路没完没了。

　　那天的聚会章悦没怎么喝酒，可脑袋上还是像爬了什么东西，一抽一抽地拿尾巴甩着声音。

　　但都是暂时的事，当日子往前跑了几轮，章悦也觉得自己习惯了新的称呼。

　　走进教室站上讲台，从"上课""起立"开始，到"同学们好""老师好"，顺顺当当的程序。有女生把脸藏在课本后，章悦走去没收了一只 MP3。表情并不凶狠，但记得班主任的叮嘱，所以还是拿出一些要求的语气说："下课后过来一下。"

　　然而女生总是用撒娇的嗓音央求回来："不要啦，老师你还给我嘛……"

十

先前的聚会中也有人宽慰似的给章悦来菜，一边说着"很辛苦吧""现在的学生麻烦着呢"。没等章悦还没回答，身旁响起七嘴八舌的声音擅自接口，"他肯定不行啦""绝对的""被耍得团团转吧"。

"没有的事！章悦只是太温和了——"一直在角落里沉默的某位女性突然插嘴。随后话题就扭转了方向，众人以发现八卦似的口吻调侃，章悦被推了好几把："你到现在还是这么受欢迎啊？！"

那天许多人都喝得微醉了，所以有些纯粹玩笑话。
像是啤酒里倒出的泡沫，放一阵，就自然会消失。

"章老师，庞纭纭想问你没有把 MP3 交给班主任吧。"临走前钟弛合上书本。
"你说这个？"章悦拉开右手边的抽屉，"没啊。怎么了？"
"她怕万一已经在黄老师那里的话，她宁可不要了。"
章悦笑："不会。让她到我这里来拿吧。"末了又问一句，"有这么怕黄老师吗？"
"其实还好吧。只是黄老师有时候会比较严格和直接一些。不容易接受。"钟弛将身下的凳子推还到原位，"那我走了。章老师再见。"
"嗯。路上小心。"
"就这一点点距离啦。"女生笑着。

钟弛是班上的优等生。章悦在到岗那天已经听班主任提起过，当然用的褒扬口吻，"对了，以后你如果有什么事的话，找钟弛好了，她是班长，非常能干的。"
章悦"嗯"地点头，一边拿眼睛从电脑上的学生档案里找到对象。
彩色的两寸照。短头发，不知是否拍摄时打光的原因，皮肤不太健康的白。
后来章悦走上讲台第一次说"上课"，第三排里有个女生首先站起来喊"起立"。

章悦下意识看了她一眼。

照片应该是很早前拍的。现在的头发已经长长了。

十一

英语是主课，每天都会固定一节，有时候下午的自习也由语数外三大科轮流分配，而平日里常常搬张凳子在后排听讲的班主任，到这时则不会出现，教室里的气氛由此软了很多，放磁带的录音机故障了，女声的对白越念越尖利，最后好像是被人勒住脖子，学生们立刻哄堂成一片。

章悦拔下插头把收音机放在旁边，书本掸一掸笑笑说："好吧，那就我来读。"

念完一句"今天的衣服是在妇女时装店里买的"，下面甚至有人打趣地问他"是吗？"

下课后章悦在旁边的卫生间里洗完了手便回来收拾，看见钟弛走上讲台擦黑板，顺便问她，"这个应该送到哪儿去修？"

钟弛放下板擦："不知道是由总务处还是电教室分管……"

趴着窗户吃苹果的庞纭纭回过头来接口："是电教室——"

钟弛朝朋友"嗯"一声，转过身来看着章悦像说"就是了"。

"好……"章悦停了停。

"喔，电教室在旧校舍。"钟弛走到门口，指指操场那边，"从学生会办公室旁的走廊上到二楼。只不过那边有铁门，左边不能走……"她注意到章悦的表情，伸手握住录音机的提把，"要不给我好了。"

"啊不用，"章悦露出确信的笑，"已经记住了。"

"老师，如果下节英语课你没有出现的话，我们会立刻派小分队去搜寻你的。"

将苹果吃到最后小半个的庞纭纭朝他开着玩笑。

回到办公室里，章悦还没来得及向班主任提起送修录音机的事，对方就催着他把这周的教案送上来接受抽查。

"诶，这是什么……年轻人就是粗枝大叶的。"接过黑色硬壳本的班主任有点儿皱眉。

"什么？"章悦走近去看。

封面上留着白色的痕迹。班主任拿手一抹，"粉笔灰也不能弄得到处都是呀。"

章悦记得自己是洗过手的，他摊开手掌。

片刻后他想起来，是录音机的提把。

他握住了女生握过的地方。

"喔还有，明天校长要跟实习老师开个会，记得吧，别迟到啊。"班主任又说。

"嗯。"低下眼睛，看见连裤子口袋边也蹭着一小块白色。

十二

上课铃响过后，走进教室的是班主任。钟弛愣了愣，又朝门外看一眼，随后才反应着迅速喊了一声"起立"。

班主任没解释原因，只说"这堂课我来上"。

钟弛看向一旁的庞纭纭，好友正垮着脸恹恹地把书本翻开，接到钟弛的目光，用力撇了个表示不满的嘴形。

应该也忘记上次开的玩笑了吧。钟弛自己耸个肩，伸手压平书脊。

当然不会是由于迷路而失踪这样玩笑的原因，八成被喊去开会了，学校里多的是这样那样的会议。

但这样的巧合仍然让钟弛觉得有趣,下次碰到的话,也许可以乘机使坏地说"总算生还啦?"

好像有些没大没小的话。

但私底下,从男生开始到女生,连称呼也改成"小章","小章他呀","小章刚才",和班主任不同,在一些绝不可能的界线上,被放宽出了很大的尺度。

果然年纪上没有相差太多的缘故吗。庞纭纭曾经指着杂志大声说:"小章他戴的就是这款手表!你们注意到没?"

钟弛想起母亲很早前说的"肯定管不住你们吧"。

十三

周末回到家,父母照例准备了最好的晚饭,钟弛的碗里很快被母亲堆上一块大大的鱼肚皮。

一家人就着电视新闻顺口聊几句。或者听母亲讲讲她帮工的人家一些八卦事。钟弛对这部分并不热衷,而关于学校的情况总是必然要谈到的。

"下个礼拜你不是要参加演讲比赛吗?准备得差不多了吧?"

钟弛点点头:"嗯,快了。"

"在哪里比赛,爸爸妈妈也想去看看。"

"在市二中,不过是上午,你们不得上班吗?"

"妈妈可能有空诶。"钟弛母亲说。

"那妈你来的话提前告诉我一声吧。"

临到末尾时,做母亲的还是想起来:"对了,你们那个实习老师,差不多该走了吧？这个学校也真是的，英语这样的主课就让一个大学毕业生来教，真让人担心。到底什么时候结束啊？……你怎么不说话呀？"

反而一旁的父亲接过话来，"孩子吃鱼的时候你跟她说什么呀，你也是，还提这个了。"

倒的确有根鱼刺乘她不备时卡在了喉咙里。

钟弛频频压低了声音清嗓子，连吞咽米饭与喝醋这样的土方法也用完了，不适感却像是生了根，从第二天的早晨一直到晚上。

"感冒了么？"

"啊？"

"喝点儿热水吧。"

"噢，不用……"

但是章悦已经走到饮水机边倒了一杯。

"挺烫的，小心。"

"谢谢老师……"

钟弛接过手后放在桌上。玻璃台板压出一圈薄薄的水汽，晕花了下面的字表。

"等这些试卷批完，就可以放你回去了。"章悦看看时间说。

"嗯……"

"那边作业来得及完成么？"

"没问题。"钟弛将手里完成的一叠卷子放到一边，又探出身子去拿另一卷。

或许是动作太大，袖管眼看要碰翻茶杯，章悦挨过来托了一把女生的手臂。

握着，或是端和扶。

施加在肘腕下的，都是接触的动词。

仿佛缓了口气似的，钟弛听见他对自己说："不然可就麻烦啦。"

窗外风一直撼着玻璃。
夜色与夜色撞出声音。像一群落到网里拼命挣扎的鸟。

十四

有一年夏天庞纭纭拉着钟弛躲在操场后面的角落里哭了几个小时。庞纭纭和男友在学校餐厅吃饭，正好被班主任撞见她往男生嘴里夹了口鸡蛋，虽然当场没说什么，可班主任还是逮着机会狠狠念了一顿。
"她竟然，她竟然说'你这个小姑娘怎么不知羞耻'……"
钟弛看见一贯爱漂亮的好友拖着很长的鼻涕，心里也有些难过起来。
下个周末她跟着庞纭纭一起去了据说非常灵验的寺院。两个女生也拜了神，出门后两边开着卖小糍糕的店铺。钟弛坐在长凳上问好友许了什么内容的心愿，庞纭纭毫不犹豫说当然是感情啦。钟弛忍住笑，跟着被回问到那你许了什么。
"我啊？"原本就是被拖来的，甚至内心也不怎么相信吧，"父母身体健康，还有高考——"
"好啦好啦……"庞纭纭打断她，"我真白痴，明明想也知道了。"

"有时候我觉得你跟小孩似的。"那天回来的路上，庞纭纭对钟弛说，"除了学习外别的全也不考虑。"
"……什么跟什么……"

在外校举行的演讲比赛，作为被本着让实习生们获得更多锻炼而被指派给自己的领队任务，章悦带着三名参加比赛的选手乘坐出租车去往目的地。

下了车后钟弛突然想起来，她有些慌张地喊了声"糟糕"。

"怎么了？"同行的选手问她。

"忘了戴手表。"演讲比赛每人一共十二分钟，如果控制不好就会被淘汰，手表是关键的道具，"怎么办……"

一旁已经有人替她喊了过去："章老师——"

章悦签完到后回来："怎么？"

"……我忘了戴表……"钟弛有些窘迫。

"老师的手表能借一下么。"有人建议到。

章悦看着钟弛，忍不住笑她："你也会忘事呀。"抬手解下表带后递到她面前。

钟弛记起庞纭纭喊过的句子"小章戴的就是这个"，她这才看清这个是哪个。

男式表盘在她的手腕上显得非常大，表带边缘附着轻微磨损的痕迹。

灰白色的钢圈还有些微温。

钟弛在后台等待的时候把讲稿摊开在膝盖上。人来人往，她挪着身子朝角落靠了靠。

手腕上的表随动作上上下下的滑落着。抬起胳膊晃一晃，更是朝手肘一个劲儿地掉下去。钟弛想了想，解下来后调整了一点儿长度再戴上。

十五

章悦坐在礼堂里，并不是他会感兴趣的比赛，所以除了自己学校的部分，其余时间仍然不可避免地撑着眉头假寐一会儿。直到有人在一旁问他，"这里没人吧"。章悦睁开眼睛，顺着看了一眼身旁的空位，"没，您可以坐的。"

那个妇女落座后没多久，忽然两手比出喇叭的形状，对台上说了声"小弛加油啊！"

章悦这才注意到轮到钟弛上场了。

没等他开口，旁边就递来喜悦的话头，对他说："是我女儿哦。四中的。老拿奖的。"

章悦目光移向台中央。

女生的背后垂着厚厚的丝绒大幕，从高处打下的灯光远远地落在她身旁，像隔着一个反光的玻璃盒子。

比赛结束后钟弛看见自己的母亲。

"诶？妈你昨天不是说来不了吗？"

"别提了，今天我上门去打扫，结果敲了半天门也没人应，八成是临时出去了，害我还白跑一趟。"拉过女儿的手时发现到，"这是怎么了？"

"啊，没什么。"钟弛把手抽回去，连忙又问，"什么时候到的呢？"

"正好赶上你的。说得真好。"宠爱地拿手拨过女儿的耳边的头发，"你爸爸还让我给你带些苹果来，我寄放在门口了。"

女生挽着母亲的动作很亲热。

章悦于是停了脚步，原本预备来通知该走了，但他站下来决定先等一等。手撑住一旁的椅背，复习到空落落的感觉，视线便下意识寻找过去——

钟弛为母亲折过衣领，抬起的手腕上是非常醒目的男式手表。

大概是过于突兀的视觉原因，仿佛被拂到什么的感觉，让章悦不自觉笑了笑。

"是你妈妈？"在回到学校后，章悦问与自己一起走向教室的钟弛。

"诶？"

"之前她就坐在我旁边。"

"真的？"

"嗯，很为你骄傲呢。"

"诶，我妈真是……"钟弛很容易便想象出母亲会说些什么，"那她知道老师么……"

"啊我忘了介绍。"章悦想起来。

"噢，那也没关系。对了，手表，"钟弛解下表带，"谢谢。"

下节是英语课，章悦在讲台上翻开书本说"今天我们上第七课"，看着讲义一边系上手表。

但出乎他意料的，闭着眼睛也没问题的简单动作却迟迟不能完成。最后他不得不从讲课中停下来查看问题所在——

表带短了一大截，两个衔扣只能挽起一个小圈。

当然戴不上了。

十六

章悦抬起眼睛转向第三排。

坐在那儿的女生也正随其余人一起看着他。

凤眼

「中」

彻彻底底的一片漆黑了。

彻彻底底的漆黑显得非常庞大。

秒针走完「滴」，也仿佛过去许久才传来了后半的「答」。

滴，答。滴，答。滴，答。

一

老师并非只有授课这一件事，没过多久章悦就知道了。

时不时外校有人来参观需要接待，时不时又需要去外校参观。今天电脑里跳出小窗口通知说区里有乒乓球比赛有没有哪个老师擅长请速报名，明天办公室的墙上又贴上告示说要装饰办公室月底将统一评比。

班主任征询"谁会打乒乓么"时干脆直接对着章悦说，这让章悦在低下眼睛的时候甚至有些愧疚。

并没有比学生轻松多少。

像拽着个漏了洞的袋子，啪嗒啪嗒不断掉下东西来。

晚上章悦留在办公室里整理一周的值日表格，过了九点半他站起来活动活动身体，没一会儿有人啪地推门进来，章悦动作一顿，回过头去是隔壁班的数学老师踏着流星步，看见章悦，大嗓门地招呼一声，"小章还没走啊？"没等章悦回答又接着说："儿子生病了，结果我把他的医保卡给忘在办公室里，诶，在家里找了几个小时才想起来。"从抽屉里翻到东西，安心地叹了声，"我就说嘛。"

"不要紧吧。"章悦问一声。

"嗯，不是什么大病。"朝章悦点点头，"那我先走了啊。"

很快恢复安静的房间，刚才热闹起来的几秒好像是跳针放错的音乐，现在又恢复了正常。

暖空调呼呼地吹着，空气里有股仿佛陈年衣被的味道。

办公桌上放着教材，待批的作业，还有班主任之前拿来的奖状证书。

章悦用手指挑起封面又看了一眼。

印刷体的比赛名称后面，"钟弛"两个字是手写。

原本打算晚上女生如果过来时顺便给她。

二

手写的墨水没等干透就被合上的吧，所以字迹晕出一些，还染到了另一面上。
章悦用手指搓了下。

当然现在是肯定擦不掉了。

三

冬季的夜晚，灯把墙面打成褐色，像旧照片里的一块蛋糕。

女厕所在走廊尽头。门是墨绿的，镶一片毛玻璃。门不太好使，开进开出会摩
擦出尖利的"嘎吱——"声。

钟弛抬起头，提高嗓子问了句，"是纭纭？"没有应答，反而隔壁小间的门被
打开了。钟弛明白过来，重又弓起背，抱着胳膊把脸埋在当中，转过来时看见涂满
在一旁墙壁上的字。"某某爱某某"，笔画已经模糊了很多，再眨次眼似乎又淡了点儿。

"钟弛——你在哪间啊？我买来了。"终于响起庞芸芸的细高音。

钟弛敲了敲门板示意，很快从下面的缝隙里塞进一个卫生巾软包。

"还好吗？要紧吗？"

"还行。"钟弛抹开头上的汗，站起身后发现裙子上果然沾了一点儿。她走出隔
间问好友，"看得出来么？"

"唔……"庞纭纭低下头，又退两步端详了片刻，"不仔细是看不出。"

"诶，真倒霉。"钟弛懊丧地叹口气。

两个人穿过走廊，对面的教学楼里只有办公室那层都熄了灯。黑洞洞的又反射
着这里的光源，像难辨深浅的湖面。

在明亮的地方望向对岸的黑寂色，果然是什么也看不见的。

"刚才在小卖部碰到小章呢。"庞纭纭想起来似的说，"他好像也才下班吧。不过还好我去得早，小章没看见我买了什么。"

"你也怕尴尬啦。"钟弛拎着好友的小指说。

"我是怕他尴尬！"庞纭纭肯定地点着头，"小章这样的人，这种情况下肯定比我们更不自在嘛。"

钟弛脑海里想象了一下那个场景，不知道该肯定还是否定，抿着嘴笑了笑。

四

午休结束钟弛去办公室交作业。已经习惯的场景突然多出几个陌生的部分。墙上被贴了照片构成的宣传栏，办公桌下铺上了统一的蓝色垫板，连一贯的盆栽也换了品种。中间的两排电灯下面，踩着凳子正往上挂彩带的是章悦，下面围站着几名女性老师，举着手七嘴八舌地指示着说："从这里到那里，保持一点儿间隔，唔，再过来些，对对，现在正好。"

钟弛把作业交给班主任，接着问："搞活动呀黄老师？"

"布置一下办公室。怎么样，还不错吧？"班主任很是亲切的态度。

"嗯。"看一眼后又笑起来，"章老师众星拱月似的。"

"没办法啦。我们这里就他最高了。假设让我去呀，老师就是站在凳子上也够不着的。"班主任说完自己先笑起来，站在近旁的另一些人听见了也附和着"没错没错，这个时候就是小章派用场的时候啦"。

屋里不冷，加上忙了一阵，章悦连衬衫也卷起了袖子。低头找了一圈后说："麻烦，谁给我把剪刀。"

钟弛从旁边的笔筒里拔出一把，最先走去伸了手臂。

"噢……谢谢。"手里却透着汗，剪刀的塑料握柄从指边滑了下去，掉得远，躺进另一张书桌的下面。

钟弛走去想捡，但目测了下手够不及。班主任于是体谅地说："先不用管了，等下反正要打扫卫生的。"

其他老师已经找来另一把给章悦。

灯管上有多时的积灰隐约落下来，呼吸痒起来像碰到茸茸的翅膀，章悦转过脸躲了躲。视线碰到脚边。

女生仿佛还在惦念那把剪刀，尝试着用脚尖去打回来，却没有成功的样子。

章悦突然觉得自己似乎忘了说声不好意思。然而眼下的场合里又不太合适。

老师对学生的话，应该不用那么在意吧。

章悦擦过额头。灰尘画出一道痕迹，躺在手背上像试卷上的横线，等待着正确答案一般。

五

是已经进入第三个月，实习还有四十几天就结束。

虽然类似布置办公室，很早以前也曾被人拱着爬上桌子去往教室的天花板上挂彩球，而底下还在争持着彼此的审美，一群喊"丑死了"，一群喊"你们懂什么"，章悦听得耳朵涨，最后手一甩，皱纹纸做的彩球扔下去，正好砸在刚刚进来的老师头上。

挨了狠批，没写检查但下午被叫去办公室一直留到八点多才放走。

大不相同了。

不久前见到了当年的老师,即将退休的对方露出完全不计较般的笑容,直说"真没想到啊,章悦以前可也是惹事不少的呢,现在居然也干起这一行了。"

"非常辛苦的哦。"对方大笑着,"能坚持多久呢。"

仿佛已经离得很远。像火车上一觉醒来后,两岸的稻田都覆上了生平首次见到的白雪皑皑。

六

这个周末学校要拉着高一和高二去市展览馆参观一个纪念展,这原本是上级教育机关下达的文件,规定区内从小学五年级到高中二年级都必须接受的思想教育。但显示在章悦电脑上的内容,对于钟弛这样的学生来说并不知情。有一个下午可以不用上课,在市中心的展览馆玩儿一圈,附近还有快餐店和小商品市场可以乘机逛一逛,听着依然是快乐的气氛。

钟弛和庞纭纭坐在巴士后排,这是庞纭纭一贯的坚持了,原因无非是为了离每次都坐在最前面的班主任越远越好。

跟在班主任身后的章悦也入了座。

从远处能看见椅背上的一小片黑发。被白色布罩衬得很深,而阳光照进来的话,又显出咖啡色。

等到有后排的女生与他攀谈时,章悦转过一些脸来,才清楚了一些。

不知道聊了什么内容,渐渐露出微笑。

不浅也不深,像一根手掌里的细纹。

钟弛看窗外。巴士停在十字路口前,过绿灯时速度放得慢,好像惹来后车的不满，一个劲儿地按着喇叭。"哔""哔"直鸣个不停。

灌在耳朵里都是慌张的催赶。

一声比一声焦急。

七

展览馆里人挤人，似乎不止一个学校都挑了这天来访问。各处都响起着讲解员被喇叭放大的声音，而它们又被嘈杂瞬间淹没了。

看这情况也没有办法，老师们宣布说那你们就自由参观吧，一个半小时后到出口集合，但想混水摸鱼的念头还是免了，周一早上每人都要交一篇八百字的观后感上来。

庞纭纭在旁边拉了很长一声"诶？！——"，很快就用充满期待的目光朝钟弛用力点点头。

"又指望我？"

"没事，老规矩了。你写完借我看看就行，我不会照搬的嘛。"

一幅图片得等聚在前面的几个人头都离开后才能看见。而倘若排在队伍里跟随别人一起前进，不是自己还没有看完图示后面便传来催促声，就是等了老半天队伍也没见一点儿动弹，像根被扯得歪歪扭扭的弹簧，一处松着一处紧。

钟弛总算找到章悦时，他不在队伍里，站在外围，耳朵上挂着展览馆里领取的耳机。等距离得近了些，庞纭纭先摆着手喊起来："章老师啊。"

章悦点点头。

"你戴的是什么？"

章悦摘下半个耳机，"什么？哦这个啊，讲解机。"

"诶？——"庞纭纭看一眼钟弛，"我们怎么不知道有这个东西呀。"

"要听么？"章悦笑笑说，"英语讲解。"

"……那算啦，算啦算啦。"庞纭纭连忙摆手，"老师很臭屁诶。"

"所以我才是老师。"

钟弛咳一声笑起来。

章悦看看她，想说什么时，不远处查看秩序的班主任朝他招手，应该是喊自己过去顶班。章悦摘下耳机走向钟弛。

"我有事得走了，这个你戴吧，"后半句似乎是对庞纭纭解释的，玩笑的口吻说，"钟弛肯定听得懂吧。"手一松后，耳机便扣到了女生耳廓上。

钟弛跟着队伍走，偶尔回头能看见人隙中章悦站在那里。大部分时间还是被挡住了。

耳朵上由热转为痒，跟讲了很长时间电话一样的后果，电波下嗞嗞的杂音充斥反复，膨胀着好像里面发芽了一颗白色的种子。

八

八百字的观后感并没有拦住大家的脚步，许多人还是提前离开上附近的商场闲逛，钟弛也被庞纭纭拖去买了一份快餐，穿有同样校服的人影在街对面三不五时地出现。钟弛注意着时间，好歹赶在集合前回到了巴士边。

但等了二十分钟有个女生仍然没回来，后视镜里倒映出班主任深揪在一起的眉头，钟弛又下了车，建议要不她去看看吧。

"也好，"班主任一点头，又探过身喊，"章老师诶，你和钟弛一起去吧。"

周末的街道上人来人往，钟弛原本提议说两人分头找好了。

章悦看一眼周围的情况很快否定说还是别了。

"不然到时候很可能我还得来找你一次。"

钟弛听了有些不以为然,"没准是我找你呢。"想说却还是没说出口。跟在章悦身后,从商场一层开始到地下街,对面还有餐馆和书店。

上了楼梯,又下楼梯。有时候红绿灯刚巧放过一批路人,钟弛就被冲得远些。等人流过去了,章悦朝钟弛摇摇头,"跟紧点喔。"

"知道的。"钟弛说。

从书店出来,隔壁是西餐馆,虽然可能性并不大,但没有收获的眼下章悦还是和钟弛一起走过去。等候在招牌下的服务生开口前忽然露出迟疑的神色,随后说:"请问有什么事吗?"

章悦怔了怔,立刻回答道:"我们在找人,里面有没有一位穿制服的女学生?"

"哦,我帮您进去看看。"

过一会儿服务生答复道:"刚刚找了一圈,好像没有诶。"

九

上个星期的傍晚,有人打电话到办公室找章悦,他接过来后听出是高中时老同学的声音,对方说正在附近办事,问有没有时间碰个头,正好带了一些厂里的产品要送他。于是下班后章悦刚走出校门,旁边的书报亭前便有人举着本杂志冲他挥手。

"你就是从这里走出来,也不像一个老师嘛。"读书时的关系很铁,所以许久没见了也不妨碍一见面就损人。

但章悦早习惯了这样的说法,只问:"找个地方坐坐吗?"

"哦不了,我还赶着回家吃饭。不然女朋友会翻脸。"

"诶?还是那个谁吗?"想起老同学在高中时就苦追的女孩。

"……什么时候的事了，还提它干吗呀。"

章悦笑着："是是。"

简单聊了一下彼此近况，但仍旧是听对方讲得多。

"不过还真没想到你会做老师，我记得你大学读的经贸吧。"

"嗯……"

"那香烟也不能抽了呀。"

"是不太能了。"

"没犯瘾？"

"其实还好。不过抽屉里依旧放了一盒。"虽然一直也没动过了。

老同学把刚买的杂志卷起来后捅章悦的肩："有空再出来聚聚嘛。学校里都是那些能做你姐姐或阿姨的女老师，平时能跟谁聊啊。"

收到一盒其实被半硬塞到的黄酒，对方说你不喝也可以给你父亲嘛，章悦也就不再说话了。道完再见，又目送老同学的背影消失才转回身。

是读书时抢喝一罐饮料的好朋友。过了几年，样子并没有大变，语气也是。说"有空再出来聚吧"的音调，和当初"这次足球比赛的冠军肯定是我们的啦"保持相似的一致——虽然那次的结果是因为错失了胜利而气得哭红了眼睛。

那种感觉让章悦又觉得自己并没有离开"学生"这件事太过遥远。

却也是顷刻间的念头。

好像剪刀合住口，"咯"一声就又断了。

十

离开时有其他人走向餐厅门前，服务生立刻模式化地询问："请问，是两位吗？"

声音传来。

剪刀合住口。

在非常深而模糊的地方，非常地深与模糊，像脱出在衣角的一根灰色线头，随即被剪断了。

十一

这天晚上钟弛带着作业过来。办公室里除了章悦还留了另一位老师，正领来班上的差生在那边训斥。随着情绪加重，声音渐渐盖窜过来，整个房间里回荡着"你自己说说看""你自己说说看""你的行为有多恶劣"。

一直等到半个小时过去，那位语文老师整理完东西临走前经过章悦桌边："还没忙完呀，我先下班了。"

"啊。孙老师再见。"

"钟弛演讲比赛得了第一啊。"这句是对女生说的，随即感叹一声，"你看看，好学生和差学生，真的不能比。"

"好学生还翘课诶。"等门关上后章悦说。

"教室里太冷了，这里有空调。"钟弛咬着笔杆，眼睛没有离开作业。

"真是太乱来了——"

钟弛坐在隔壁的办公桌上，章悦开着电脑填写总结。彼此各忙各的事，声音随之安静了下来。没一会儿天花板传来噗噗声，两人抬起头发现或许被暖气也可能是被光吸引来一只不知名的飞虫。却是庞大的身体，撞着灯管响个不停。

章悦往女生那边看一眼，好像很自然的动作，钟弛用书本捂着胸前，随后才回过头来，咽了喉咙说："……怎么进来的？"

章悦也不清楚，随后找到角落有扇窗没有关严。他索性把窗又推大了点儿，"只有等它再飞走了。"

钟弛却不能安心，眼睛一直追随着，然而十分钟过去，屋里几乎冷了许多，黑影依然在几支开着的灯管中间扑来撞去。

"要不要关一下灯？……"她建议着，"没有光源的话应该就会飞走了吧。"

"你不怕黑啊。"章悦问。

"一会会吧，没什么关系的。"

章悦站起身，两排灯管渐次熄灭了。

"呜啊，"钟弛喊一声，"停到电脑上去了！"

章悦赶回来，果然屏幕上多出了一块黑影，正绕着四框缓慢地爬。没有多想，他走去按掉了显示器的电源。

彻彻底底的一片漆黑了。

彻彻底底的漆黑显得非常庞大。

秒针走完"滴"，也仿佛过去许久才传来了后半的"答"。

滴，答。滴，答。滴，答。

章悦听见飞虫震翅的声音终于消失。另一个声音却响起来。

黑暗中紧贴着自己的。仿佛鱼鳞四周的海水中送来一根浮草。

十二

"……章老师？……"

十三

像在非常非常深，非常非常模糊的地方，原来线头并没有剪断。

十四

虽然没有明文规定和惩罚措施，但学校里几乎没有老师吸烟的，章悦偶尔撞见过一次体育老师，对方也是在学校外的书摊旁点着一支，并且一见到章悦就很尴尬地把烟头掐灭在旁边的垃圾桶上。

很早前曾经习惯过，进入学校后也只是放了一盒在抽屉深处，并且居然也一直没有再碰。章悦先前以为自己没准就此戒了也很有可能。

但这次离开前他又折返回去，从抽屉里找到那盒香烟。连同旁边的打火机一起放进裤子口袋。

一路出了校门。

刚刚走到对面马路，很快抽出一支点燃了。

风吹得火苗整个是斜的。同时还能听见衣领子被吹得啪啪作响的声音。身体僵得像盖了个塑料外壳。

一连抽了几口。

火星放出明灭的光。

凤眼 「完」

没什么改变前，就先这样好了。

像一路朝前开的车，只要没找到想转弯的路口，放在驾驶盘上的手完全不需要动。

一

　　钟弛在双休日后得了重感冒，不得已在家里休息了两天。母亲照料着她，熬了清淡的粥，但是钟弛没有胃口，只被母亲劝着喝了几口就又放下了。人更软，像皱皱的毛巾，躺在床上觉得头一阵重一阵轻。

　　家里响起电话铃声，除了朋友，班主任也打来关切，钟弛模糊地听见母亲在客厅里感激地道谢，再一觉醒来后，屋子里又恢复了安静，钟弛喊了几声"妈"没听见回答，估计母亲是出门买菜去了。她拿枕头垫在腰下坐起来。

　　又响起了铃声。

　　没有力气的时候便想着放弃吧，但铃声持续了挺长一会儿，直到钟弛决定起来接。

　　她披上外套走到客厅，拿起电话放到耳边时，对面传来似乎安心的声音：

　　"差点儿就要挂了。"

　　"啊……"钟弛反应了一会儿。

　　"病好些了么。"

　　"还好……不算很要紧……"

　　"嗯，好好休息。"

　　"嗯……"

　　"王老师让我打电话来说一声，她上次忘了通知你，什么时候回来上课的话记得带上你本学期的奖状，要申报……那个什么……"显然是忘记了，传来微笑的声音，"诶。"

　　钟弛撑着椅子，在电话这边也笑了笑："我知道了……谢谢章老师……"

　　"那就这样，"要挂断前，"记得好好休息……"

　　说了两遍。

二

前些天的晚上，办公室里有其他老师也留着加班。过会儿她拿来一袋纸核桃，推荐着"老家带来的，尝尝吧"，钟弛就伸手掏了两个，章悦虽然表示"我不用了"，但对方还是抓了一把放在他桌上说："客气什么！"

章悦对钟弛开着玩笑，"晚自习的环境还真不错。"又拿起一颗放在手掌根，两手一握核桃壳就夹碎了，然后放在桌面上，说："给。"

"啊……谢谢。"钟弛想自己还什么都没说。视线落在对方手掌上，却立刻收回来。低头瞧着脚尖。

也是那天，钟弛随后坐到旁边靠窗的办公桌前写作业。过一会儿，章悦站起来倒了杯热水，又走近她，低了头稍微看一眼：

"是预习？"

"嗯。"

"真勤快。"他透过窗朝外看，玻璃上蒙着雾，就顺手擦开一片，"都跑到走廊上来闲逛了。"说的是对面教学楼里的情况。

"是吗？"钟弛坐着椅子，就把自己眼前的玻璃也抹了抹，"好像不是我们班的……"

章悦笑着，"到底是班长，了解得非常清楚啊。"

"老师才是，自己班上的学生总应该记得吧。"

章悦点着头："是的是的。"喝一口茶，眼睛就在茶沿上弯一点儿。

临走前钟弛收拾着东西。检查了一遍没有落下的，她无意转过头。

虽然已经又重新凝上了极淡的雾，身旁的玻璃窗却仍旧留下了一高一低两块被擦拭过的印子。距离得不远，两三步就能到。

　　以前小学时遇上下大雪的天，温暖的教室完全像掉进白璧的牛奶杯里。上课前大家纷纷在窗户上用握拳的手掌侧面敲出类似足迹的图案。老师进来后看见大大小小，四处乱跑的脚丫子，没生气反而同样笑了起来。

　　钟弛又看一眼。
　　的确是，两三步就能走到的。

　　三

　　母亲回来时，钟弛已经躺回了床上，身体仍旧烫得厉害。她喝了半杯热水后蜷缩在床被里。脑海里绵绵地像走着一脚高一脚低的泥泞的路。

　　庞纭纭曾经无心地问过，"钟弛你每天都去办公室啊？"
　　钟弛停了好一会儿，"诶？……"
　　不是难回答的问题，但是回答不出。
　　没有办法回答。

　　应该还是那次演讲比赛结束后回来时的事了，为了赶时间，自己是和其他几人一起坐的出租车回校。好在都是女生，冬天里挤一挤也不碍事，钟弛坐在后排最左边，副驾驶上是章悦。
　　曾经有过这样的一次。
　　没多久，前排的司机和章悦闲聊起来。
　　"噢？原来你是老师呀？"……
　　"当老师好，哪像我们开出租这样三班倒地辛苦哦。"……
　　"一部车子开到底，讲来讲去，也没什么功劳可言吧，不像老师，别人都尊敬的。"……

"哦是教英语吗？那你英语一定很厉害吧，这样的话，可以不用干这一行嘛。去个什么外企里做做，不是更舒服？"

"也是啊……"章悦答到这里，是附和的话但仍然笑很真切。

钟弛转开眼睛，窗外是成排掠向后方的梧桐。路面干燥得发亮。

尽管已经是多日前发生的，不知为什么这段对话却一直都记得，牢牢地挥之不去。

四

冬天的室内，空调吹得人止不住的倦意，年轻点儿的多冲起咖啡，章悦一次撕两条，被班主任看见了便说这是在透支精力呀，他有些不好意思地笑笑。

咖啡喝多了，困和醒变成被安抚坐在一起的矛盾体，虽然意识是醒的，但眼睛和身体依旧在困意中，跟发条松了一圈似的，慢慢放缓了动作的速度。下午的时候坐在会议室里时，好像最终用尽了电池，人靠着椅背缩点儿身体坐，确信不会被发现时才闭上眼睛。

却终究睡不着。

脑袋里亮了一颗灯，是没有按钮的。

从小附近邻居家的小孩里章悦最年长，所以每天放学后便被各对父母托付着，带着两三个男孩两三个女孩，做功课或者玩耍，直到晚饭前他们回家。

读书的时候做了三年班委，却一直在卫生委员和纪律委员这类苦差事中轮。卫生委员最麻烦，安排值日的一个个都逃跑。最后只能自己皱着眉头拿扫帚划地，虽然还是忍不住用垃圾袋把溜号家伙的凳子扎得像个黑色花圈。

进大学以后没什么事，只有老师病倒的时候，和几个同学一起去看望了，在花店里挑了花又买了水果，在付钱时想起老师似乎有糖尿病，于是退了西瓜换成合适的。

就被夸奖成"可靠的人"。

小时候也是，长辈都说这个男生肯定有出息，年纪小小就稳得住。

昨天早上走进教室后，说完"上课"，照旧响起"起立"的应答声。章悦却迟疑了一秒，眼睛跟过去，发现原来换了人。男生的副班长站在教室末排，声音依旧响亮。

课后才听说钟弛周末发了高烧，暂时请了三天假。

章悦"唔——"地点点头。到了下班时间他穿上外套，又整理了包，一旁的老师便随口问他，"小章难得今天不留下来加班了啊？"

他吸了口气后回答："今天不用。"

但感觉还是反常的。

在已经习惯了之后。

章悦睁大眼睛，会议室的投影仪打着蓝与红色的方框，一幅幅往下跳着。

他用手伸进口袋，捏一把，几天前就空了的烟盒发出细碎的声响。

五

最近晚饭时家里人总问："留校有希望吗？"章悦每次回答着"不知道""还不知道""眼下不知道"，变化的只是一些意义相近的副词。

家人显得紧张兮兮，又强调现在做老师其实很好了，有假期，又算得上半个公务员，也不用担心饭碗稳不稳定，一旁来串门的舅妈更是补充一句"现在男老师很多女的抢着要的"。

章悦不知该接什么，从厨房里拆了盒烟就站到阳台上去抽两口。

一半抽完，夕阳已经落着地平线，冬天里红得刺眼，相比其余都显得苍白。

舅妈临走前又提："还有不到一个月就能知道结果了吧？"

章悦回头看日历，上面被家人用笔圈了个红色的框出来，"嗯。那时候有公开课评比。"

"加油啊，最关键的一环了。很大程度要根据它来决定人去留的。你的水平我是不担心，就怕到时候有什么别的状况。"

"……嗯……"

舅妈退休前在中专做数学老师，所以对类似的内容还是很清楚，很多事章悦想瞒也瞒不了，舅妈都会说。

起初也是，毕业后大家都忙着找工作，章悦也正要准备，舅妈那边传来消息说为他联系了一项学校的实习工作，对方的校长是她能托得上的关系，所以这次机会不要错过等等。舅妈说话声音也咣咣响，连亲戚们都一向听从，所以章悦没来得及说什么，就被安排了进去。

虽然比想象当中要烦琐，老师这个职业，可偶尔和以前的同学们联系上，还在忙着投递简历的人们又纷纷对他表示羡慕。

"那就先这样吧。"

是这么想的。

没什么改变前，就先这样好了。像一路朝前开的车，只要没找到想转弯的路口，放在驾驶盘上的手完全不需要动。

六

钟弛周四回到学校，积了不少东西要补，几门主课还得找老师问一下，午饭后她在办公室里转了圈，其他都搞定了，但没看见章悦。猜测或许是因为此刻的时间关系，正打算出门往餐厅的方向去找一找，倒恰好遇见章悦和另一名老师走进来，发现钟弛后，看她一圈，说："回来了？"

"嗯……"

"找我有事？"

"有几个地方想来补习一下。"

"那先坐吧。"章悦指着办公桌，手还没完全放下的时候，又举起来，"刚刚吃了什么呢？"

拿拇指在女生下巴边搓了一条。

然后举起在钟弛眼前，仍然是微笑着的，"番茄酱吧？"

捧着备课文件夹的班主任刚刚从旁边站起身。

午休时的办公室里显得安静，隔间与隔间中摆放的盆栽在阳光下显出平日叶片上看不出的黄色线条。像是刺绣的手艺般留下三根两根。

七

其实章悦在课间操的时候已经看见了。第二节课后响起了广播操的前奏乐。各班集合到操场上，章悦也跟着走到室外。

做操前加了简短的校长讲话，宣布关于下周开始的校庆细节，末了召集各班班委上台领一份意愿书。

全校一共二十几位，走上台后列成两排。

眯点眼睛才能看清。再眯一点儿后，章悦心里"噢"了一声，认出了钟弛。
丁点儿大小的，仿佛粘在眼睛上的灰。

八

前不久章悦和两名读书时的朋友一起回了次母校。没有特别严肃的意义，只是另两人有事想要麻烦以前就读时教授自己的老师，章悦被拖上一起。

旧时的学校过了几年似乎也没有任何改变，连操场前竖立着写有校训的石碑，章悦走过去蹲下身仔细找了找，发现当年自己无聊时刻下的符号还留在那里。读书时的班级在最顶层，于是站在楼下就看不清楚。

当时自己坐在第六排。也可能是第五排吧。

下课时立刻变得喧哗的校园，从门后跑出很多男女生。校服似乎还是发生了细微的变化，章悦起身看了看，又不确定是领子还是校徽的刺绣位置。

经过身边的三两个学生发现他，目光对上后却露出了仿佛犹豫着表情，最后一溜烟地跑开了。

反而是回来的路上，两个朋友互相感慨着："刚刚从走廊上出来就碰到两个女学生，朝我们一低头就喊'老师好'……搞得我们脸那叫一个抽筋呀……"两人又拉着章悦做评委，"你说，她们是对我们当中哪个人喊的？肯定是他吧？肯定是他呀！看看这副被社会世俗摧残得不成样子的苍老的脸。"

话题最终回到以怀旧高中为收场。

"觉得怪怪的，"其中一个说，"虽然很熟悉，但一看见他们，就觉得自己到底不再是学生了。"

"嗯，反而是到了实地以后，这种感觉就一下清晰起来。之前总觉得学生时代离得近，一走回校园，却觉得它们根本已经离自己很远了。"另一个同感地接口。

"嘿嘿，我记得你读书那会儿被食堂的厨子绕着操场追啊，最后他还拿大勺扔你吧。"

"没扔到我，砸到章悦了。"

"我哪有？"章悦这时接口说，"早躲开了。"

"哦对，你是把别人的书包抓过来挡了一架子嘛。"向旁边征求着，"这小子其实以前就坏得很。明明作业忘了做，为了不被记名字，倒大着胆子先把空白作业本交上去，再从办公室里偷出来。"

"没错没错，还有为了能在上课的时候睡觉不被发现，居然让坐在前排的我'再吃胖一点儿'。"陈年旧恨一股脑儿往外倒，"什么温顺可靠，全是演给老师看的呀。"

章悦忍不住跟着一起笑起来。

"现在居然做起老师，真是想不到。"朋友们一起问他，"感觉怎么样呢？"

"嗯……"章悦想想，"从讲台上其实什么都看得见的。"

九

钟弛翻开笔盖，小镜子照出自己局部的脸。

还是一片涨红，血像没有上限地不停往脑袋涌。

她把课本竖起来挡在面前。头压得低，纸面上一行行近在咫尺的英语字母被放大得发虚，"U"像一把物理实验用的大磁铁。

没一会儿身边的庞纭纭站起来回答问题，钟弛一下咬紧嘴唇，缩着肩膀往课本下又躲了躲。

希望不被看见。

十

坐在最前排的小个子男生平时常常会被物理老师开着玩笑。有时候为了作业讨价还价两句，即便是批评也有一半是玩笑口吻的，某天物理老师刚刚走进教室，第一句话便说："唷，某某某，头发怎么剪得和我一样啊？"大家便立刻哄堂大笑着。

轻松快乐的气氛。师生之间。

或多或少，老师都有自己偏爱的学生。庞纭纭虽然和班主任有不小的结怨，但却很是讨语文老师喜欢。很多次被赞扬说声音好听，每次领读课文之类，十有八九都是她了。

而即便连捣蛋的男生，也有老师并不反感他们在课堂上的活络，扔个问题过去，总能得到出乎意料的回答，笑声又起一阵。期中考前也有过"某某某说他要是过了70分，就请老师吃饭，你们大家都作证哦"，而底下就反驳着"老师我说的是65分啊"，类似的故事。

但是钟弛觉得，都是不一样的。

严谨的老师或稳健的学生，幽默的老师和活泼的学生，长跑比赛中邻班有女生晕倒了，体育老师也是赶过去一把就抱起对方往卫生室赶去。这些都是自然的事。天天发生也不会惹来注意。

而自己和他们都是不一样的。

章悦和他们也是不一样的。

仿佛踩着滑塌的土，一直往下掉根本控制不了身体平衡。

十一

晚自习时钟弛留在教室里，一行行看着练习题，大半还空着，有个地方用圆珠笔涂改了几次，而最终答案依然不确定是否正确，她向庞纭纭借了修正液，转身时往窗外看一眼，教师办公室还亮着灯。今天放下了百叶窗露出微隙的光，好像海里呼吸的鱼。

钟弛看了看手表，九点二十分，她还是站了起来。
庞纭纭已经习惯了般，听见钟弛说声"我出去一趟"，一边忙着抄课文就简单答了一声。

沿着楼梯下，昏黑的光线里台阶分辨不清。
钟弛皱着眉头，几步后先前握着木头栏杆的手突然缩回来。
举到眼前又什么都看不见。
只有外来的细小痛点，在手指上。

等她一路寻找着木刺，抬头已经走到了办公室门前。
喉咙里艰难地想要酝酿出声音，最后她抬起手敲了敲门。里面传来模糊的应答声。钟弛推门进去，一眼看见章悦的办公桌前空着人。也没有外套挂在椅背上，或是亮着屏幕的电脑。是收拾完，已经离开的状况。
在他旁边，班主任却还留着，从电脑后面挪出眼睛，"噢！钟弛啊。"

钟弛连忙拿过身后的课本，说："之前落了课，所以有些地方不太明白。"班主任冲她点头，"好，过来。"同样从背后拖了张椅子给钟弛。
班主任的桌面下夹着儿子的照片、课表、各办公室分机电话等等。桌子上东西更多些，电脑屏幕则跳动着一份表格，扫描的光线一层层掠过。

等钟弛坐下，班主任拿笔尾点着疑难的句子看一遍后说："这个么，是这样的呀——"

钟弛听得很快，不到十分钟空白的地方就几乎都填满了。

还剩了一格，班主任说了句，"哦，有一段解释在章老师那里。"她站起身，从旁边的桌子上拿出一本参考资料。

钟弛就顺着又扫一眼。

章悦的办公桌下还没有什么东西，偶尔会贴一张值日名单。

外套是常常挂着的，黑色或浅米，以前掉下过钥匙和打火机，是钟弛捡起来的，她玩笑着问："老师原来抽烟吗？"

章悦说："没有诶。"表情却不像可以信赖的样子。

又回到课本，他用手指画着文章，是钟弛正在做的阅读理解，十几行浏览完后朝钟弛点点头表示好了。

"那这个是？"钟弛问一个，章悦就回答一个。形式上倒像她是他的老师。

结束时班主任问："没有了吧？"

钟弛"嗯"一声。站起来说"谢谢老师"，打算回去。但刚刚起身，班主任却叫住她，"钟弛啊——"

"诶？"

"抽空的时候老师跟你谈一谈。"

"……噢……好的……"

"明年你们就要升高三了，现在开始是很关键的。"

"嗯……"

"老师对你很放心，不过如果有什么问题，还是要跟老师讲。"

"……"

"把握好自己，这个阶段很重要的。你们毕竟是学生嘛。"班主任说完就回到电脑前，敲了两个字后，朝钟弛看一眼，"噢，你可以回去了。"

十二

钟弛回到教室，庞纭纭露出有些诧异的表情，"今天这么早就回来了？"钟弛冲她简单地点点头。回到座位上摊开书本。空白的地方记着笔记，今天是班主任的字迹。红墨水圈了两个动词出来，又写了点儿解析。

一页一页往前翻，就出现了另一种。是蓝色的手写，字母与字母中间保持连贯的间距。

她握紧了手，这时终于摸到之前在楼梯上被扎进的木刺。
已经没入皮肤，只有灰色，微小的突起。

十三

是因为学生，和老师的关系。
因为是这样的关系。

十四

再过四天就是公开课，章悦白天还有课上，下午学校布置了讲习，晚上回家才能准备。那几天连轴转着，人累得瘦了一圈。舅母也不时过来看望，顺便对他进行大大小小的提点。一份教案改到最终稿,完成的时候,章悦几乎想去找个朋友庆祝。结果因为已经夜深的缘故,仍然只能自己从冰箱里找了两罐啤酒。

按照教案来看,并没有失败的可能吧。

加上之前班主任对自己也曾给予过肯定。

那么,是会被留校的,成为正式的员工,再过几年,也没有人再说"看起来不像",各种琐事也能习惯。

会成为真正的老师。

章悦把易拉罐拉环拿在手里无意地拗弄着。两边动一动就断裂开,边缘还是锋利的。

喝空的罐头非常软脆,稍微握一下也会凹瘪。

将车就这样开下去吗。

一路,这样下去吗。

十五

公开课的这天早上,钟弛换了校服后,喝完了豆奶就离开了家。天气还是冷的,哈一口,白烟就被风吹走。路上落着稀稀落落的叶子,自行车在上面碾出绵延的沙沙声。到了校门前钟弛跳下车,朝值日老师敬了礼,推着车走进两步,旁边就是办公室所在的一楼。

窗上积着水雾的缘故,视线并不清晰。钟弛把车停在车棚后,在楼下先遇见了庞纭纭。

"我感冒啦——"庞纭纭首先冲她拖着严重的鼻音。

"塞得很厉害诶。"

　　"嗯，难受得要命！"女生轮流拿手指堵着鼻孔用力通气，却又怕不小心会喷出鼻涕："今天小章的课是第三节吧？"

　　"嗯，第三节是英语。"

　　"好像会有十几个人来听课诶……厉害吧，小章不会吓得说出英国家乡口音吧。"

　　钟弛笑一点："不知道。"

　　"诶，听他们说，如果这堂课能通过，就会留任做正式的教师。怪不得小章这几天很拼的样子，看见他的黑眼圈没？"

　　"鼻涕都停不住了还这么多话。"钟弛找出纸巾给朋友。

　　"啊，流下来啦？"

　　课间操的时候，钟弛跟着全班到楼下集合。回过头时，队末也只站着班主任，没有像往常一样出现两个人。再看过去，似乎今天要开课的几个实习老师都没有出现，应该全在办公室里准备的样子。

　　回到教室里，班主任已经指挥着男生搬来了好几张凳子，像个U字，从教室后面包围上来。连钟弛身边也摆上了一张。教室里虽然看起来和平常一样，但每个人表情还是有些兴奋和紧张。庞纭纭连连摞着鼻子说："好大的阵仗！"

　　上课铃响起以前，陆陆续续走进了十多人，有位女教师在钟弛旁坐下，又打量她一眼。

　　铃声响起了。章悦走进教室。

　　"上课。"他说。

　　"起立。"钟弛接着。

十六

　　章悦想自己起初确实有些无法放松的部分，只是可以控制在不显露出的范围内。不用去看底下听课的老师就行了，虽然是篇关于自然界气候的文章，使得出现了不少难度的单词，但这堂课也没有他难于把握的教学点。从单词讲到句型，一共三点，一个、两个、三个，结束。然后是阅读课文和对话部分。

　　很顺利地，像是波澜不惊一帆风顺地驾驶。

　　笔直的一成不变的路。

　　还剩最后一段，新学的单词却几乎都在这里，章悦眼睛看一圈，最后落定了，他喊着钟弛的名字，"来读一下吧。"

　　钟弛捧着课本站起来。与章悦面对面的位置。

　　是学生。和老师。

　　"开始吧。"章悦看着她笑笑。

　　钟弛眼睛望着书上的句子，喉咙咽了下，似乎就要开始了。

　　但停留在这一段上。没有发出声音。

　　迟迟地，她站在座位上，没有出声。

　　章悦稍微等了等："……怎么了？有什么困难么？"

　　底下也渐渐传来疑惑的动静。随着时间持续，像水波开始渐渐扩散。钟弛身边的女教师抬着头满是不解地，目光尖锐盯着女生的脸。

　　但她只是捧着书，眼睛从课本上移向章悦又回来。

十七

如果不是学生，也不是老师的话。
不是这样的关系——

十八

钟弛咬着嘴唇，眼睛泛出一圈红色又退下去，但是很快，再度地红起来。
自己面对面地和章悦站着。

一切会发生改变么？

十九

　　那天上一篇关于自然界气象的文章，介绍了大气中常见的变化。有一部分提到
了台风。"虽然外围的风力会达到十几级，但是台风中心却常常风平浪静。"当时章
悦在网上查到了段补充资料，他记录在旁边。
　　"当热带气旋到达一定的强度时，其中心便形成了一个无风无云的区域，此即
风眼。"

　　在极为强大的风浪中间，当海水冲击着进出的浪礁又远远漫过堤岸，空中是被
掀飞的广告牌。周围早已呼吸困难举步维艰的时候——
　　位于中心的地方，却仍然维持出，掩饰着，仿佛一切如常的平静。

章悦淡淡地吸了口气，他垂下手。

不得不掉头了。握着方向盘，朝右飞快地打两圈。

换了方向。

二十

五月初的假期里，天气已经非常炎热，章悦还得在海关忙着报关的工作，一楼二楼跑着，最后领了几十页报表。

回去的出租车上他给上司打电话，大致交代了一下情况，对方也赞扬着，说真辛苦他了，公司太小人手还不足够，又说结束了就去放假吧，剩下的等节过完再忙也不迟。章悦在出租车上解着衬衫袖口层层卷起来，夹着电话嗯嗯地应声。提包在动作中掉下去，司机在旁边扫了一眼。

等章悦挂完电话，对方忍不住说："看不出你是老师啊！"

"诶？"章悦捡拾着一地的东西，然后看见了，"噢……我不是……"

"可那个……"司机眼睛示意他手里的教师用教材。

章悦摇下头："我只是平日替别人补一下口语之类而已。"

"做家教吗？"

"没有诶。"章悦靠着车窗，下了高架桥后他回过脸来，"麻烦先生，到前面路口，过了邮局的地方就行了。"

"哪个？"

"有个女孩站着的地方——就在那里。"

"哦——你的学生啊？"

章悦从口袋里拿出车钱，笑笑，"她吗？已经不是了。"

微热 「上」

草里的昆虫在人的脚步过去后重新鸣叫。微热的光和微亮的空气。

a

敬子说："请忘了我。"

她拿筷子捅一捅面前的豆腐，下一句是看着碗盏说的，"就是这个意思。"

被戳出小窟窿的水豆腐像睁出一只眼睛。富润的光流到碗底。

爱惠呆呆地坐着，直到听见敬子起身的声音。

b

接到爱惠的电话在几天前。敬子听见话筒里元气满满的声音喊着，"哎呀，终于找到你了"，短时一愣。

"我回来啦"，爱惠说，"有空吗？什么时候出来玩？"

被对方的语气感染，敬子心情也跟着变好起来，点点脑袋应声。"哦哦，留成归国呀，几时回来的？"约好周末在购物广场的餐馆中碰面。

爱惠在电话里问："购物广场？"

敬子回想起来，连连笑着，"哦，你不知道呢。就是我们以前常去的那座公园，已经被改建成购物广场了。"

c

十六岁时的早崎敬子剪极短的男孩样头发。那时候理发师用刨子式的工具顺着她的脖颈往上推。发屑洋洋地沿着落了一身，拿毛刷打理过还是不能完全弄干净。

"早崎同学——"

从发屋出来的敬子被人喊住，她停下单车回头找声源：

"哦，你啊。"

"理发吗？"是同班的高村爱惠。书包单肩背着，于是肩膀看来一高一低，仿佛人往一侧倾斜过去。有些滑稽可爱。

"唔。"敬子答应着。

因为一个坐在第一排，一个坐在最后一排，所以平时并不熟悉。虽然同在一班，但距离感是明显的。所以敬子最初拿不准对方是否流露出要一起回家的句意。

但脚步已经开始并行的了。

"你也走这里？"敬子问。

"啊……嗯，可以走这里。"爱惠说。

敬子想——"可以走"。

"原来走的路在整修，所以今天开始改了。"爱惠继续说。

"哦。"敬子点头，犹豫几秒，"既然顺路的话，要不我载你吧。"她说。

没有单车的爱惠说："谢谢啊！"

在到一处上坡的时候她又识趣地立刻跳下来。然后两人再从顶坡一起由自行车载着往下冲。

速度非常快地俯冲。

短时甚至在胸前掠过恐惧感。

但是敬子的制服被爱惠从后面一把抓住，她听见近在耳旁的尖叫声。女生兴奋的尖叫以直线状穿过她弯弯曲曲的耳骨。然后射向纵深的某处。

d

"那么回见了。敬子同学。"到家时爱惠这样喊。

"嗯，拜。高村……爱惠同学。"敬子跟着改口。

e

第二天也是如此。

过了那段下坡路，在尽头的便利店前放倒自行车，敬子和爱惠去里面各买了一副可乐饼。

售货员问："一起算？"

排在前一个的爱惠说："哦不，分开的。"

　　但也成了"放学路"时段的朋友了。两人一边吃着可乐饼一边走，爱惠瞥到旁边一扇挂了大锁的铁门问敬子，"这是什么？"

　　"公园吧，不过关闭了一阵。"

　　"为什么？"

　　"好像是前不久里面的池子淹死了一个小孩。所以暂时关闭了。"

　　"哦——"爱惠突然露出苦脸，"我吃到一小截钢丝！"

　　"吐出来？"

　　"已经咽下去了！"

　　敬子无奈地看着她，"……搞什么啊。"

　　f

　　在周三傍晚举行的校篮球队与外校的比赛上，敬子与班上许多去观摩的女生一起吹着小喇叭去加油。主场作战的校队获得了压倒性的气势，将对手逼到绝境，有位队员还摔伤了手不得不中途退场。比分进一步拉大，是辉煌的胜利。敬子心里充满骄傲的喜悦，与人一起欢呼，大家都露出喜悦的表情。直到旁边传来听闻，说高村爱惠刚刚带着外校的伤员去了卫生室。

　　"她还哭了呢。"

　　传闻用鄙夷的口吻说。敬子听了也颇有气愤和不屑。

　　"你认识他啊？"事后她追问到。

　　"不认识的。"爱惠摆手。

　　"那你搞什么家伙？"敬子露出刻薄的表情，"以我们为衬托显示自己的博大爱心吗？"

　　"……啊？……"爱惠愣一秒，"我只是觉得他们很可怜而已。气氛太一边倒了。"

　　"哦，那还是我们加油的不对啦？"

　　"我没这么说啊。"爱惠也提高嗓门。

　　"神经。"敬子只觉得讨嫌，扔下对方骑上单车就往前去。一路上各种念头又天人交战。最后眉头冒出恼火的褶皱，她在附近骑了个"P"字路线，绕了个小圈子又回到爱惠面前。

　　从一条窄路中杀出挡住对方。

　　爱惠惊诧地抬头，果然脸上看得见半干半湿的痕迹。

　　"你干吗啊……真讨厌。"之前内心的猜测一经确认，敬子内心顿时溢满愤怒，如此一来，仿佛是自己刚刚欺负了人一般，她跳下车摆出要把话讲清楚的架势，"我又怎么你了啊？"

　　"……不是的。"爱惠低头擦脸。

　　"那你哭什么啊？！"

　　"没想到你生气了……所以不知道怎么办……"

　　爱惠把脸埋在手背上。

　　敬子呆住片刻，慢慢放平眉心，"好了！……我也没生气！有什么好气的。"她看着面前单肩背着书包，整个人倾斜过来的女孩。

　　先前激亢的心情在两次呼吸的过程里退走了，像挥发用尽了的香。

　　g

　　"我一猜你就喜欢他。"

　　"嘿嘿嘿。"爱惠拿日记挡住嘴闷笑。

　　"他是满不错的啦……比那些臭得像是用粪浇出来的男生好多了。就是矮点儿。"

　　"不矮的！一米七十二不算矮！"

　　"对你来说嘛。"

　　"你看，这是他去年新年给我的贺卡。"从本子后面的封页里小心翼翼拆出一张平整的纸卡。敬子接过来翻到前又翻到后看了看。

　　"高村爱惠同学启——"

　　"不要读出来啦！"

门从一边被打开，敬子和爱惠停下动作，爱惠一边快速地把日记藏到腿下，敬子也跟着将贺卡藏到背后。

"妈，说了要敲门啊！"

"明明敲过了，是你没听见，"母亲不认账，"敬子啊，晚饭好了，可以吃了。"

"好的，谢谢阿姨。"

"不用，今天是爱惠的生日，你来我们也开心。"

晚上敬子留宿在爱惠家。

爱惠妈妈抱来一套新的被褥铺到地上。听见卫生间里的声音，走去问："换的睡衣拿进去了吗？"

爱惠坐在地板上拿莲蓬冲头。

泡在浴缸里的敬子听得更清楚，拉开喉咙喊："拿进来了——"

"哦好好好。"爱惠妈妈在外说。

"水好烫。"坐进浴缸里的爱惠刚刚把腿探入时说。

"我觉得差不多。"

"你的手都通红通红了。"爱惠看一眼坐在浴缸另一头的敬子，"敬子好瘦。都没什么胸部。"

"嗯。"敬子低头，水面的热气冲向她的双颊，脑袋有些晕晕的，"天天喝牛奶也没用。"

"应该会变大的吧。我们还小嘛。"爱惠朝下滑一些，鼻子在水面上喷出一连串的小泡，声音"咕咕嘟嘟"窜出来。

"什么？"敬子听见那串咕嘟声里有话。

"我－真－的－喜－欢－他。"

"高村爱惠同学启——，新年佳期至……"

"不要背出来啦！"

对面泼来水，打到敬子脸上。两人一起"咯咯"笑着。

回到房间，敬子盘腿坐在褥子上把刚刚泡落的指甲油干脆彻底抠干净。爱惠一边说怎么不垫个东西一边抽来纸巾铺到敬子面前。

"是淡粉红还是透明？"

"很淡很淡的粉红。"

"颜色真好看。"

"要涂吗？就在我书包里。"

"啊，我想试一试。"爱惠走到门外把敬子挂在玄关的书包拿进来。翻找的时候，敬子把一本印有附近地图的手帐也掏了出来。爱惠接过看了看，指着上面的一个小色块问："今野公园？"

"什么？"敬子想起来，"嗯对，那个关闭了的。"

"一起去吗？"

"现在？"

"嗯！现在。"

"为什么？"

"和他的姓一样……"

"这理由太无聊啦！"

"今天我生日嘛。"爱惠说，"想在生日时能见到他，就算不是真人也好。"

h
爱惠妈妈从房间里探出头来问："怎么啦，你们要出门？"

"哦，阿姨，有个东西我忘带了，要麻烦爱惠陪我去附近的超市买。"

"……诶？什么东西？都这个时间了还非要出去买？家里没有吗？——"妈妈关切的声音被迅速的告别切断在了门后。

敬子和爱惠拉着手。

走到路灯下。路灯"咝咝"响着。草里的昆虫在人的脚步过去后重新鸣叫。

微热的光和微亮的空气。

微热 「中」

让友情跟着青春一起肤浅下去，肤浅得触手可及，其实也没什么不好。

a

"朋友"这个词语还是有趣的。

敬子进入高中后第一个朋友，是皮肤黑黑的美理。平日里看来和普通女生无异，但却有紧张症，在台上做自我介绍，说到"我姓川崎，名字是美理"这样短短一句话，也会过分拘束地把双手贴在脸颊上一边搓摩个不停。

后来敬子从书上读到，人的皮肤会因为长时间的摩擦而发黑，她按捺不住想，也许那位女生就是因为这个原因，有着酱油色的脸么。

不过，是怎么成为了朋友的呢。

一个人和另一个人，是怎么彼此互相间，没有点明地，若说水道渠成，可还是会感觉到有些刻意在其中的，变成了朋友呢。

那些依赖和亲密，那些微妙的物质，又是打哪里出现的。可以彼此说"我们是朋友"了，成为粗率青春里的一部分。

b

对于那个紧张症的女孩，敬子最初是抱以一定距离感地偶尔看两眼，随后开学第四周，老师调整座位，敬子被安排到美理身后。

然后就成了朋友。

——虽然能够这么说，但中间还是有省略吧，难道人与人之间仅仅是因为物理上的接近，就可以简单地变亲密么，宛如一桩草率的事。

敬子开始觉得"她平日里也没什么嘛"，面对师长或陌生人会有不安，但私下却是笑得很大声的个性，这在许多女生中都不罕见。

然后一个个课间，最初也没有那么快地熟络起来，好像彼此都抱有小心的羞涩感，不敢随便搭话。敬子在这方面不是积极主动的类型，别人扔来话题她才愿意去接一接。美理从前面传来作业本，或是敬子从后面传上联络手册，两人才会点个头，微笑或是还不够时间去微笑。

但终究还是冒出"如果能跟她做朋友就好了"，出现了这样的想法。一句倘若变成语句就会显得夸张和刻意的话。可它却伴随短暂的毛茸茸的细腿，在敬子的膝盖上飞快爬过。虽然下一秒就消失了踪影，但触觉却留存了下来。

那时进入高中一个多月，与敬子在初中时同班的故友被分在了邻班，早期还会不辞辛劳地爬两层楼找寻对方一块儿回家一块儿吃饭，但一个月过去，渐渐也觉察出了自己对这类事的倦意，而对方应该也抱有同样的想法吧。敬子看见她也已经交了新朋友。那么自己再度介入的话，未免还是别扭的。

c

"川崎美理吗？不知能不能跟她做朋友。"

像一只落下的昆虫，五月的天里被日光照耀过的壳背上的花纹呈现出油亮的绿色。

对方是个挺开朗，不怎么造作，而且之前似乎听到她和敬子一样对棒球队很是热爱——那么这样就足够了吧。足够在最初以内心中一点儿温热的幻想，对她说出："呐，这 CD 借你回家听好了。"

敬子感到自己在说出这话时居然还有那么些紧张。怎么搞的。而美理看向她时略有诧异的目光更是强烈地加剧了这一心理，敬子将眼睛转向桌上的 CD 机。

"你之前说过想买的吧？你借去听好了。"敬子按下按钮，光盘弹送出来。

"啊……不过不用的。"

"干吗啊，借你而已嘛。"敬子揉出一个笑容。

"呵……那么，谢谢啦。"美理伸过手。

d

随后尽管是依然不可避免地，略带计划性地问说："体育课诶，走吧。"敬子听见美理跟在自己身后的脚步声，稍微安心起来。

"敬子同学，午饭你是去小卖部，还是自己带了便当？"轮到美理转过身，一边从课桌里掏出龙猫图案的布包。

“我也是带饭的。”敬子回答说。

“啊，那真好……”敬子从美理的句子里读到了当初自己也曾有的羞赧，“一起吃？”

“哦，可以啊。”

两人把桌子拼到一起。

e

那么，就是朋友了吧。

并不是多么难的一件事。人的情感持续它一如继往的普通。

交换了一下两家母亲最擅长的煎蛋卷和猪排。敬子虽然心里觉得自己的母亲能做出更好味道的蛋卷，但还是称赞说很棒。

然后聊天说到音乐，家里有几个兄长姐妹。敬子说自己是独女，美理很羡慕，连连抱怨下面有两个弟弟让她非常头疼。

“其实独女也有独女的麻烦嘛。一个人还怪闷得慌的。”

“嗯，也许是吧。那两个小东西偶尔还是会有可爱的一面啦。”

f

就是朋友了吧。

没有明确的界限，但走到某一步还是会感觉到有所不同。

敬子的母亲会在楼下喊：“是美理的电话！”两人约好假期一起去迪士尼乐园，虽然最后没有成行，但在家附近的商店街逛了一天还是不错的。

“这个好可爱是不是？”美理拿起天蓝色的项链。

“不好啦，还是那个好。”敬子指着另一条。

“咿咿，你的眼光太奇怪啦。”

没有了客套后，可以很直接地对话了。虽然敬子感到一丝不快，但也很快就忘记了。因为在冰淇淋方面，在电影方面，还是有更多的相通点。

g

成了一整个稀松平常、但又被小事点滴所丰满的青春。两人出生在平凡家庭，所以敬子不需要只身冲入黑帮团体中间搏命救出被劫持的好友，而万一自己不慎落水的话，可惜城里的河道都清浅得刚及脚踝，因而也用不着美理来奋勇相救。两人的血型也不相同，连电视剧中最老套的那类场景，撩起衣袖说"抽我的血，请用我的血来救她"，都不会出现。

只是在十六岁时认识并熟悉起来，活在爆米花和小首饰中的两个女生。

敬子想，不是那些两肋插刀的朋友。

让友情跟着青春一起肤浅下去，肤浅得触手可及，其实也没什么不好。

h

不然你说友情应该是怎样的，它应该怎样。它有没有一个合格的标准，一个评分的制度。好像那些需要修炼的战士，在砍倒了怪物后，迈向更高的目标。

有一天敬子问美理，"高中毕业后想去干什么？"

美理把身体从榻榻米的另一侧翻过来，却觉得日光刺眼，于是又翻转回去。敬子看见朋友脊椎上长长的一条凹凸。

"啊……不知道呢……大学不知道考不考得上。敬子呢？"

"应该会去上东京的大学吧。"

"哦是嘛。"美理的声音透过背影传来，"那样我会寂寞呢。不过也是没办法的事吧。"

"嗯……没办法的事呢……"

敬子跟着躺下，拿一边的漫画杂志盖住脸。耳边隐约敲来窗上风铃的声响。

i

"那么，敬子高中后会有什么打算呢？"

路灯下，走在敬子身旁的爱惠问。

敬子看着扑闪在灯罩下的一团飞虫，开口前犹豫了半秒，"……应该会去念东京的大学吧。"

"哦是吗？那我也跟着敬子一起去吧！我们一起前往东京，租房子，然后结交男友，周末的时候带出来上游乐园，唱卡啦OK！"

"……"敬子站了一会儿，"干吗要一起去东京啊。"

"干吗不？"爱惠跟着停下脚步，仿佛是更不可思议地歪过头看着敬子，"干吗不能跟敬子一起去东京？"

微热

「完」

那些青春的事，带着回忆后的不堪，犹如魔法破解，只是一块小小的碎石。

a

敬子十九岁时第一次接吻，舌头里被塞着别人的口水，对方用牙齿咬到她的上唇。这毫无疑问是会永远记忆犹新的，像是其余一切都可以被忘记，作为省略号的点点点一样存在，但惟独那样的唾液的味道、咬噬的感觉，会仍旧留存。即便没有过多久，甚至还没有到敬子二十岁时，她便和那位男生分了手，其间的甜蜜、抱怨、厌恶、愤怒或者奈何，最后都变得一文不值，只有第一次接吻这个事件本身作为标本一般，不带任何感情色彩地留存了下来。敬子日后回忆起它，不是回忆着和谁的接吻，不是回忆着恋爱的甜蜜，不是回忆着日后分开时的怅然，只是单纯地想起那些牵引的唾液丝线，摩擦在嘴唇四周的另一个人的部分。

初恋、初吻，然后青春就是在前所未有的触觉里慢慢消失，像一个斩得干净利落而不会考虑美感的句号。

敬子在离开了男生的家后突然想起了爱惠。当时她们已经分开几年。

几年前爱惠在公园里和她说起"喜欢的男生"，她们详细地聊这样的话题。她看着爱惠充沛着喜悦的脸，内心也有如受到细小骚动。十六，或十七，总之几年前的事，让自己隐隐向往的话题里——并没有涉及关于吻的部分。虽然关于吻一定是想象过，但却是贫乏的过分浪漫化的想象，必须要到日后才会明白，犹如吸血鬼般永生性妖艳的吻是不存在的。青春的迷幻终将在日后碰壁，变成一种真实的淫秽的触觉。

敬子用袖口擦了擦男生吻在她嘴边，现在已经变干了的口水痕迹。

b

那段时间敬子常常地会想念爱惠。她那远离的女朋友。

分开的前两天，敬子去找来三盘旧的录音带，是真正非常年代久远的磁带。同样好不容易借到一台录音机。

敬子想要把那三盘录音带全部灌满，作为给爱惠的纪念礼物。周五家里没有人，敬子拿着从冰箱里取出的牛奶，然后盘腿坐在地上。她先试录了一段，拿着话筒对录音机说"喂喂，哦哦"，再停止、前倒、播放。

　　录音机里传来完全陌生的"喂喂，哦哦"。果然人类对于自己的声音其实是异常地陌生。很早以前敬子就从报纸上读到这一点。

　　喇叭里仿佛是另一个人在说话。

　　c

　　磁带的长度其实比想象中要多得多。敬子遇到很多次不知该说什么的时候。后来就干脆唱歌。随便哼哼或是对着话筒严肃地要求"下面我要唱的是"。她唱了卡通片的主题曲，学校运动会的开幕歌，流行乐榜单上位于微妙的第二十二名的慢板情歌，或者自己随口编的调子，哆来来，咪来来。

　　慢慢放松下来。随意地对爱惠说刚刚被虫咬了，说屋内的事，说屋外的事，说外面晾的衣服，我告诉你它们分别是什么。

　　于是三盘磁带几乎都被没什么意义的废话充斥着了。尽管敬子在末尾时也说了郑重的话，一路顺风或是多保重，但更多还是如同日常闲聊般的，什么都能讲，鸡毛蒜皮，说给自己的朋友爱惠听。

　　d

　　"我一上飞机就会开始听的。"爱惠很激动地捧着收到的礼物说。

　　敬子因为羞涩而随便"嗯"了一声。

　　都是在两个人十七八岁的时候。

　　敬子觉得爱惠是自己意义不同的好朋友。

　　e

　　日后就再也没有出现类似的朋友。并不是说敬子日后就孤苦一人似的，当然进了新的环境，认识新的面孔，也有一起进出餐厅的固定对象了。但录磁带之类的事情，再也没有做第二次的念头过。敬子以为，不仅因为对象不再是爱惠，也因为她已经不再是十七八岁时的自己。

敬子和爱惠，一起随着时间而消失掉。磁带也有在岁月里失去声音的时候。

而每一次认识新的朋友，敬子都会想起爱惠，虽然爱惠的样子总是越来越模糊的，但在想起的一瞬却异常地清晰，犹如刚刚初次照面时一般。

她们穿着长得有些老土的过膝校服，爱惠的肩膀在书包的作用下左右倾斜有些滑稽。丝袜总会被桌腿上的毛刺勾破的时光。

哆来来，咪来来。

像一首属于金色花海的主题歌。

f

突然接到了回国的爱惠的电话。

而在接到电话之前，敬子在新公司里开始实习，做小文员的工作，午休时候跟许多其他女职员一起挤在茶水室里补妆或闲聊，各种各样的八卦。老板跟谁谁有一腿啦，哪个业务员的老婆似乎出轨啦，之前被人在停车库直接撞破，够劲儿啊，或者谁谁的股票赔了一大笔他却硬装着没这回事啦。接着有人捅了敬子一下，"你知道吧？你不是跟他同时进公司的吗？"

敬子打着哈哈笑了笑，说没有的事，我们不熟。于是八卦把她又放到一边，继续着茶余饭后的热闹。

那天有下雨。

敬子喝一口咖啡，看窗外的雨，像落在时节里冷清的描线。画得满了，整个世界都变成灰黑色，宛如侦探电视里涂满颜色的便条纸。

浮现出曾经印在上面的字迹。

敬子在那一刻突然很想念过去的朋友。

她和爱惠聚在一起谈论那个被暗恋着的今野君的事。他的家庭啦，他的母亲曾经是舞蹈演员，美丽得像电视明星。爱惠说到今野君的事，语速比往常慢了许多，把薯条撕得小块小块。连敬子在回家后，手上也因为与爱惠拉着手而带上了咸味。

没多久她接到爱惠打来的突然的电话。

g

几年没见的爱惠，在餐桌另一边朝敬子大幅度地摆着胳膊喊："敬子啊，我在这里——"

敬子小跑过去，与爱惠拥抱着，又掐了一把爱惠的腰。于是哈哈笑着坐下来。

爱惠剪了短发，又烫一些卷，染成很浅的棕色系。看着很时尚很吸引人。靴子也是高跟的，敬子有些咂舌说："你走得惯呀。"

在点完餐的时间里热络地交谈着。

敬子盯着爱惠的脸。

只要作些改变，就能与她记忆里那张好友的脸对上号了。改变发型、改变发色、改变原本在好友脸上的小斑点，但现在它们已经完全不见了。

爱惠问敬子你大学去读的什么系。现在在忙什么呀。有男友了吗。

敬子一个一个回答：广告设计在一个传媒公司做文员，实习的没有。

爱惠又问敬子这么多年不见你的样子没怎么改呀，对了我回来后才知道之前教我们的班主任老师他儿子自杀啦，你听说了吗。

敬子接着回答：哦是吗，哦是吗。

余光里一直是爱惠晃着的长靴鞋尖。

服务生把餐点送上来，先是冷盘，两小盘酿豆腐和味噌章鱼摆到桌面中间。

敬子在那个时候提问："还记得今野君吗，我去年夏天的时候曾经碰见过他——"

爱惠一愣："今野？……"

敬子看着好友的空白，直到爱惠想起来："哦！他啊！"

"要死，我都不记得啦。"爱惠挖一口菜放在嘴里，"你说他怎么啦？"

"……不，没什么。"敬子拿筷子点着自己的碗底。

h

一起随时间消失掉。变成纸屑或蒸汽。变成白或灰的东西。

i

"我回来前还想找出敬子你那时送的磁带呢。"爱惠继续着，"记得吗？那个时候你录了三盘磁带给我哈！所以这次特别想带来让你听听你当时都说了什么，肯定觉得特好玩吧。不过我时间太紧了，所以还是没能来得及。"

——不是为了好玩而录给你的。敬子想。

"而且之前打电话时，你说这里是之前那座公园，我才想起来，我们有次来这里——哦对，就是为了那个什么今野——当时多傻啊。洗完澡，跑了夜路过来。我还执意要翻墙进去。呀——现在想真是一身鸡皮疙瘩。然后我俩坐在凳子上，记得你还对我说'没什么'——是'没什么'，还是'很好的'？当时就会说这种话咧——你来安慰我哦，哈哈，那个时候真的——"

"——行了。"敬子放下筷子。

"请你忘了这些吧。"

"啊？"爱惠怔住了。

"忘掉这些。还有我的事。"敬子站起来。

j
好像被剥去外衣一般的感觉。每一次的，每一次的。"你当时给我——""我们那时居然——""我那时说——""现在想想真的——"

敬子觉得，够了。

她没有预备记忆里的事被再次重新铺上台面，用这样随意的方式，并且当成小时候幼稚的趣闻来说。"趣闻"这个词非常刺耳。

她记忆里金黄色的花海或是黑暗的公园，包括一个并不相识的男生的名字，从没有打算接受来自未来的检阅。一直以来它们以梦幻的方式温热地烫着她心里某个地方，但是却突然变成谈资。

她的旧日的好友，离开了被书包压歪的肩膀，离开了长过膝的校服裙，离开了那个暗恋许久的今野君，在很多很多日后，走来笑着说："那个时候真的——"

敬子站起来，把爱惠的手从肩上甩下去。

k
那些青春的事，带着回忆后的不堪，犹如魔法破解，只是一块小小的碎石。

阳光告别了它，带走所有美好的独一无二的意义。

树叶随着气温而落下的叶子，越过打开的落地窗，悠悠地飘落一片在敬子的桌上。

流津

热爱秋天的人，是我的恋人。

一

故事发生在还有妖鬼神魔的时候。

二

中午过后一场雨。路边的茶屋变得热闹起来。

阿椿坐下后翻过扣在桌面上的两个茶碗，一个推到流津面前。

流津肩膀上的衣料撒满深灰色斑点，刚才雨湿的痕迹。头发几缕垂着，被水黏腻地贴住额头，伸手弄了几下拨开。阿椿也觉得鞋子潮到内层，正要弯腰下去，店员走来，阿椿于是向她点了茶和简单的饭菜。店员是看来不过十五六岁上下的女孩子，追问了一句："你俩一起的？"流津从旁边回头说："啊，没错。"女孩子愣了愣，脸一红转身走了。

雨不见停。

店里人越来越多，流津身边的空座也被放下行李的大叔一屁股占据，两杯茶下肚后就开了话匣子，谈不上有明确的讲述对象，他从"我老婆虽然提醒着说让带把伞呢"说到"去下面那个村子赶集市"，然后透露着自己的工作"是个药郎"，骄傲地夸口"我家治嗓子的药可是有名得很"。四邻的人有一听没一听，但阿椿在这时咳嗽了起来，卖药的大叔立刻转向这边。

"这位姑娘着凉了吧？被雨淋了啊？"眼睛里有光似的盯住她。

阿椿捂着嘴"嗯"了两声表示没关系，对面的流津伸过手来撩起她额前的头发，按上去后说："唔……还没烧。"

"那也不能马虎呀，说来真是缘分，"大叔解开身边的行李，从许多小布袋中找到一个，亮出来，"既然正巧遇见了，那决没有不帮手的理由啊。"他朝流津手里塞过去，"别客气！年轻人！这药灵得很，用一贴就好了。就给你……"

流津接下口，"我姐姐。"

“哦！就给你姐姐用吧。”

药袋上贴着花花绿绿的纸案，尽管写着名字但龙飞凤舞得厉害辨别不出。

“走了。阿椿。”离店前流津稍微提高嗓音说。

柜台后十五六岁的女孩躲起半张脸，恋恋不舍地目送他们离开。

三

这是依然有妖鬼和神魔的时候。

前村的小孩睡梦中被偷走了记忆。立冬时出现鱼一样的黑影游弋在林间。建在后山上的神寺，屋檐塌了一角，年长的老人开始忧心下半年庄稼的收成。传闻送来稍远处的故事——有笛子被魔怪寄宿，前后折腾良久；谁家大宅起火，最后是一位路过的高僧用蝴蝶扑灭。

阿椿记得流津出现时，大约一年前，七月十五的夜晚，她持蜡烛匆匆走在小路上，四周连从落脚处受惊跳脱的青蛙都没有，世界仿佛被什么囫囵吞没。但定格里流动起突兀的声音，阿椿听到有人对她说：

“危险啊！”

阿椿往声源的左边转过头去。

却有来自右边的细风把她手上的蜡烛吹灭了。

她再转回头。

流津收起刚刚吹完气的嘴形，合成一个浅笑。没有了火的照明仅仅依赖月光，阿椿看着站在右侧一身墨蓝色单衣的流津，如果不是有外镶的白边相对醒目，也许根本辨不出他的轮廓。半天后她开口问：“……危险什么？”

“鬼节里，这样出来乱走当然危险了。”

他人有些消瘦，可眉眼间总是笑着一个弧度，衣服在白天时看清了不是墨蓝而是灰蓝，白边上也滚着暗纹的。

估不出岁数大小。

"你今年多大？"后来阿椿问他。

"唔……大概十九吧。"流津拿着刚买的烤串，吞完最后一口丸子。

"什么？你比我还小吗？……喂，'大概'又是什么意思呀。"阿椿二十一。

"哦，那是椿姐呀。"叫得非常顺口。

阿椿在脸即将泛红前想起来，"我有告诉过你我的名字么……"

似乎有两岁的差距，但流津无论从哪方面看来都不像是比她年幼或无知。开织坊的老板娘突然中咒，请来法师作法的那天，所有人都跑去看热闹，除了阿椿身体不舒服没去外，好像只有流津了。

"你不好奇吗？"

"我该好奇吗？"男生这次依然嚼着团子烤串。

"你和十九岁男生应该的样子差距也太远了……"阿椿撑着额头。

"你以什么资格来说我，"流津含着长长的竹签笑起来，签首随着他说话而一点一点，"像阿椿你这个年纪的，有两个孩子都不奇怪，可你看你——"

"……啰唆！"一把抽走流津嘴边的长竹签，以高远的抛物线把它投开。

还是没死心的大婶出门前又拉住阿椿的袖子："你究竟怎么啦。这样下去的话不是把你自己的人生都给毁了。像阿姨这样几次自找没趣的人也少了吧，还不都是为你着想吗？我介绍的这位，他心肠好又忠厚，干活也细致，阿椿你再考虑——"

流津过后嘲笑她："又拒绝啦？快有十多次了吧。我实在看不下去了。"

阿椿挽起袖管蹲到木盆边洗衣，间中她抬脸看向天。当时已经入秋，蓝得让人眩晕的天色，比歌中唱得还要不真实。

那歌说：热爱秋天的人，是我的恋人。

四

离开茶屋大约两个小时，在一段荒废的栈桥后露出着茂盛的蒿草高原。流津"哦哦"地点头走在前面，阿椿在后。蒿草被他分开，路好像是被法术变出来。阿椿边走边回过头，看这黄绿色的幕帘又在身后合上。奇妙的不安但又湿润的感觉。

"啊，这次，还没谢谢你。"阿椿说。

五天前阿椿接到外地寄来的书信，流津听说她要一个人出行，目的地又在颇为遥远的地方，于是小步跑来，停在她家门前说："我跟你一起去。"阿椿觉得奇怪但最后还是点头同意了，尽管被更多的人开起玩笑来：

"阿椿你这样是要被人嫉恨的。流津可是我们这里好多女儿家的憧憬哦。"

"本来看你老是拒绝别人介绍来的相亲，还以为你真的没兴趣。"

"原来喜欢年纪小的呀？"

阿椿来不及反驳，只好转换话题说："你们知道流津究竟是什么人哪？"

"突然搬到这里来的，听说是外城大官的儿子，家里落难了，把他送来藏在这里避难。"

"啊啦？我怎么听说是自小就失去双亲的孤儿，浪迹到这里啊。"

"你们都错了，他是在外犯了案的侍从，好像是杀死了自己的恶主吧。"

阿椿叹口气，从七嘴八舌的话题圈中告辞出来。走到桥上，正好遇见刚才的讨论对象。两人顺路，一起回去时，阿椿看见那些和流津交错的，村里正当十五六岁的女孩子们，都有着明显的反应。迅速低下头红了脸，或者灼灼看向他没有移开视线的。

一路上都是羞涩而甜美的念头。

她落后流津半步，欣慰地看着身前的人影。

真是很美好又单纯的感情。阿椿想。

即便是依然存在着妖、鬼、神、魔的时候。普通人却依然继续着自己的心情吧。就像他们忙着梳洗，忙着耕种劳作，忙着吃饭进食，忙着闲谈说笑，忙着学琴练艺那样。

这个世界上糖芽般甜涩，柔韧又真实，均匀的，模糊繁茂，而又顽固的爱。

"信上说什么了？"

"有个老朋友前几日完的婚。从小一起的好朋友，不去祝福一下总不太好。"阿椿说。

"嗯……"流津点点头，停顿了一会儿后，"哦，你知不知道？"

"什么？"

"有种变态的怪物专门吞食新婚夫妻。是很棘手的魔怪呀。"

"……啊呀，干吗突然说这种吓人的话。太不吉利了。"阿椿上前捅了一个胳膊肘。

五

有天夜晚月亮特别圆。正赶上七夕。因而除了情侣以外，许多人都聚到河边赏月，河岸附近还种着树，不清楚名字可开着带香味的花，所以气氛非常好。阿椿在河边也发现了流津，他撑着胳膊靠站在树边，手里拿着小女孩鼓起勇气送上的西瓜。

"……"阿椿走过去，当时他和流津还不那么熟。

因而流津先招呼着说："阿椿啊。"他走两步，动作间落下一些花的粉蕊。

"真是好天气呢，一丝云也没有。"阿椿说。

"是啊，把那边都照得亮堂堂。"抬了抬下巴示意树丛一角正依偎在一块儿的情侣们。

阿椿看了下便立刻回过头："不正经。"又问，"今天没吃团子呀？"

"你说到这个——我记得小时候吃过一种叫月丸的团子。啊，美味美味。"流津摇着头。

"我也尝过呢，年轻时候的事啦，"旁边响起声音插进他们的话题。阿椿认出是同村的贤吉老人，八十出头的高龄了，精神依然好得连拐杖也不撑。他继续对流津说："想不到还能从你口里听到，真是让人吃惊呵。"

"老字号了吧。"阿椿说。

流津则站起身对老人行个礼。"您好，您身体真不错。"他说。

那天一直待到深夜才回家。有人带来了酒和小食，所以原本想回去的都暂时留了下来。阿椿听到旁边响起了唱歌的声音，夸张地还有些走调，可并没有影响原先的好氛围。树荫下的暗角，年轻的恋人们慢慢交握起手。

月亮好像史无前例地真实，真实地又让人觉得虚幻。

但现世总不会维持长久的浪漫，第二天，贤吉老人去世的消息传来，阿椿愣得打碎手里的茶碗。旁人都说入了高龄就是这样，看似健康可说去就去都是转眼的事情。她想把这事也和流津说说，但那天没有遇见。

"又去吃团子了？"她手叉腰站在门边。

六

走出草野时已近黄昏，大半天过去，目的地应该也不远了。

"是那里吧。"流津在前面抬着手。

阿椿沿他指的方向望去，目光里有一片连绵的屋宅在山脚，她点点头："啊，或许……"

"有人。问问好了。"流津已经发现一个正朝这里经过的农夫。他喊着"打搅一下"迎上去。

"哦，没错，你们要去的村子就是那里。"

"谢谢您。"阿椿鞠了躬。

"……可是，现在去那里不太合适吧。"对方说完后皱起眉头。

"怎么？"阿椿问。

"刚出了大事啊，就在前天，村里一对新人被害了！都说是妖魔干的！我想也一定没错，因为现场真是太……惨剧啊。"露出不堪回想的表情。

流津原先抱住的手臂放下来，他看着阿椿。

"没想到你的话居然是真的。"阿椿在旅店看着打开的行李说，"我都没有准备……黑白的素衣。"

话虽如此，他们还是在附近找到一家租借服装的店铺，流津说："我不用了，和对方不熟，进去太唐突。"阿椿将衣服简单套在外面，束干净头发，走到摆着祭奠白纱的门前。流津喊住她：

"阿椿。"

"嗯？"她走过去。

"……我想起点儿事，"流津看着她，伸手替她理了理头发，"得先走了。"

"啊？什么事？"

"没什么，你去吧。"

七

"你说阿椿啊？该说可惜好还是说她固执得奇怪呢。十几岁时的恋爱能当真吗？可结束了好几年了，现在却还念念不忘。"

"就因为这个，总是拒绝别人？"

"是啊，都二十出头了，还想不开吗，不明白她究竟打算怎样。啊，不过现在也许有转机了也说不定哦。"

"怎样？"

"她以前那位恋人，成婚啦。写信过来告诉的。倒未必是存心激她，我看别人才没想这么多，只是把你当成一直的朋友，告诉一声算是礼貌。诶，也挺可怜，不过希望她可以就此忘记吧。哦对了，她说她会去吗？"

"……。"流津咽下最后一口丸子，又猛灌一气茶水，"谢谢阿姨。"他站起身掀开门帘出去。

"客气什么呀，以后常来啊。我们家小柿总提起你呢。"

流津跑到下一个巷尾。他推开门说："我跟你一起去吧。"阿椿正拿着扫帚在走廊上扫地，完全摸不着头脑：

"哈？"

八

阿椿看见黑纱白绢围绕的画像。身旁有人啜泣，有人小声说着惋惜。

她屏住呼吸，闭上眼睛。

这个世界上既有妖、鬼、神、魔。

这个世界上也有糖芽般甜涩，柔韧真实，均匀的，模糊繁茂而又顽固的爱。

睁开眼睛，阿椿发现自己站在金黄色的草野，奇异的是照亮它们的并非太阳而是月光。风送来四下粉质的香味。天顶高挑，白色和蓝交错编织，因而会让人错觉蓝色的是云。空气呼啸流动，声音里闪烁着星辰的点点清晖。

什么东西落在她脚边。没来得及低头时，有人喊她的名字。

她转过肩。

——"你究竟怎么啦？这样下去的话不是把你自己的人生都给毁了？"——

——"阿椿哪，不考虑一下前村那位小伙吗，人家对你可是有意思的呢！"——

——"这位就是我前些天给你提起的……"——

——"阿椿，你真打算一辈子这样下去吗？"——

——"以前的那位恋人，都是过去的事了吧？"——

—— "阿椿哪，听说你以前的那位对象结婚啦？……你没事吧？" ——
你们什么都不知道。

什么都不知道呢。

阿椿浮出淡淡的微笑。

小时候的邻居，青梅竹马的关系，很平常吧，十二岁前觉得他讨嫌，精神旺盛到处惹事，十二岁后却觉得他了不起，爬树捉兔子什么都做得来。

这是好几年前的感情。别人都说那时候的你们知道什么。但十六岁时喜欢的人，为什么不能到二十岁、三十岁依然喜欢。虽然后来因为一点儿口角，两个人好面子不肯让步，碰上他家搬迁，就这样不明不白地结束。

可这样的喜欢没有改变。

始终相信着，只要未来有一点点可能，依然会重新走到一起。

这个念头不强、不深，也不会整天想着。但就是心里有这么个角落就知道并相信就可以了。

"哪怕他离开村子时，我想距离不是问题，哪怕听说他结交了新的女孩时，我也觉得这是难免的没关系。甚至听说他已经成了婚。来信上说'因为觉得对你不应回避，也顺祝你幸福'，即便这样我依然觉得，未来的时间还很长，许多事都可能发生，未必就是结束了。"

"总是，总是有个地方，留着那点儿希望。"

十六岁那年，有天也是挂着这么大的月亮。她从赏月的河边回来，半路头上的发簪掉到脚边。没来得及低头，有人在身后喊她的名字。

"阿椿。"

她转过肩，"是你……怎么在这儿？"

"我……我刚刚在那边捡到你的发簪……" 朝她伸出手，"总算追上你了。"

"诶？" 她飞快看向脚边，镶着红花的饰物明明躺在那里，"你捡到的……是我的吗？"

"啊？……不，不是吗？是，是这样吗。"一下语塞地紧张起来。

"……"阿椿看着他，然后女孩飞快伸出一点儿脚尖，将地上的发簪踢到路旁的草丛里，"那，我看看……"

走过去后，她笑起来，"这只是一朵普通的红花啊……"

"……嗯……是啊……"吸了一口气后，"……一起走吗？"

"嗯。"握住对方的手，"一起走。"

——始终相信，只要未来有一点点可能，依然会重新走到一起。——

——怀着那样微弱的希望。——

九

阿椿看见二十多年的光亮迅速缩小，直到变成小孔，接着消失。

黑暗中什么都看不见。

十

流津刚刚走到村口，突然背后一股凛冽的冷气让他打了个哆嗦，回过头来，他看见建在高处的那座大宅院，一瞬间它被红花迅速繁殖覆盖，转眼间腾起浓烟轰然倒塌。四下的门窗里涌出表情惊恐的村人。指指点点地议论着出了什么事。

"……阿……椿？！"流津脸色一变，"糟了。"

十一

"……对不起……"

流津挤出一丝笑容，"怎么会……"

"对不起。"阿椿转着眼睛，看看四周，"……你是除魔师吧……"

"……"流津点点头。

"是为除掉我……"她气息微弱，"才来村里的吗？"

"……不是。"流津摇摇头，"原先是因为贤吉……"他看见阿椿的眼神，解释说，"他早在多年前就去世了，后来的他已经不是普通人……和你一样。"

"我是从……什么时候开始的呢……"

"也许是两年前你大病了一场的那回，事实上并没有治愈吧。"

"是吗……"阿椿扯了扯嘴角，"两年前开始我就不是了吗……病故后却依然'活'着，呵……"

"……"流津看着她，"为什么呢……已经结束了不是吗，他已经死了啊……"

"啊……"阿椿明白过来似的看向流津，"你原先是担心……担心我在婚礼上发难……所以才，所以才跟，跟来……"

"的确……"流津说。

"果然呵……"阿椿笑起来，声音越来越虚弱，"你觉得……既然已经过世……我也不会有什么行动了吧。"

"……你不懂呢……"阿椿说。模糊的意识里她语气温柔："小津还不懂呢……"

她想举起的手消失在暮色中。

"对不起啊。"

十二

在两县交界线上的茶屋，傍晚时分了，人来客往地热闹异常。流津刚坐下，柜台后的店员，十五六岁的小姑娘立刻迎了上来，但在她开口时却冒出豪放的浑厚嗓音。

　　"唷，年轻人，好巧啊，又遇见啦。"有个厚大的手掌搭上来。

　　流津扭头看去："……诶？"

　　"啊？已经不记得了？我，我呀，卖药的，前两天的中午，就在这里，真的忘记啦？"

　　流津想起来，笑过眼角，"哦，是您。"

　　"呵呵，你也回来了——"想起来，"呀，你之前去的那村子，听说发生大事件啊？好像鬼怪作祟，房子都弄塌啦。幸好有个除魔师把它解决了，"一边直晦气地扇手，"别搞得我的药都卖不出去。"

　　"药？"流津问他。

　　"上次给你的，我家祖传的妙方啊，是由椿花提炼的。"说到这里被提醒了，"诶，怎么没见你姐姐呀。她的病有没有被医好哪？"

二人 「上」

有多喜欢呢。
比自己的喜欢还要更甚吗。

零

"就是她，就是那个。看见没，扎马尾，右手拿着报纸的，喏，已经走到旗杆下面了。看见没？"

"……哦……"徐妃舌头舔掉嘴唇上的果汁，"看见了。"

"就是她。"

一

徐妃扯着书包接缝处拖出的线头，一拉却牵出更长一条，气泄下来，想着算了，书包甩到肩膀上朝楼下走。

到了底层却突然停下动作，躲到旁边的卫生间里不紧不慢地洗手，眼睛盯住窗外。

外面走过三三两两的男生，稍微落在后面的那个，边说着话边把篮球抛到右手食指上转起圈。

"一二三四五六七圈……"徐妃心里默默地数。数字在末尾带出某种语气。甜美的，像咬到了包在馅料中心的果酱。

一直目送对方消失，徐妃从卫生间出来，用半湿的手拍拍脸，最后翻过手腕，表盘上的小数字显示今天的日期。

距离男生的生日还有不到一个月。

"告白就告白，干吗还非得选在那一天。"知情的朋友曾经问过类似的话。

"不然我没动力。"

"嘿……"朋友继续说，"他现在没女友吗，看起来挺受欢迎的。"

"现在是没有，不过以后么……"用手指挑过头发。

"啧，好欠扁的嘴脸，"朋友也直言不讳，"今天的肉菜又不吃？这样一个月后你会饿死的。"

"那也值得了。"徐妃推过午饭餐盘，"给你吧。"

虽然目前只能不动声色地将两人的自行车停在一起，等到放学后碰见，徐妃磨磨蹭蹭地解着车锁，眼睛飘向身旁的男生。看见他弯下的肩，和颈上因为汗水而微湿着的发际，是让人想要暗中树起大拇指的赞。

只要再等一个月。

她静静地想。回家的路上把自行车骑得很慢，像在植物丛生的沼泽里。

持续了近半年。

暗恋这种事好比耳机里的音乐声。即便对自己而言是包裹整个身躯的震耳欲聋，旁人却仅仅只听得见一缕泄露的细小杂音。就像好友虽然知道因果，但徐妃不主动讲，对方也没有八卦地打听过多。

因而仿佛是桩独力完成的工程。要用剩下的一个月时间建成金字塔顶。背景空旷得很，荒漠无边无垠的，干燥的风穿过眼睛才变得湿润。

只有自己。

二

这天午饭吃了小卖部里出售的盖浇饭。配菜是很老的笋，徐妃捂着嘴巴躲在教室剔牙。中间目光扫到走进教室的好友。对方站到她身后抬抬眉毛：

"你有麻烦咯。"

徐妃停了动作，盯住对方眼睛后几秒意识到可能的话题，从凳子上站起来。

两人来到女厕所。

"怎么了？"

"刚才去广播室开会，跟我搭档的人特地拿了张 CD 说下个月——就是你的那个男生生日时——"朋友在"那个男生"上加重语气，"要用里面一首歌作开场。我看了眼歌名，感觉八成有问题，就旁敲侧击跟她聊起来。"

"她是？"

"她？哦，不是她有问题，是她的朋友。据说她的朋友也喜欢那男生很久了。打算在他生日时告白来着。"朋友说，"会撞车哦，你们俩。"

徐妃眼睛移到远焦又转回来："真的？"

"嗯。"

"确定么？"

"应该是没错。"

"……"

犹如一根顺着长线落下去的针，最后撞到打结的地方停了下来。徐妃微眯着眼睛："是谁？"声音倒依旧很平静似的：

"那个女生她是谁？"

三

上个周日的中午，徐妃等在电影院门口，抬了几次手腕，好友似乎是遇到了严重的堵车，一直没有出现。徐妃站得腿酸了，有些不耐烦地蹲坐在台阶上，又从手里的纸袋子中翻出一枚零食塞到嘴里。

时间关系，看电影的人很多，不断有年轻恋人聚在播放看板下挑选着场次。工作人员指着一旁的海报提醒："现在有活动哦，情侣有礼物派送。"似乎给的是一对钥匙圈，蓝色和红色两枚的样子。

终于好友赶在开场前气喘吁吁地抵达。徐妃塞去影票，又不住抱怨。

"等了半个小时啊。"

"也不能完全怪我嘛，我也很早就出门了。"

"真是的。等那么久不说……"徐妃想了想，"还拿不到小礼物。"

"嗨——"好友瞥一眼海报，"那你快去找个男朋友啊。"

"会的。"徐妃说。

开场半个多小时，坐在前排的两个人把脖子上的地方接到一起。好友在旁边抱着看戏的口吻飞快捅徐妃。

"……干吗啦，"徐妃小声答她，"大惊小怪。"

"切，"好友反过来笑她，"好像你对这事很熟似的。"

"会的。"徐妃看着银幕。

好友正喝饮料，被这话突然呛了一口，捶着胸直咳两声，前排的男女于是回过头来，借着微弱的光徐妃看清他们的面孔。

"啧……长得真不怎么样。"她心里哼一声。

"祝你告白成功啦。"好友开着玩笑。

"哦，知道。"徐妃也不生气。

电影结束，两人就此分开各自回家了。

徐妃坐地铁走，与人群一起走着台阶，余光里偶尔掠过一对蓝色与红色的钥匙圈。

告白成功啊。

会的。

快找个男朋友咯。

会的。

对接吻这事很熟似的。
迟早也会的。

不仅如此，挂着配对的钥匙圈，一块儿在学校走廊拉风地牵手走来走去，看见老师便赶紧放开，等过后再偷笑着重新拉起来，课间帮对方去打水，手机里把对方用独占的昵称称呼，连好友以后也用"诶你老公呢"来提及对方——这所有种种的事，都是会要实现的。

徐妃拉着扶杆的手，露出表盘，显示距离男生生日、距离告白的时间还有一个月。

"快了。"当时依然笃定地想。

四

昨天夜里由北方来的冷空气不仅降低了温度也带了黏湿的雨水，等放学时天色已经完全暗了，徐妃背着书包，收了雨伞挤地铁，自从上个星期自行车被偷以后，她只能暂时改换路线。

一站过去，有人在旁捅了捅她的肩，徐妃回头，是个女孩点点手指说："不好意思……"

徐妃"哦"一声明白了，自己的雨伞聚下水线溅在了别人的脚边。她把雨伞换个手。

列车驶上站台，许多人下车，两排各空出几个座位，徐妃和那女孩得以面对面地坐下去。

眼睛扫一扫前方。
转开。

再好像不经意地扫一扫。视线围成又轻又大的网一般，却又迟迟不收紧，松散地挂在黄色车厢里。

"就是她"。

五

——"据说她也喜欢那男生很久了。打算等生日时告白来着。会撞车哦，你们俩。"

—— "看见没？"
—— "……哦，看见了。"
—— "就是她。"

就是她。

当然穿着同校的制服，刘海旁别发夹。头发比自己的长些。
没有什么青春痘的脸呢。
徐妃下意识地举手托住昨天刚刚冒出一颗小疙瘩的右腮。

中等个头，皮肤还算白吧。也可能是灯光的关系。
拿着英语课本在看。同时也握着笔，涂涂记记的。

果然是好学生么。
徐妃坐直一点儿腰。

"哦——三班的还是四班？"之前好友向她指认那个女生时，徐妃望见的只是远处的人影。

"三班的。还是班委哦。"

"好学生啊？"目标已经从校门消失。黄昏压着人群的影子。

"嗯，很可能。"好友笑笑地说。

对面的女生抬起头。徐妃迅速看着自己的鞋尖。突兀地发现裤管上不知打哪蹭来的污垢，长长一条，看来扣分不少，徐妃皱起眉。

动着身体，她把双脚藏起一点儿。

"知道叫什么名字么？"

朋友说着"我打听打听"，第二天回来报信："名字叫吴瑾。"

"呵，我还刑警呢。"

"哈哈哈……真有趣……"好友认真地笑出来。

徐妃却沉下脸。好像太阳下被晒出滋滋轻响的马路。一种黑色的柏油正在血管里伴随气味缓缓软化。

她抬起下巴。

前方两米的女生，低头翻着书本。数分钟过去才有所察觉似的回望过来。对住了视线。

这次没有移开，徐妃淡淡地看着她。

就是你。

六

体育课结束，五六张刚才练习用的软垫需要还到准备室。已经使用颇久的绿色垫子有些发黄，稍微掸掸就扑来布料上的灰尘。徐妃跟着好友，两人各抬一边，腾出的手挡着鼻子。转过弯弯曲曲的楼梯上到二层，有人影迎面而来，再近两步，徐妃看清后放下手，不慌不忙地从男生旁经过。

相信神色恰到好处不会显得做作。

留给他那边的还是自己最好看的左脸。

心情交替愉悦，紧张，满足和骄傲。仿佛火苗熄灭了，但灼热的空气还残留着。分子们激烈地碰撞。

虽然好友接着回过头来问："现在怎样了？你对那个吴瑾，认识了吗？"

徐妃举着胳膊把垫子叠到角落，尘埃扬得呛人，她打个喷嚏后再回答："我干吗要去认识她啊？"

但腰却是每次都挺得更笔直了。

在走廊尽头的黑板上看到新换的内容，排行榜上列着各班文艺积极分子的名单。徐妃拿眼睛在吴瑾的名字上来回扫，脸廓四周散发着一目了然的淡漠。她知道自己的淡漠起源于不便表露的敌意。

"哦……"虽然内心台词只有一个单音节，可走远几步就发现其实有更多心理活动。

"'文艺积极分子'，怎么现在还有这么土的头衔啊。

"是擅长跳舞啊？还是唱歌？

"挺没劲儿的兴趣爱好……

"不会是唱民歌什么的吧？"

然后猛地发觉自己是在刻意地找碴儿，于是末了依然强硬地归结成一个淡漠的"哦"字上，摆出不置可否的无视的样子。

挑刺或嘲讽,徐妃觉得这只会表现出一个人的没有底气和自卑。而她当然不是。所以不需要在意。

可又一次在地铁上遭遇时,徐妃隔着几人的空隙朝吴瑾打量。对方今天穿的是运动装。很疲倦似的有点儿微驼的背。鞋子是阿迪达斯的。不过,徐妃撇下嘴,应该是中档价位的型号。

我的可是限量版呢。她想。低下腰去把裤腿拉一拉,露出鞋后跟上的刺绣标志。

时间已经缩短了一截,距离告白还有二十天。

地铁到站后涌入新的人流,把徐妃推到中间,于是干脆挨着吴瑾站。只是离得近了,便拒绝目光再次触及对方。头扭向另一侧,原则似的坚持留下淡漠的后脑。

以及鞋跟在地面上一颠一颠。反复露出灰绿色的刺绣图案。

七

喜欢着同一人的两人应该是——

如同荒漠上升起另一座塔基,使人发现这并不是自己独占的兴奋和愉悦,并不是自己私有的紧张和温暖。它成为公有的财产,他人也能随意感受。像分享一本书、一首歌、一幅画那样分享她心里的密宝。

也会为见面而兴奋吗。有过想引起他注意的举动吗。把更好看的一边侧脸朝着他吗。

是被他打球的特长吸引的? 这么肤浅吗? 还是别的其他的原因呢。

怎样开始的。很久了吗。

有多喜欢呢。

比自己的喜欢还要更甚吗。

地铁靠站前速度减慢，徐妃拉着吊杆的手沿惯性撞向一旁。

"啊，"耳边响起短促的喊。徐妃不动，余光里看见吴瑾朝自己瞟了一眼，然后往外让了让开。

——是敌人。

八

听到闹钟响，徐妃挣扎着坐起身，刚醒后的低血糖，让她先靠着床沿站了一会儿。清醒过来了，才去卫生间刷牙。

女生审视着自己脸上每一个地方。拿手按一按渐渐消去的小红包。刘海算是干净清楚，弧线也好看，虽然鼻子上的黑头依然是顽固问题，她上个月起开始换了专门针对这个问题的洗面奶，但不满地发现效果甚微。

徐妃拿手指去推着鼻头，指甲从两边一掐就红起一块。没多久鼻子像是在仿效马戏团的小丑。

带着愠气地，徐妃抓过毛巾擦一把脸。

有人的情况却比自己要好。不用为这样的瑕疵恼火。

——和自己喜欢着同一个男生的人。

课间操结束，徐妃蹲下身系鞋带，抬头后发现男生正混在某条人流里，朝左侧小路走去。她伸长一点儿脖子用眼睛追随。中途却一下转向旁边，找到不远处的吴瑾——

跟朋友牵着手在边走边说的样子。很普通的聊天的样子。很简单的走路的样子。

而眼睛看着的方向是。

脚步走往的方向是。

徐妃站在原地，仔细地寻找各种迹象，为了发现它们最终是否会交汇在一起，论证某个熟悉的答案。

肯定会吧。看似平常地说笑聊天，眼睛却一直瞟向一旁，必然会在意的那个地方。拉着朋友的手，即便是绕了远路，也坚持说着"今天从左边走吧"，这样刻意地改变了脚步的方向。

既然自己都做过。

自己再熟悉不过。

直到被好友喊一声，徐妃"喔"地回过神，随后察觉自己刚才一系列聚精会神中的滑稽。她咬住嘴唇，手指绕着耳朵拨弄，是心情不好的表现。

好像原先两点决定一条直线的定理被否定了。转眼多出第三个角来，增加了一个缥缈而危险的可能性，在心底深处化成喋喋不休的碎语反复提醒。

又像是在自己发现的秘密花园里，某天突然出现了第二个人。

"诶？你是？"对方这样问。

九

"哦。我叫徐妃，五班的。"

"我是三班的，我叫吴瑾。"

由各班派出一名学生参加的校运会筹备组里，徐妃看见吴瑾。

已经是中午休息时间，两人各自端着餐盘。

既然碰到了，便好似顺理成章地聊上两句。坐到一起。

"……唔……我好像在地铁里遇见你几次啊？"

"哦，是吗？不太记得了呵呵。"徐妃手压在腿下坐。

"应该是，没错诶。你坐几号线回家？"

"……"徐妃想起来，"校运会，你负责哪项活动，定了么？"

"嗯，之前报名了。"

"哪项？"

"哦，……是篮球。"

"是么？"抽出手，换个姿势跷了腿，"你喜欢篮球？"

"啊，满喜欢的。"

徐妃把身体压向椅背，"我们学校有几个打篮球的是满帅呢。那我也报名去负责篮球比赛好了，我们俩一起好么。"

站在园中的荒井旁边，当它的属性已经不再是自己独有的秘密花园时，脸上摆出微笑的神色，徐妃看着吴瑾问。

半年前，刚刚入春，气温介于温和凉之间。徐妃拿着溜冰鞋去准备室归还器材，路上经过篮球场。

八九个男生在打篮球。觉得热了，也不顾身体健康，纷纷解了外套，但是附近没有地方垂挂，大多就这样扔在地上，皱巴巴地堆在一起。徐妃走到场边时，远远有人朝她跑来，拉着袖子脱下衣服，到她面前把蓝色的长袖卫衣朝她一扔。没有防备，女生整个愣住了，站在原地抱着那件陌生人的衣服发呆。

"同学，麻烦帮我扔到四班的教室里去好吗？"男生朝她笑。背后有人骂着："怎么就你小子麻烦？"男生不答理，朝徐妃比个手势说："谢谢。"

你有吗。

徐妃盯着吴瑾的眼睛。

你有这样的开始吗。

像咔啦咔啦转动的轴柄。中间缠绕的线条被绷紧了。空间如同被一双手揉压扭曲，夸张地变了形。某些部分远远地被抛开，而某些部分被缩紧到面对面的距离。房间里其余渐渐隐形，只有两人坐着。

眼前的女生稍微红了脸，悄悄蔓延到耳廓。
"哦，可以啊。"吴瑾点点头。
"哈，那就我俩一起吧。"

徐妃腿伸直了，晃动脚上的运动鞋。中间目光掠了一下，发现吴瑾今天穿的是皮鞋。徐妃还在打量，听见吴瑾的声音：
"你不吃吗？"指的是午餐里分到的排骨。
"……哦……"徐妃还在迟疑。
"减肥？"
"没有啊。"不假思索地一口否决。尽管伸筷子的动作看着并不情愿，毕竟这是近一个月的坚持，但是徐妃发现吴瑾已经把她的那份咬掉一口，心里突然冒出瞬息的微愠。
她紧随着，把排骨送到嘴里用力咬下去。

一个数字在心里跳示着，那是日期。
说是只有十天了。

"好的,那么我们已经有四个项目有人了。"指导老师在讲台上拿粉笔画着圈,"排球、800 米长跑、跳高、篮球……

"排球的负责人是……

"800 米……

"跳高……

"负责篮球的是，徐妃和吴瑾，你们两人。"

十

是敌人。

二人「下」

因为自己完全明白，既然喜欢着同一个人，所以完全能明白那些所有的念头。忐忑的张望、惊喜的对话、紧张的观察，或者出糗以后，恨不得想死一样的伤心。

一

　　从现在开始数到三十，与自己擦身而过的每个人似乎都有过暗恋的经验。它本就不是珍稀的事，无须什么条件也没有什么难度即时发生。杂志上每月一则暗恋题材的小说，连"好像什么""犹如什么"，每个比喻也有着大致的相似。
　　但这次却不同。
　　广泛共鸣是一回事。与许多人保持着类似的感受，读完小说后联想到自己，将手按在内心那个隐秘的名字上，"好像什么""犹如什么"的酸楚是一回事。
　　但现在有另一根手指，别人的手指伸来按住了同一个名字。
　　二人指着一个地方。

　　徐妃撑着下巴坐，脚面一敲一敲小力地叩着桌腿。震动因此持续传递开，从桌子到桌子。
　　旁边的邻座上，吴瑾的圆珠笔滑动了一点距离。

　　她和她两个人之间——
　　那就是另一回事了。

二

　　运动会开始前没有预料中的忙碌，反而筹备间成了翘课偷懒的好去处。徐妃常常下午带着 MP3 和小说书去那里坐坐，俨然把它当成自在的休息室。吴瑾则不常出现，徐妃想起好友介绍时曾用到的"好学生"头衔。
　　好学生，性格也是温顺型，不是第一眼就醒目的人，但仔细看了也挑不出什么毛病。

"噢，今天怎么来了？"难得一推开房门就看见吴瑾。

"教室里在排练开幕式的表演，所以到这里来做作业。"

"哦……好认真啊。"

"也不是……"吴瑾不好意思地笑起来。

"你们已经教到这里啦？"徐妃朝吴瑾的课本上伸了点脖子。

"嗯。"

"你们班的老师也是吴老头吧，他的口水有没有喷到过你呀？"

"啊，有诶……溅在我这里。"吴瑾指指自己的额头。

"啊哈哈哈，我是这里。"徐妃点住自己的鼻尖。

"真的啊？"

"我们班都管他叫喷头吴诶。"

"好好笑。"

"你的手机很好看。"这次是吴瑾对徐妃说。她用手指轻轻捏了捏徐妃手机上挂着的熊猫挂件。

"哦……"语调里无可遏止地有些上扬，"我爸上个月去香港时给我买的新款，国内还没上市呢。"

"好好哦……"

"你用哪个牌子的？"

"我的很旧了，拍照还是 30 万像素的。"

"30 万？这么老啊？我这个 500 万呢……"话说完突然察觉到，太明显的得意扬扬，徐妃连吞几口口水，"不过手机这种东西本来就是没过多久马上更新换代了，我这个大概到明年也落伍了吧。"

"也是啊……"吴瑾点点头。

"唔……"心里却又一次替换成些许的不甘，"但它拍照什么还是很强的。"

如果以往，不会与这样的人相识，关注或在意更加不可能。只是普通的陌生人与陌生人，听见对方的名字也没有任何反应。心里故作镇定地聊天之类，摆出开朗的表情之类，作比较，对比较结果又想刻意淡化又忍不住斤斤计较之类，原本都不会发生。

推开房门的时候，一眼就看见了对方。

变成了如同描有荧光色轮廓一般，对自己而言是强烈的存在。而不论内心怎么提醒着"不要在意"，但已经很早就罗列出的图表，还在孜孜不倦地计算着两条数值的高低。并且连手机新旧这样的内容，也会折算成分数，加在自己和对方身上。

"这个是四班的参赛运动员名单啊。"徐妃说。

"嗯，对。"

"他们参加篮球的是……五个正式队员和两个候补。"徐妃点住一个名字，"这个字怎么读啊，你认得吗？"

"啊？哪个？"吴瑾低下头看过来，"哦，念'zhì'，四声。"

"这个字你也知道啊？一般电脑都打不出来的偏僻字诶。"

"……嗯……是啊……"吴瑾揉了揉鼻子，"这个人，他球打得还满不错的。"

"你认识？"

"没……谈不上认识啦。"

"噢。"

闲聊暂时结束。两人各做各的事，徐妃塞上耳机，吴瑾继续作业。

距离得近，光投下两人的影子几乎完全重叠在一起，分不出是谁的哪个部分。

徐妃一下蹬着椅子蹭后半米，木头摩擦水泥，拉出"兹——"的噪音。

吴瑾转过头。

"怎么？"徐妃说。

"哦，没有……"吴瑾又转回去。

影子分离成两个。

中间隔着一个字的距离。

读 z h ì ，四声。

字典上还说它的意思是古时描述鸟飞翔的样子。

早就知道了。

三

体育课女生在室内学韵律操，徐妃跟好友趴在垫子上说着东拉西扯的话题。好友最近跟父母闹别扭，絮絮地抱怨了一大通，语气也很激愤，但徐妃一边捻着垫子周围毛出来的踏边，有一听没一听地点头。

"喂——"

"啊？"

"怎么都没在听呀。"好友很不满。

"没啊，我在听的。"

好友懒得拆穿，干脆换了话题："再一个礼拜就是他生日了吧？"

"嗯？哦，嗯。"徐妃搓着手指。

"还要告白吗？"

"当然了。"

"你不怕撞车哦。"

"……"徐妃没说话。

好友突然一推徐妃，"诶，你看——"

体育馆的门被推开，原本在室外测验短跑的男生们前前后后地簇拥着涌进来。

"下雨了啊？"徐妃抬头看着高处的天窗上，噼噼啪啪落下的声响。

"噢，真的。"

下一刻，徐妃迅速地从原本软软撑着垫子的姿势摆成舒展，或者说秀挺的样子。好友愣了愣后笑起来："你反应真快啊。"

"这种操本来就很容易做得难看。"体育课总是与隔壁班合上，所以常常能碰到徐妃喜欢的人。

"喔喔，他朝这里望过来了哦。"

"知道。"徐妃小声说。

"话说回来，这人确实满不错的嘛。现在要找个顺眼的还真是难呢，"好友看着徐妃，"噢，你放心啦，他可不是我的菜。"

"嗯，你别加入进来，人已经够多了。"

"有到'多'的地步么，确定的也不就你和那个吴瑾——是叫这个名字吧，对啊，也才两个嘛。"好友不以为然。

两个就很多了。

徐妃挺着腰，又不能显出僵硬用力的蠢样子，很快就觉得发酸。而教授女生的女性体育老师还在不断要求"再坚持一下，一二三四，好，换另一边"。

用漫不经心的眼光掠过旁边的队伍，男生捋着头发上的雨水，徐妃觉得他露出额头的样子也非常好。

果然是很喜欢的。

曾经有一次同样的体育课上，那天在室外，两个班的学生打乱后分组进行 4 乘 100 接力竞赛。徐妃被安排到三棒，而跑道过去 100 米，作为第四棒站在那里的男生，伸长双臂，好像把肩膀卡啦咔啦啦开后，跳了两下，他朝远处的徐妃挥了挥手。

偶尔是有这样令人激动的事。

虽然过后才懊丧地想起来，自己在奔跑时候的表情没有办法像平时一样自如控制得恰到好处，眼睛睁不大，嘴巴却因为喘息而闭合得厉害，甚至脸上的肌肉还会难看地抖动起来，头发全都被风吹开，露出整张脸。

这些丑态一定被清清楚楚地看见了。

但在 100 米的距离里，那是唯一一次，她顺理成章地，正大光明地、理所当然地，可以不用任何顾忌，拼命向他跑去。

就是向着他跑去。

就是要比任何一个人，都更早到达他面前。

四

下午课后徐妃照例晃到筹备室，今天却是铁将军把门，她站在门前疑惑了片刻，转身正好看见吴瑾。

"诶？"女生远远地朝她问着。

"锁了诶。"

"啊……怎么会？"

"不知道，"徐妃摊开手，看一眼吴瑾手里的书，"还是来这里做作业？"

"哦，今天不是，没事的时候就乱走走到这里了。"

"那现在哪里去呢。"徐妃拨弄着刘海，对吴瑾耸耸肩。

见的次数多了，人和人终究会熟悉起来，虽然仔细追究的话，徐妃有时不知道该怎么区分。当她面对面与吴瑾说话，说着"去那边的凳子坐一下吗"，得到同意后，两人走到草坪上的石凳上，晒开书本，晃着小腿，徐妃拉着石桌的边把身子往后仰下去，快趔趄摔倒的时候又被吴瑾一把拉住了。

"噢噢噢——"徐妃叫着。

"呵，小心啊。"吴瑾松开手。

"对了我带了糖，"徐妃想起口袋里有父亲从香港带回给她的零食，掏出两颗，"尝尝吗？夹心的，奶味超浓。"

"喔，谢谢哈。"吴瑾剥开一枚。

会不知道该怎么区分，在这样的时候。

谈着简单的，或者还有点儿快乐的话题，坐在一起连糖果也可以分享的时候，徐妃说不出自己面对的是新认识的邻班女生，还是喜欢同一个人的敌人。

"没想那么多，就是随便地聊天而已"，想说这样的话却没有底气。明明从一开始便带着不可否认的试探心理，但偶尔又想卸下这样的嫌疑。

毕竟话题总会有意无意地回到核心上去。

"说起来，我昨天超级倒霉。"徐妃开了话头。

"怎么了？"

"班里有个缺德的，发来个网址，说测试你和你喜欢的人会有什么结果，要你把两人的名字填上去——"

"啊，那个，其实不是测试，是把你们俩的名字发送到他的信箱里对吧。"

"噢你也听说过？"

"我也上过当诶……气得要死。"

"是吧，我整个傻眼啊。"

"秘密曝光了呢。"

"没错……"徐妃拔一根地上的枯草，"这么说，你也有喜欢的人啊？"

"啊？"吴瑾一愣。

"我俩都有诶。"徐妃把草茎夹在鼻子下面。

"啊，是呢……"吴瑾在一旁低声地回答。

我们两个。

"说说说说，什么样的人啊？"徐妃露出嬉皮笑脸的神情。

"……什么啊，不要啦……"吴瑾连忙摆手。

"说说嘛，我跟你又不是同一个班的，知道了也没所谓诶。"

"别啦……"

"那我猜了，是打篮球的吧？"

"啊？"

"我说中了？果然啊！"夸张地喊起来。

"你怎么知道……"

"之前你明明提过嘛，有个男生打球还不错什么。好啦，稍微告诉我一点嘛。我就是想泄密，也得有地方可以泄诶。"

吴瑾拿过桌上的糖果包装纸，又压又折反反复复，是终于愿意谈及一些的表现："……篮球打得确实很好……"

"是哦？"

是的。

"人也满开朗的……"

嗯，是的。

"其实他在他们班几个里不算最突出的，真的，但对我来说，反正就是不一样吧……"

嗯，我也是。

"因为有时候历史课会一起上，就是阶梯教室那儿，所以渐渐地就注意到了。"

这样吗？

"很聪明的感觉，但是又不会让人讨厌吧，有些男生不是自以为知道很多整天夸夸其谈吗。"

没错呢。

"……其实我说不出来……"女生把糖果纸团在手心，用力握紧后又松开，"说不出来了……诶，真的，不知道怎么说啦。"

水蓝色的包装纸，像开放一般缓慢地膨胀着。

篮球打得很好，但这不是最关键的地方，可若要说什么是最关键的，自己也没法表达清楚。

开朗吧？直爽吧？可这些形容词都不足够妥帖。一直没有妥帖的形容词。

大部分新衣服都是为了他买的，虽然他根本不会知道这点，而倘若有在他面前一点点出糗，也会绝望到想死。

就是这样吧。

"有一次在吃午饭，我居然因为看着他，结果一头撞上食堂里的柱子啊，餐盘都摔掉了。那次真的当时羞愤得都快哭出来了……啊。"吴瑾一下停住了。

"我明白的。"徐妃说。

吴瑾转过目光望着她："是吗……"

冬天的阳光淡淡照着，黄色的草地染出细微的金，没有风的时候会觉得温暖，衣服烘烘地发热。徐妃手插进衣服口袋里："我也有喜欢的人嘛，所以多多少少——"

"这样啊……"吴瑾笑起来。

"嗯。"徐妃跟着笑笑。

既然是同一个人。

五

如果换种比喻，喜欢的是同一首歌，那么应该在放学路上，沿着长长的路并肩走时，大声地齐唱着吧。

可以一起快乐地唱着，即便一个突然停住对另一个说"你刚刚那里不对诶"，而另一个不理"哪里啦哪里不对啦"照旧大声地唱着。

"诶，明明不是这个调子嘛。"用更大的音量追随上去。

疯疯癫癫的一路，唱着歌的二人。

这样的两个人会是——
应该是——

徐妃回到家门前放慢了掏钥匙的手，转过身来漫无目的地看着长长的街巷。

喜欢同一首歌。"啊，我最爱的就是这句歌词了，每次唱到这里都觉得心里被捶了一下。""没错没错我也是，第一次听到的时候就'哇'地喊起来了。""好像天外飞来的一笔是吧！""对对，我也这么认为！"
同一本小说。那个男主人公实在太完美了，能使人为他舍生忘死。特别是每次穿西装的样子都帅翻天。
同一部电影里的某个场景，被结局感动到抱头痛哭，然后发誓要一起去那个拍摄地合影留念。
"没错，就是那里。"
"我懂的，我也是。"

六

——不是朋友么。

七

"就是明天了诶。"
徐妃把脸从手臂里抬起来："什么？"
"你的告白日啊。"好友低下头来观察，"怎么了，昨天吃坏肚子了？"
徐妃重新趴回桌子上："没。"
"难道还会怯场呀？"

"行啦，别乱猜。"徐妃举起一只手挥了挥。

"随便你啦，真搞不懂。"

傍晚时徐妃留在教室里，尽管如此，等放学后还是在去往地铁站的路上听见传来的声音。

"啊。"吴瑾在后面喊。

"哦……放学啦？"

"嗯，"吴瑾赶上来，"天好黑啊。"

"冬天了嘛。"徐妃抬头看了看。

"你喜欢冬天么？"

"不怎么喜欢。"

"我也是呵。"

"……"徐妃沉吟了一会，"今天几号？"

"11。"

"哦，那明天就是 12 号了诶。"

"……嗯……是呀。"吴瑾顿了顿。

徐妃用脚踢开一枚玻璃瓶盖，"明天有什么打算么？"

"啊？……为什么这么问？"

徐妃走快两步又追上那只瓶盖，"没，就是随便问问。"

"明天我大概……"没有再往下说。

徐妃也不问了，一下下踢着盖子，在路上走走停停。

到了地铁站，却看见因为事故而暂停运营的告示，徐妃只能与其他人一起改乘公交。车厢里都是抱怨的声音，徐妃和吴瑾坐到后排，刚要附和着埋怨地铁两句，声音却被剪断一般，突然没了下文。

顺着人流移动的男生，最后停下来拉住徐妃座位上的把手。今天没有骑车，竟然也出现在了这里。

只是这样而已，一件碰巧的事。

但短短几秒内，好像被封堵住所有出口的密室，急剧地燥热起来。徐妃压低脖子，努力维持镇定的表情，这时她的视线余光照进坐在身旁的吴瑾。

抬起眼睛再看上去一些。

"碰巧""封堵""燥热"和"镇定"，不是只有自己。

它们属于着两个人。

八

不是没有好好想过，而是好好想也想不明白。

徐妃觉得从头到尾，也没有过讨厌和憎恶的心情。

有警觉，有在意和好奇，但是对于和自己喜欢同一个人的女生，即便说着是敌人，真正存有的敌意却几乎很少很少。

怎么想也不明白。

仿佛她们都站在同一条河岸边。

如果偷偷喜欢着的男生在河的对岸，那么自然而然她们都躲到了这里来。

在同一片草野中守望着。

"我快被蚊子咬死啦。"一个说。

"我带了花露水，你要吗？"一个回答。

终究是会这样对话起来的吧。

仿佛是朋友之间的对话吧。

九

　　一路上都紧绷着的神经使人几乎没有交谈，徐妃偶尔想出几个话题预备扔给吴瑾，可仍旧觉得难以开口。直到几站过去，车厢里也空了大半，这时吴瑾终于提起声音说"那个，我到了"。

　　徐妃"噢"一声，侧过腿替吴瑾让出空间，站在座位旁的男生也移开一步。而徐妃还在紧张着男生会不会因为有了空位而坐到自己身边，巴士却一个凶狠的急刹车，刚刚站上过道的吴瑾来不及抓紧，被惯性带着，一直跌到中门附近。

　　车厢内安静下来，每个人都将视线集中到吴瑾身上。女生摔坐着，好像因为疼痛而迟迟站不起来，书包也滚落到了一旁的下车踏板上。

　　非常非常狼狈的样子。

　　徐妃完全愣住了。

　　她下意识地看向身边的男生——和其他人一样，被突然的事故吸走注意力的目光。

　　徐妃从座位上跳起来，飞快地赶去挽起吴瑾的肩膀：
　　"……不要哭……"

　　"先下车再说。不要哭。"

十

　　我懂的。
　　我知道。
　　如果是我的话。

大概就是这个原因吧。

警觉、在意，或好奇，但始终没有真正的敌意的原因。

因为自己完全明白，既然喜欢着同一个人，所以完全能明白那些所有的念头。忐忑的张望、惊喜的对话、紧张的观察，或者出糗以后，恨不得想死一样的伤心。

徐妃挽着吴瑾下到车站，等巴士离开后她抱住吴瑾的肩膀：

"不要哭了……"

"我真的……我真的……"女生一直啜泣着，"明天……我一直准备着，明天要对他说……一直下着决心……居然……这么丢脸的事……"

"……嗯……"徐妃沉默着。

"你不知道……我从半年前就开始喜欢他……能够见到一面就开心得不得了……因为想跟他一起上下课，我还去学自行车……虽然后来搬了家路太远就只能坐地铁了……可你不知道，每天早上还会磨磨蹭蹭地希望能在校门口见到……一直等在便利超市里……看见他的自行车了，才跑出去……这种事……傻死了……可你不知道，我觉得非常非常开心……只要能见到，就非常开心……"

"我知道的。"徐妃说。

我知道。

十一

既然是躲在同一岸的二人。

十二

"明天是他的生日……我还打算……"吴瑾接过徐妃递来的又一包纸巾，"但现在……丢脸到……以后还怎么敢见面啊……"

"……"徐妃用脚蹭着地上的纸屑，"那我去说好了。"

"……什么？"吴瑾没有听清。

"告白，我去说好了……"

"啊？……你不用代我——"

"我不是代替你去说。"徐妃看着吴瑾。

"……那是什么意思……"

"'我喜欢你''五班的徐妃和三班的吴瑾''两个人都一直喜欢着你'。"

距离以一颗观月的心

她想要得更多，哪怕是一些伤痛也好，能够将自己与这个世界稍微进行区分的标志。

M 曾在 Blog 中写：去过的很多地方，当时的场景颜色或空气原来都是侵蚀性的外来物，他们一直腐蚀着平日里碌碌的我，只等到最后如同发作的瘾一般末日来临。

周末的下午 M 在网络上找我，说她已经找到了落脚点，刚刚签完合同，几天内就会搬家的样子。"定了日子就告诉我一声，我来帮忙。"我回复她。

"好。"她利落地点头。

话题稍微停顿了一些，仿佛是过了半个多小时，我重新打开她的对话框，"是在哪儿？多少钱一个月呢？房子状况怎么样？" M 一一地回答我，说自己的经济能力尚不足以负担更好一些的，先找个老房子落脚，房子不大，一室户的样子，厨房是合用的，但好在有独立的卫生间。

"其实就是房子有个隔间铺着块水泥台，里面挖了个便坑而已。"

"是啊……"我应一声，"不过多少是自己的空间了吧。"

"嗯，没错，如果找合租的会更便宜，但多少还是想要自己一个人的空间。"她末了说。

我在网络上认识的 M，那是两年前的事，我们混迹同一个论坛，那里聚集了不少才华出众的人——起码在我看来——M 是其中一个。我认识她的轨迹其实非常普通，她写文章，我在下面跟帖赞美，我写文章，她拐进来留个只字片语，一来二去就算认识了，交换 MSN 地址。因为喜好点有众多类似，所以话题在最初认识之时显得滔滔不绝，仿佛永无止境。

那个时候，我对 M 的感情是所有女性对女性式的依恋般的喜爱。每天晚上我们便总是在网上闲聊，一泡就是数个小时，而她言谈中的某些东西对我奇异地格外吸引——我是说，一些由性格所衍生出来的，漫布于她言论中尖锐而消极的什么。即便那时我已经过了对"残酷青春"这个主题顶礼膜拜的年龄，但 M 仍然以身体力行式的孤僻令我喜爱着。好像幽色的海草，即便真实接触会觉得滑腻的手感等等不美好的东西，但当它在远离我的海水下颤动搅起来源不明的黑色旋涡时，仍然觉得迷人。

而究竟是什么导致了这些，原因是什么，我一直不曾得知，鉴于 M 没有主动提起也不适合向她打听，只能借由 M 的每篇文章或者她的 Blog 日志去揣测。因此那成了在我想象中的，一个童年便不怎么愉快，父母相处之间关系粗暴，曾经为了拒绝支付对方"使用的电费"导致拖欠到被拉闸——"我十岁时便经历着频繁的类似的黑暗，很多夜晚并没有月光……起初自然是害怕，但后来却再也不会了，好像我的体温已经与无光的黑融为一体，我成了它的一部分"，M 借笔下的主人公之口说道——她也在我的想象中成了那样的人。

随着成长和青春期的到来，她的认知观被很快地最先与自己接触的一些什么完全吞噬了。当然它们并非是多么糟糕的东西——和许多同年龄的人一样，M 爱看漫画动画，只不过那些并非常人的旧观点中"充斥了浪漫泡泡满足少女心愿"的爱情或诸如此类的幻想系。在大量的动画漫画都以成人为目标的今天，其中可以包容的异想和灰暗性远非我所能细数。

M 极度地喜爱它们。某个故事或主人公。她一边听着某个日本摇滚乐团的曲子，常常在聊天中和我一页页激动地谈论，介绍着剖析着，截图，截文字对话，然后并列以长长的感叹号和尖叫。末了她在感叹中说："有时候会羡慕他们羡慕到骨子也痛起来。"

我拿她口中的动画角色开起玩笑："可这家伙瞎了两只眼睛诶。"

"不是……怎么说呢，就觉得到这个份上失去眼睛也是根本无所谓的，而更多的是自我毁灭性的……诶我不知道怎么讲……"她絮絮地解释，又仿佛不甘心，"我觉得自己能理解他……或者说我能够比他更加理解，在这个故事里。有时候想要背离整个社会，用怎么痛苦或愚蠢的办法都行。"

我不知道该回答什么。

二十岁的 M 小我三岁。

M 就读的大学后有座小山包，虽说如此，爬到顶再下来也能花一个多小时。山脚有厕所，山顶有小卖部，东西也是一如既往的贵。我第一次见 M 时——没错，和 M 在熟悉了之后我们碰了面，那已是年初的事，我们约在新街口一家奶茶店门前。确实有激动的忐忑心情，而等到发现站在台阶下，留了些头发扎成一束，穿条裙子斜挎一个小包的女生后，我的心情是被立刻蜂拥而至的亲切感所替代。

那次她带我爬到山顶，而这个行程原本不在计划之中，所以我们到了山顶才觉得口干舌燥。我在小卖部的玻璃柜子前转了两圈，然后说两瓶矿泉水。M 半路拦下来说不要，一瓶就好了，六块钱一瓶，我们只要一瓶。我以为她是客气，赶忙表示没关系我请。M 却突然显得尴尬起来，她手晾在空中不再说话。

没有经济独立时，常常捉襟见肘的 M。而她还喜欢着很多东西，由于关于动画或漫画中的衍生物很多，所以她常常为了买书或者手办而苦恼。

我们坐在一条可以望见山下马路的水泥凳上，M 找了块小石头在凳子上来回画，随后向我描述，前些天家里又发生了什么争执，而她决意要搬出来，自己找房子租住，父母起初不准，她母亲又在哭闹。

"翻来覆去那些老话，"M 笑了笑，"有什么用呢。"

我回想起曾经出现在她文章中，很多次出现的句子，她写"我的父母都是彻底的失败的人类"，"在他们身上找不到一点价值的东西"。当时她还是作为网络上一个数字加英语的符号出现，她的一切都是电脑屏幕上几百行的白底黑字而已。可她所有的气息都被衬托完整，是使人信服的而非矫揉造作的叛逆。我觉得好像看到了什么，例如一些在原本既定路线上突然要违逆向光原则，朝角落伸展的枝条，落在窗台上形成非常美丽的斑纹。

那会我很喜欢她。

去为 M 搬家的那天，我意外地遇到了她的父亲。站在屋子中央，有个身材矮小的男人正忙着辨认纸箱上书写的笔迹以方便归类，朝我抬头的时候，是与 M 相似的，确实苍老数倍的脸。额头上的皱纹极其明显，鬓角带着眉尾一块发白。听完我的介绍后连声说"谢谢了""诶，不好意思"，带着浓重的仿佛某类酱菜似的本地口音。

我回过头去看 M，她拿了把扫帚将阳台角落来来回回划拉，扬起很大的尘。

为了那个不像厕所的厕所的事，M 还是和她父亲争执起来，虽然因为有外人在场两人还是压低了声音，我也因为尴尬不得不找了个还空荡荡的垃圾袋假装去楼下倒垃圾。关上门的瞬间，M 的声音透过门板传了过来，"我根本不想跟你说话。"

她的口气强硬，使我能想象说话时冷绝而愤恨的脸。那才是会写下"父母是彻底的失败的人"的 M，在我读过的她所有文章里，也包括她对父亲的描述："我常常想，如果成人就是变成他们那个样子——胸口的堵塞和压抑便无法排遣，仿佛噩梦一样纠缠不休。"

真的是非常非常，对于周遭的社会和世俗平常的社会，世俗平常的人都倾尽全力地排斥和反对啊。已经是二十岁的 M。

最后为了搭一个衣柜我和她忙了半天，是之前在杂货商店里买的，八根还是十根铝管加张防水印花塑料膜的简易式衣柜。M 的父亲此刻已经离开，临走前还是压了些钱在饭桌上，并且像所有老练的成年人一样用担忧的目光打量我一眼后，他扬声转对 M 说："是三百块，我放在这里了！"

M 把自己的衣服逐个挂进衣橱里，我坐在地上扯开一件毛衣的袖子重新叠好。

"那周末的话你还回么？"我问她。

"不一定吧。"她回答。

"哦。"

"我跟他们，周围的大人，就是喜欢不起来。"M 说，"过年的时候跟着去亲戚家吃年夜饭，饭后又聚在一起聊天，他们说的话题，不论他们说什么，我都觉得如坐针毡似的根本不想再多待一秒下去。而后一旦意识到这种感觉，就更加膨胀百倍似的，脑袋里就是疯狂的念头想撇下所有人独自离开。虽然最后还是没能付诸行动，但脸色却是很难看的样子，被我妈发觉了，她就拿根筷子在别人看不见的地方狠狠戳我的背。"

"我不喜欢他们。他们大概也是不喜欢我的。"

"这样其实正好，我们之间扯平了。"

我回想自己早在多年前的样子，也有与长辈们的抵抗，只是自己并没有 M 的文采，所以没能借由文字而抒发得更加真实或者冷漠。或许也正是因此吧，M 的叛逆既呼唤出我同感的回忆，并且在我的眼睛里，那些借由她笔下所写的故事而体现出的渗入极深的物质，像当年那部著名的电影，著名的原声大碟一样，是种诱惑。

就在 M 搬家后没有多久，我仍然过着一成不变的生活，白天读书，中午到晚上便赖在网络上无所事事，翻着 M 的博客，一边与 M 一聊就是数个小时，然后约在周末去逛街或看电影。因而是在过了许久之后，我才从父母口中听说前些日子家族中发生了大事。小姨被查出患上了脑部恶性胶质瘤，而她家的生活状况原本也不好，小姨夫一直下岗在家，孩子也才考上高中。因而这阵整个亲戚也被带动得心潮不宁，虽然知道是借出去就别指望能再收回的钱，但大家也都给了一万两万。

我跟随父亲去看望小姨的时候，她刚刚结束手术。除了最显著的与室外迥异的气味，小姨的病床前摆满各种监视仪器，插满浑身上下的管子插得几乎令她变形。而小姨头部正中的一根导流管，她脑内积留的淤血就在我的注视下一点点流淌出来。

好像整个胃都在翻呕。我整个人两腿发软，提不上气来。

因为小姨与妈妈的关系很好，所以从小我也与她十分亲近。她虽然文化程度不高，可为人非常实在，夏天时看见特价西瓜一口气买了七个又送三个到我家来。所以医院一面，对我的刺激不可谓不深。某些画面深烙在脑海里，是极低气压下的呼吸困难。回来的路上一直在听父母谈论此事，他们以怜悯交织无奈的口吻叨叨讨论着"她家将来怎么办""她小孩怎么办""挺不过去吧"。他们算着小姨家的生活账，医药费会多少，就算手术成功挺过来了，将来的护理费是多少……尽管是极其琐碎，甚至颇为庸俗的口吻，但心里在做着"庸俗"的评价时，却并不是将之作为贬义词来使用的。

我打开聊天窗口，对 M 留言："今天真是难以忘怀的一天……"

她很快回复着："怎么了？"

我一边打着回复："小姨前一阵病了，今天去探望她。走到病房里我真的吓了一跳，她看上去好可怜。而且听说这病很凶险，她家经济条件又不算很好，我父母算了笔账，说是接下来的日子怎么难过……真的觉得她也很不容易啊……"

但很快我将整段话都删除了。面对着 M 的问号，最终只是简短地回复她："有个亲戚病了。"

"哦。"M 简短地回。

我凝视着她的聊天头像，被针缝补的一颗心。图片还是我推荐给她的，那时只觉得很配合她的味道。

是我无法和她谈及一些现实生活的味道。

我依然在翻看着 M 的每篇日志，她写完文章也总是先发一份给我。比先前更长进的功力是显而易见的。以及贯穿始终的主题，或者她的那部分世界观。

每每隔上一周，M 便会有篇文章是以自己家庭为背景所写的，有些内容我也并非第一次了解了，例如童年时一个个停电之夜，可见对她的影响之深。她再次谈及最近几日与父母的冲突，某个话题上的不合。"他们什么时候能意识到自己的经验之谈只是些盲目和愚蠢的自大呢？""无法沟通，怎么也无法沟通。""不过，和他们之间无法沟通，也许才是幸运的，倘若什么时候我也与他们的思想同步一致，那才是最可怕的结果罢。"

M 始终觉得，这是个麻木却单调的世界吧。她想要得更多，哪怕是一些伤痛也好，能够将自己与这个世界稍微进行区分的标志。不仅与长辈间的无法相处，她文章中频繁出现的消极和抑郁曾使得整个文采被反衬得异常耀眼。M 可以引用非常多非常多我所不知道的名句来说明她有颗死亡般的心。

其实我明白她的感受。

曾经我也觉得"这是个很不同的女孩子啊……"，我喜爱着她的不同之处。

但是，终究还是有但是。

就像块反复打磨的石头，终究还是出现耗损。

我开始觉得厌烦起来。

那一阵自己也在忙着找新工作。可以说非常不顺利。遇见的几个人事主管都各有千秋地苛刻。一副"我们就开这点儿工资你爱来不来"的口吻。在我低着头退出门去时，他们的声音又在背后不依不饶地追上来喊我，"诶！诶！把门关上！"而回家后向父母提起，他们的表态也是"随手关门也不会，你自己太不懂做人处世"，我仔细想想，竟然也确实如此。就这样，一个礼拜内，我每天听到手机铃响就又喜又忧地急躁起来。几乎所有时间都窝在房间。

然后继续看 M 的日志，那天看到她写："在二十一岁来临前，干脆先把自己完全肢解掉，随后活在世界上的，就可以是另一个我了。"就是那一个瞬间，我突然有些愤怒。是真真正正的愤怒的心。对她的日志、她的态度、她的语言，所产生的愤怒。那一刻连我自己也有些吃惊着，然而更压倒性的是完全流窜于身体里的混合各种感悟后的烦躁，好像颜色打翻，最后便是黑色的，我对她愤怒的心。

"够了吧"。我想对 M 说。

"我已经受够了。"

我几乎想要当面对她说……我想要当面对她说些什么呢。我能说些什么呢。

我好像位处尴尬的断层。身体里既留有对 M 同感的回忆部分，但更多的是，现实的日子，它们比什么都强大而具备说服力，令我臣服。

"你的伤痛究竟是什么呢？""你对这个世界的不满究竟是什么呢？""那些被你看不起的，凡夫俗子的人生，他们的卑贱为什么就能成为你鄙视的对象呢？""我们的父母长辈，倘若如你所说，等到成人也将如他们一般愚蠢，你那么地抗拒成人，难道不是因为等到你成人以后，也将明白其实愚蠢的是当年的自己么？"

我想对 M 说，我想知道她的答案。

好像是将她所有的一切，我所喜爱着她的几年，喜爱着她的所有方面，一并否决掉了。

和 M 再次约在奶茶店的时候，她坐在我对面，积极地说着自己最近正在看的一本俄文小说。她确实有许多我所望尘莫及的才华。并且看书也似乎过目不望地，常常随口也能背出书中的几句话。我把奶茶吸管咬在嘴里，又用手撕扯着想掰坏。

"我工作找到了。"随后我打断她。

"啊？哦是吗？很好啊。"

"嗯。"

她看我的脸色，"不满意么？"

"也谈不上满意不满意的。"我盯着 M 的额头，她皮肤偏黑，也有些小疙瘩，"就是这么回事，妥协就好了。"

我内心也许是在嫉妒着吧。我是羡慕和嫉妒的。那些怒火中烧似的感想，其实是被无意中踩中死穴后的暴跳如雷吧。倘若由我来指责 M 的天真和涉世未深，那么反过来，或许我也正像 M 笔下所写的那群成年人一样，朝着越来越大众的路上走。只是我们都不愿承认是自己的认识错误，而坚持将它各自美化。

在很久以前，M 曾经与人争吵过，她将这段过程记录在文章中。

"他们质问我，你动不动写自杀，你究竟对自杀明白多少，你知不知道现在有多少人正为了活下去在医院里苦苦挣扎，也只有你这种不懂事的小屁孩才会把'自杀'之类当成一件时髦的事。你这是对生命的亵渎啊。"

"'你们别因为有人想活，就去否定也有人想死的事实''这完全是两件事'，我当时这么说。"

"但其实上，我们谁也说服不了谁吧。"

"想活的人永远无法理解那些自杀者，正如选择自杀的人，他们也不明白为什么就有人会不明白。"

"可事实仍然是如此，不会改变。"

电话

请你和我打电话。
请你让我成为像他们一样有长长的电话可打的人。

一

出操的队列中，两三个女生把裙子在腰上朝里折了两层，于是长度缩减短到膝盖。即将入秋的时节里醒目得很。

叶倾倾也在队列里。她手绕到身后，往下扯了扯裙边，直到盖住自己的小腿肚。

二

没有吻合名字的外貌，叶倾倾的模样甚至只能在班里排中下。入学不久便被起了个捉弄性的绰号。同班的女生特地放学时跑来告之这个消息。一句"咦我们顺路诶"之后，立刻接上"对了那些男生好讨厌哦，你听没听说他们管你叫……"飞快地转折，连语气里的亢奋也忘了掩饰。

叶倾倾努力地挤出一丝微笑，甩了甩头说："无聊……"和所有类似状况下平庸的出招一样，不成功地故作潇洒。而对方一下明显起来的笑容，好像听到满意的回答一般，"真是呢，他们好无聊哦～干吗这么说你哦——"

会有这样的事。

三

开学一个礼拜后的某天午休，叶倾倾拆了饭团包装咬到一半，教室后排传来小骚动，叶倾倾回过头，看见班上一个女孩领着两张陌生面孔走进来。而在可以通俗地形容"挺帅"之外，是一眼就能看出他们属于学校国际部的外籍身份。浅色的头发、颇为生硬的国语，中间混合着那个女孩细软的笑声，理所当然成为焦点。

也会有这样的事。

放到哪个学校也不罕见，每个班上都有的这类女生。哪怕成绩平平，但有着好看的脸和瘦巴巴的身材。课余最大限度地不穿校服，换上绿色圆点的背心裙，连长筒袜也俨然日系杂志的推荐款，更有涂成淡淡银色的指甲和不时变换的发型，装备得一应俱全。

随后便是，带着刚刚认识的外籍男生到班上来，特地笑得很大声。

叶倾倾心里满是不可思议和疑惑。回过神时，手里的饭团掉一半落在衣服上。蛋黄酱马上染出渍迹，她手忙脚乱地找纸来擦，翻书包时弯腰，立刻闻到自己嘴里午饭的气味，似乎就要打嗝出来。

差别这么明显。

她咽了咽喉咙，忍不住又转过头去看一眼。后排依然聊得热络，女生对左边的男生说一句，再转去对右边的男生说一句，坐在椅子上撑着胳膊轻轻摇晃着肩。

心里的不可思议和疑惑，以及剩下的那部分，占据着不小比例的明明白白的羡慕。

四

的确是羡慕。

并且只能是羡慕。差别过大让妒忌也没有资本。叶倾倾头发在脑后扎成一束，前额随意别着黑色发卡，路边五块钱卖三个的品种。一直穿学校里藏青色的制服。只在体育课时换成运动装，蓝色和白，袋子似的披在身上。

仰卧起坐结束后叶倾倾气喘吁吁地躺在垫子上。仰头看见一旁，两三个同时请了病假的女生，正坐在一起聊天，半途拿出各自的手机。粉色的外壳，贴着水钻。有的垂着羽毛挂饰。一片毛茸茸的白色。不知为什么看得特别清楚。

下课前叶倾倾去上厕所，顺便照了照镜子。最近莫名爆发的青春痘，左右脸颊对称似的各有三颗。她想尽办法，贴黄瓜或者吃药片，都没能解决。现在一次60秒的仰卧起坐过后，红得更加明显。

有人推门进来，她赶紧低头出去。

条件反射一般，突然想捂住脸。

五

新学期过去将近一个月，叶倾倾这天看见黑板角落上写着她的名字，与另一个女生一起担当本周值日。她从课桌上回过头，搭档的女生——折得短短的裙子，正在座位上扯着尾音喊起来："诶～～？！这周我值日吗？～"

叶倾倾想接话说"嗯"，可她捏了半天手指，开口附议的力气始终无法成形。

六

好奇的、疑惑的，然后是羡慕。

放学后两人一起留下来。对方是从开学到现在也没有说过几句话的女生，站在桌旁摆弄着手机，眼睛偶尔从屏幕上看向叶倾倾，让她更加局促，不知说什么先开场。

终于过了半天。她问："你认识国际部的人啊……"

"啊？"女孩抬起头，看了叶倾倾一眼，"认识啊。"

叶倾倾绞着手指，下一句却怎么也开不出口了。问题当然不会就这一个。而是有许多许多，一个追着一个式的疑惑。怎么认识的呢？说了什么呢？有什么机缘巧合吗？国际部的啊，他们的教室甚至在马路对面的另一个校区。这样也可以结识起来吗？

她喉咙里"你"字刚刚冒出半个音节，对方手里的电话唱起铃声，叶倾倾看女生跳站起来走到窗边。伴随着说话间语气变化的，是手指不断在窗台上画来画去的动作。有时好像写着字，有时则只是圆圈。女生的影子模糊倒映在玻璃上，让叶倾倾发觉站在角落的自己。罩着布袋似的运动服，手脚好像不知该怎么放似的，缩着肩膀等在一旁。

七

也许父母是寄托希望，给她起了个异常华丽张扬的名字。但眼下连妈妈也会半开玩笑地说："你长得又不好看，照什么镜子哦。"叶倾倾把妈妈推出卫生间后关上门。回头再看镜子中的自己，痘痘上已经冒出白色的小脓包。她犹豫了再三，一忍痛把它们挤破，第二天便带着懊悔的暗红色疤痕刷牙。头低得很深很深，即便直起腰也飞快地转开视线。压根儿不想看镜子一秒。

八

这天傍晚的打扫刚刚开始，搭档的女生便接起了电话。叶倾倾握着扫帚尴尬地等在一旁，随后察觉自己这样仿佛是在偷听，于是她连忙拿出自己的手机装作也有短信要发的样子打个圆场。尽管把联系人名簿浏览了两圈却找不到可以短信聊天的对象，最后只好编辑一条"今天晚饭吃什么"，输入妈妈 11 位的电话号码，按下"发送"。

手机屏幕熄灭后映出自己的小半块脸颊。叶倾倾一下转开眼睛。

九

正在电话聊天的女生今天换上了泡泡图案的长筒袜，倚着窗台说话时，一边照着玻璃上模糊的影子摆弄刘海，似乎仅仅凭借这个也能打理仪容。

叶倾倾看着她。

应该是非常习惯了。

这样的动作，怎么做都不会觉得害羞。一面橱窗、一块玻璃、甚至 CD 光盘，只要可以反光的东西，都能够自然地借用。然后无论得出"发型有点儿乱"还是"眼圈好黑哦"的结论，这些却从来不是缺陷。

叶倾倾低头回到自己的手机上，妈妈没有回复那样无意义的短消息。屏幕维持熄灭后的暗灰。

十

半个小时后它却跳亮起来。

叶倾倾刚刚离开学校，坐在电车上疲倦地垂着脑袋，她将手机举到面前——"一条新讯息"。打开后，是由一个单字和一个标点构成的："诶？"

转着脑袋半天没明白，她按下回复键写了一条："诶什么诶？"

片刻后屏幕再次亮起。这回是两个单字和两个标点构成的："……诶诶？"

叶倾倾皱起眉，她干脆按下电话号码，刚接通后便横着语气质问起来："妈，你搞什么呀？"

话筒那边愣了一秒，然后传来短促的轻笑，一个年轻的男声响起来："是弄错了对么？"

叶倾倾惊骇地将手机移到眼前，看清显示的11位号码果然和妈妈的有1位之差。她一下涨红的脸，局促地在脑海中组织道歉，尽管最后说出口的依然是单音节："……诶？……"

话筒中传来了第二次气音构成的笑声，然后是温和的口气说："没关系的。"

十一

也许是真的唯一一次，除去幼儿时期被成年人的亲近以外，在她进入成长期后，唯一一次被年龄相仿的异性，这样古怪，偶然的奇妙接触后，听到温和的声音。叶倾倾记得在刚刚听说别人给自己起的外号时，虽然她当面显得很洒脱，但依然是有偷偷地哭过。

不够美丽不够时尚，不够动人不够张扬，这些都不会是平平淡淡的特点，反而成了可以让别人攻击嘲笑的缺陷。

男生们玩真心话大冒险，输的人被惩罚跑到她面前挣扎扭曲地说一句"我好喜欢你"。叶倾倾当时愣在座位上，四周都是欣喜的欢娱的热闹的笑声。

十二

"没关系的。算是巧遇吧。"

"……"

"没别的事的话，那我挂了。"

"……等！"叶倾倾突然提高嗓门，坐在邻座的乘客被惊醒，狠狠白了她一眼，但女生顾不上这些，她对着话筒说，"我以后可以……"

"嗯？"

"我以后可以……如果可以的话……"

"什么？"依然是带着微笑一般的声音。

"能给你打电话吗。"

"诶？"对方显然也很吃惊。

"……不，我的意思，不是想怎样……也不会很频繁的！只是想……如果偶尔能够给你打……打电话……"

"为什么呢？"

十三

为什么呢。

值日时候接电话，可以连一点儿活也不用干。扫地也是叶倾倾，擦窗也是叶倾倾，擦桌子擦黑板都是叶倾倾。打着电话的，只需要倚靠着窗台，手指在头发上绕来绕去，或者无意识地拨弄窗户上的插销。"啪嗒"抬，"啪嗒"放，"啪嗒"抬，"啪嗒"放，叶倾倾听了几百遍，可对方依然浑然不觉。

等到话题打开，撒娇的、捉弄的、乖巧的句子一个一个蹦出来。叶倾倾只能拿着塑料桶躲卫生间，但即便这样依然会听见一两句"诶哟～～干吗啦～～""不好嘛不好嘛～～"。

可尽管说来都是鄙夷的口吻，终究到最后成为占据着不小比例的明明白白的羡慕。

是羡慕。

十四

"……是……是羡……"

"羡慕？"好像听到无法理解的答案，"羡慕？"

十五

别人当然是无法理解了。不是当事人谁有资格去理解。

但叶倾倾握着电话，她把双腿再弯曲一些，看见映在车窗玻璃上自己的脸。痘印明显到这样都看得见。

所以才会羡慕。

先是好奇，疑惑。为什么她们不会发痘痘？为什么她们吃许多蛋糕也依然瘦巴巴？为什么她们知道该穿什么衣服？为什么她们知道绿配红其实也能很好看？为什么在自己身上只显得村姑？

为什么她们能够认识外班外校，甚至外籍的男生？为什么这样的事情都能够做到？是该说什么做什么，才能让结识这种事情变得简单？

如果是她们的话，穿着小巧上衣，披着直长发，裙子折到很短露出长腿，用着水晶和羽毛造型的手机的话，一定也能轻易地让电话里的另一方同意说："行，你可以给我打电话，没问题。"

十六

"……？"电车进入隧道，话筒那边杂音明显盖过原声的语气。

叶倾倾知道这条隧道的长度，大约在过十秒便会通话终止。她捂着话筒说："嗯。"

"什么？听不太清。"

"嗯。"

请你和我打电话。

请你让我成为像他们一样有长长的电话可打的人。

听筒里传来信号中断后干脆的长音。"嘟——"

请你和我聊些能够让我任性一下的话题。请你让我告别所有讽刺的绰号。

"嘟——"

请你让我爱上照镜子。

"嘟——"

请你让我穿运动装也不会难看。

"嘟——"

请你让我变成不再是现在这样的人……"

"嘟——"

只是电话。

液化

梦里他变成十七岁的少年，聪明美好。

从水开始。

A说有年夏天大暴雨，家里进了没膝深的水，地上漂浮着木头小板凳和没来得及捡回的鞋，远一些那个起起伏伏的看清了甚至是马桶。大人们手忙脚乱，他得以被暂时忘在一旁，蹲在凳子上从书包里找出作业本一件件丢进水里。

他讲到逃避老师检查作业的方法时，眼角就提起一点儿笑意，仿佛回到了多年前，十六岁时的自己。

A今年二十三岁。

我今年十七。再过三个月就十八岁。正在为了高考，和炎热的天气以及压力做无助的较量。

在家时就穿着短短的背心，电风扇在旁边一开，碎发全部黏在颈后，心情更加烦躁，题目一道也解不出来。

干脆晃到楼下小店去买冷饮的时候，遇见回家的A。只见过他一次系领带，更多是敞着最上面两粒衬衫纽扣，仿佛从忙碌中抽身的利落，看起来很好。

"唷！"我喊A，喊他的名字。

"喔。"他浮一些笑容，看我一眼后，"真短的裤子。"

"天太热了。"

虽然还有三个月才进入十八岁。

但问一问四周就知道我所就读的是所三流中学，名产是"男生的棍子女生的肚子"。下课时有陌生面孔直接走进来，抄起最近一把凳子扔向窗户，然后喊"某某某人呢，给我滚出来"。而女生们，聚在一起时连放屁也不会掩饰，但为了某个异性争风吃醋，最常用的词语成了"狐狸精"和"贱货"，翻来覆去不见创新，仿佛智商仅止于此。

我拿着作业本去向老师请教，对方甚至露出感动到欲泣的脸。而这同样让我烦躁不堪。

而 A。A 从很好的初中，高中，大学一路优胜。第一个和最后一个都是我猜的。但因为他所就读的高中非常著名，每年都为本市贡品一样献上几位文理科状元榜眼或探花，所以我自然而然地推断，他的更早的过去，和更远的未来，都很光彩。

光彩的他和我的第一次照面。光彩形容"他"。不是形容"照面"。

不知怎么冒出来的"接力长跑大赛"，参赛选手来自整片住宅区，以马路划分出的四大组。我开着电扇坐在桌前解化学题时，志愿者一扇扇敲了门进行宣传。"周五，我们这片也派人参加了呢，有空的话一定要来看啊！"

周五的傍晚，当乘坐的电车以诡异的慢速在拥堵的道路上爬行时，我想起来，因为今天有长跑接力赛。绕整个体育场外围一圈的比赛。分成四大组的选手穿统一的白汗衫，区分只在背后数字的颜色上。红、黄、绿、蓝。

电车干脆不用乘了，我跳下站台，怀一点儿看热闹的心走到比赛场所。在交接换棒的地方聚集了最多的人群，看见远远有人影出现，便欢呼一阵，等候在这里的下一轮选手停止热身，摆好姿势。

这时在一旁担任裁判的几人里，有一位我认出是小学时的体育老师，眼下接近四十岁的他特地戴着为了表明裁判身份的黑色帽子，白色的 POLO 衫和深色长裤也很像是固定搭配，只是肚子大了不少。老师一边提醒着人群"别挡路，来来让开些"，一边握着秒表。

因为小学时体育老师算得上亲切的老实人，所以我特地走上去小幅鞠了个躬说："老师好。"老师没有听见，却是在老师身后的人笑盈盈着说了句："乖！"

A 笑盈盈的脸。他做助裁的工作，挽着记录板。没有戴帽子，黑色的衬衣。

迎着我的视线，又笑了笑。

瞬间的事情。

穿红黄蓝绿号码牌的选手，年纪大的年纪轻的，男的多，没看见什么女的。

那天并不晴朗，天气预报说有霾。

"霾"字的结构好像在云层下躲着一只兽。

而它灰色的、蓬松的、巨大的毛糙的尾巴轻轻扫过来。又避开 A 的身边。

平日在学校从来找不到能探讨学业的人。一道题解不出到最后依然只能靠自己。因为身边的女生聚集在一起时只会说她们的男友 A、男友 B。她们说在哪里约会，在哪里接吻。特地穿了圆领的衣服，露出耳下颈后的一两块印记。

我在那时频繁地熟悉名叫吻痕的东西。偶尔停了笔，用目光加入她们的对话。

"诶呀……有三个诶。"一个说。

"嗯，他非要弄的～"便抬起下巴，让周围的人看清，皮肤上紫红色的一小块淤血，时间过去后它局部沉淀成褐色。往往它们没有规则的形状。但似乎"没有规则的形状"也是一种规则。

而这也能成为攀比的内容。第二天便有人带着八成是昨天刻意索取来的痕迹，鲜明地亮在耳朵下方。

有什么意义。意义在哪里。接吻的话就拿嘴去碰嘴，特地去找可以作盖戳留印的地方，是为了告诉别人"我有男友"，还是告诉别人"我有机械性紫斑"。它是吻痕的医学名称，知道么。

一群盲目的蠢蛋。

心里淤积了很多很多愤怒。它们像没有旋律的音符，一刻不停地在喇叭里播放。而连接的电线太长，我怎样也找不到插座所在的地方。

后来回想起，肯定有过不止一次在书桌前咬着笔尖流泪，对父母提高嗓门，电风扇吹来嗡嗡作响的暖风，没有降温的作用反而让我烦躁异常。

所以。A。

后来知道他就住在离我不远的地方。窗户和窗户呈直线垂直排列。换句话说，他在九楼，我在三楼。面朝同一个方向。

但他的窗户高一些，所以能够看见我所看不见的，更远的边界吧。

而我们终于认识起来。准确地说，我终于和他认识起来。回家路上偶尔碰见。进出楼梯时偶尔能碰见。在附近的店里偶尔能碰见。偶尔和偶尔和偶尔相加，变得稍微多一点儿。对话渐渐累积到几百。而我在前十句里似乎就摆出"别拿我当小孩看"的态度。

穿着回家后换上的 T 恤和短裤，裤子不到膝盖，露着干瘦干瘦的两条腿。而那时手臂、肩膀，包括胸在内，干瘪得好像从来没有荷尔蒙的存在。

A 脸上糅起俯视般温和的微笑，"哦，那该怎么看？"

理应摆出不甘的愤怒的脸，我这时应该扭开头拒绝他的视线。

但二十三岁，此刻依然领先我六岁的 A，我甚至不能用"男生"去称呼，但说"男人"又开不了口。当他和我目光对视——

好像某处伸出的手，干脆地拔掉了电源。

中考失利让我落魄到现在的鬼学校里。只有煎熬两字能够形容的时光。而父母花了也许比我更长的时间来原谅。所以即便我现在每天坐在书桌前"挽回损失"，中考也随时会变成一个借口，在没有听话地吃饭，没有温和地回应，在类似的各种大小问题上成为他们死抓不放打击我的借口。

"你有这工夫，当初怎么不用在考试上？！""你想想当初给我们带来的伤害！""我和你爸爸是怎么过来的！"……终于听不下去时我把饭碗砸到地上，一块碎片飞到母亲的脚边，于是她大叫起来。我赶在她扬手之前走到屋外碰上门。

周末的傍晚，蚊子带着宛如甜蜜的叫声在耳边催眠。我蹲在楼下的花坛边。看见 A 的或许是同学也可能是同事的人们，和他一起从外面走进来。两三个男的，一两个女的。A 走在最旁边。他的朋友们，男的和 A 穿着类似，而女的衣装就丰富很多，仿佛对照那些时装杂志里"七日变身法则"的搭配搬到身上。外套有可爱的圆弧下摆。袖口稍微蓬开。

暮色下我看见 A 侧过脸去和他的朋友们说话。

表情、语气、脖子以下的衣装颜色。围绕着他们的气氛。那些微妙的，感觉成熟的迷人的东西。

而当他发现我，"哦"地笑了一声，问："在干吗"。

但这个不是出于想要知道而问的话吧，只是简单的招呼吧。连口吻，A 对我说话的口吻也和对他的朋友不同。他眼里小六岁的、穿着短裤蹲在角落的我，或许他也很早就知道这是脾气不好并且在一所破烂高中的小女生。他用关切的却也只是一点儿关切的口吻。

我在楼下仰脸望去。

三楼那间我的屋子，没有灯。十七岁的我的屋子。

九楼，二十三岁的 A 的屋子。他和他的朋友们应该已经到了客厅，因为透出来是遥远的隐隐的光亮。他们之间会聊些什么。

我记得在自己念小学三年级时，早上出操看见六年级的队伍站在一旁。

不知究竟是什么原因，让三年级时的我觉得六年级的他们看来如此成熟老练，气度不凡。而这是现在回想起来就要嗤笑出声的事啊。但那时无知的我依然被唬得一愣一愣，把三年级小学生的心里灌满了羡慕和向往。

三年级时向往六年级。

六年级时向往初一。

初一开始，向往高一。

但是考试失利，让我坐在穿着故意割得破破烂烂的牛仔裤的男生旁边，上身却维持校服，只是纽扣在胸口下敞开，露出里面脏脏的领带，仿佛所谓的"潇洒随意"。

男生们蹲在教室后面抽烟，烟灰掉下来，再被各双鞋子踩一踩，地板上搓开。他们用鞋后跟打火或者吐烟圈引来女生的倾慕——而这是怎样无聊愚蠢的事啊。这么喜欢的话，马戏团有更精彩的演出啊。狗熊还能骑车。

烦躁的、郁闷的、愤怒的，无论如何，我要离开这里。

让我站到 A 的身旁。

好像那些动画片中的狂人，有无形的毛巾扎在脑袋上，回家就埋在书本里，《一课一练》和《试题精选》做掉厚厚一叠，草稿纸能装几个麻袋。父母也被感动，晚上的牛奶早上的鱼肝油，有一天我回到家里听见乒乒乓乓，走进去看见桌子的上方新装了一台空调，工人踩在凳子上说"行了"。

被空调吹出密密一片细小疙瘩的胳膊。

我捧着拆装后大大的空纸箱到楼下时遇见 A，他以为那是重的东西，顺手帮忙搭住一角，发现真相后笑起来："不早说。"

"……哼。"

而对话总是这样短。

甚至当我们难得出现在同一个地点，离到家还有五百多米的距离的路口。我看见 A，直起原本软塌塌的背，他似乎刚从车站出来，室外有些冷，于是将在地铁里脱下的外套重新穿上。

黑色的、走近后看清压着隐纹的西装，风格却是年轻化，肩上有装饰的扣搭。里面依旧是浅色衬衫。

和那些十六七岁的男生不同。不仅是衣着。

A 和他们不同。

我跟在他旁边走，想要找话题的意愿压抑不住，从有些兴奋的语气中暴露出来。可我不能拿学校里的故事作为话题，告诉他"有女生自杀了"、"有男生因为斗殴已经第三次进了少管所"。而假设我问 A 最近关注什么，然后我告诉他我在关注什么，结果也只可能是，A 关注的内容，我半点儿接不上话，只能拖长音说："嗯……呵……"。而他关注的东西，A 甚至不会告诉我，仅仅笑一点说："你没有兴趣的"。

这时他口袋里的手机响起铃声。A 接过电话。

变成了我一个人的沉默的路途。

A 和他的朋友打电话。他的声音从之前对我说话时低稳的度数略略提高了一些。

笑的声音增加了。

他说"真是的"，语气轻快，牵动脸廓线条。

他说"嗯，我把之前的东西已经递送出去了，赶在晚上七点前就来得及"。不知道那指的什么。

他说"嗯。好的"，点一点头。

二十三岁的 A。

非常，非常，许多个非常重复的。

非常喜欢。

想要挽住他的手臂。因为两人的高度差，把他的肘弯又朝下压一点。

晚上我推开作业本，拿出一瓶已经放了很久的指甲油。

班上那些女生最常用的化妆品之一。银色亮片，玫瑰红的，或是绿色的，糖果绿。也有人专门去做指甲，十根手指成了凶器，长到光靠它们就能切开西瓜。

我有些笨拙地涂指甲油。是一瓶不知什么时候买的粉白色。掌握不好量，总是会在指甲边缘溢出来。

到结束的时候，用指甲油的小刷子在手背，写了 A 的名字。

就写在手背上。

笔画不多，所以能够清楚辨认。

而指甲油干涸在皮肤上，原来是这样的感觉，一点点紧绷着，好像什么爬过后留下的痕迹，它朝着光的方向爬去，追踪着光前行或转折。最后在我手上留下 A 的名字。

离十八岁越来越近。越来越沸腾的高温。

课间休息时有寻衅滋事的事再次发生，我坐在靠窗的位置，被无辜殃及一脚，立刻拿起手里的水杯泼回去。

然而比泼水回击更加狗屎的后续，是在放学前让那名被我泼了水的男生堵在楼梯角落听他说："我喜欢"。他说话时歪过嘴笑出牙齿的样子，和用脚后跟站着前后摇晃起来的动作，让我当即想骂人。说着"别挡路"一边要走。而对方则干脆伸出手撑住墙，以为自己是电视剧男主角那样挡在我的脸旁。

偏偏要模仿一些狗屁不通的事。

十六七岁做着那些自以为潇洒的事，黑帮片看得太多，智商也跟着下降。那些成年人才知道的可笑的举止。却自以为很成熟。

A 一定知道，那根本不是成熟。

而 A 也一定不知道，他的成熟。

他对早上在楼下摆摊卖鸡蛋煎饼的阿姨都礼貌地亲切。而那阿姨不止一次对我呵斥过："以后你再拿自己家的鸡蛋过来，你的生意我不会做的。"我打从心里不喜欢她。但 A 却一直对她很和气，说话时脸上笑盈盈。

我看见 A 对她的态度，心里先是委屈。但随后又是一点点，心里又增加了一点的关于 A 的东西。

他有礼懂事，明白社会和人际，聪明而温和，好看的眼睛。

非常喜欢。

我还想找到比非常更深的词语。

如果放学后的时间全都慢进，而上学则用快进，那么我的人生一定会变得很快乐。没有那么轻易的烦躁、不满和抵触感。可让我们烦躁不满的，总是把时间扯慢，而让我们感觉快乐的，则往往流逝很快。

当我第三次被毫无新意地堵在走廊尽头时，我透过那个男生带有雀斑的鼻子，看见远处女生们尖酸的眼神。对方这时已经把手勾住我的脖子，说晚上他过生日要带我一起去玩玩。虽然我相信把这话在全校女生中间对质一番，能发现他在一年三百六十五天里有六十五个生日。

留在手背上的指甲油的痕迹，直到这时还没洗干净。

我大力地清嗓子，吐口痰说："呸。"

这一天从早上开始下雨。

而事实上雨从三天前就开始了。连绵的水。天像是被融化了的固体，也许不用多少时间就会完全流尽。整个世界裸露在宇宙面前。

在这天的上学路上，我撑伞走到一个路口时发觉自己站在 A 以前就读的高中门外。

在他和我同年的时候。那里的他。

很多葱郁的树，堆出远近深浅的影子。花被雨水冲成粉末，让人从空气的味道中把它们分辨出来。露出在中间的应该是教学大楼、走廊、教室的窗户。

和我同样，十七岁的 A。

我看见他。A 提着书包跑进来。果然穿着学校制服时就成了标准的少年的样子。跟两三同伴在一起时，也会撂过手臂去拍最外处的人的头。远足时换了大的运动袋，斜挎在身后，勒出还在发育中的少年的身体。成绩也很出色，对人无意的圆滑。老师喜爱，同学们也选他做班委。体育时接力跑，他做第四棒。但比起跑步，更出色的成绩是跳高和跳远。

被很多女生偷偷地爱慕着的 A。

有个古老的俗套的心理测试题问：“如果流落到海中的孤岛，你会带什么？”

我一直以为这是滑稽而绝对愚蠢的问题。换成“你最不可缺少的东西”才是更正常的说法不是么。

我最不可缺少的……

把所有寂寞，空洞，不安，忧郁填满，把所有烦躁抚平的，完美的爱。

就像我看见 A 时，产生这样的念头。

想被这六年差距所拥抱的恋爱。

也许我的唾沫星子有一部分遵循物理轨迹飞溅到了那个男生脸上，他原先的表情固定了一秒，迅速换装。随后比我预料更快地，有什么东西带着力量甩上来，在我左脸上咬下麻木，扩散成阵疼。

即便是架着手臂挡在面前，又被反复拉扯开的时候，我依然忍不住在内心嗤笑地想：模仿电视剧啊？还是某出电影？

按照电视剧或电影的走向，没准我会被带到废弃的教室里被怎样的欺凌。但在几个女生的加入协力下，我被带到学校一角。仿佛是某个工程开工前，或者移植了某棵大树后，一个井坑。井下是水。

轮番上场的声音里混杂各种要求。包括“认罪”“求饶”。也有很矛盾的“死吧”“别骚了”。这两点来自女生的要求。

“不答应就推你下去。”

我曾经有一次梦见过 A。

梦里他变成十七岁的少年，聪明美好。有一些智慧分散到狡黠和圆滑上。他在发了大水的暑假，不慌不忙从书包里拿出作业本扔到水里。于是老师接受了他合情合理的说法，免去他上交暑假作业。

　　这个早晨，当我站在 A 的学校门外。
　　离开前我抬起胳膊，咬住自己的右手臂内侧。能咬到的最靠上侧的地方。而准确地说，是含咬住，也有吮吸。用牙齿和舌头，某种力量的促使下，我吮咬住那里。也许一分多钟后放开，随即在胳膊内侧出现的一块红色淤血。不规则形状。没有什么痛感。并且注视它许久，颜色也没有消退的迹象。
　　原来这就是这样。
　　的确和以前在同班女生炫耀性的脖子或耳下看见的一样的东西。
　　只是，它留在我的上臂内侧。自己为自己印记的地方。
　　在早晨的薄光下，红色的淤积起的，我想对 A 说的话。

　　我抓住离自己最近的一个男生，趁没有人反应过来前，拽着他一起跳下去。如果有更多时间的话，我希望还能再拉个人一起。
　　井下是触不到底的，极深的水。
　　以黑暗的颜色涌入。将一切填满，把所有抚平。犹如拥抱的姿态。
　　距离 A 的六年时光。

雅沫

雅沫不知道说什么，仿佛含着极强的薄荷糖，一张嘴就凉得发辣，发辣又发痛。

韩雅沫觉得肩头突然一阵痒，用手指找了半天，找出皮肤上一片红，却仍没弄明白究竟，好像有人隔着窗户叫她的名字，等她探出脑袋，只剩窗下齐腰高的杂草还在意犹未尽地摇。

一边翻找蚊香片，雅沫还当真顺着窗户看出去。早年的停车场计划被搁浅后，空地便开始自行发展。垃圾分成建筑和生活两派，在杂草中游牧民族般繁衍。白天夜晚野猫出没，个个瘦骨嶙峋，身子在一顶旧草帽中间怎么也团不满。

去年一天唐臻大惊小怪地问："那不是我送你的帽子么？"雅沫凉席擦到一半，膝盖跪得嘎嘎响，而那边又改了口："哦，不是嘛……"话题却顺着跳到了新的树枝上，"那我送的呢？"声音随着他的视线东撞西撞，仿佛一只命运多舛的遥控飞机。

直到唐臻出发回校前一晚，雅沫也在送行的人群里。那天风大，她右手就搁在帽檐上没有放下来过，连衣裙的腰线跟着被吊高了一侧，腰和胸混在一起，圆了不止几圈。唐臻倒看得开心，临上车了还说："姐姐像只小飞象"。大家一起笑，音量里又微妙地比常理高了些。雅沫眼睛沿着站台线来回逃，余光还是不依不饶扫进了她在车厢上的倒影。因为弧形的车身，把她整个人又压得扁了点儿。

雅沫对自己一个劲儿地强调，完全是因为弧形车身的缘故。

尽管已经是十几年前了，但谁都不能否认雅沫也有瘦弱甚至干瘪的时候，她就像所有瘦弱干瘪的初中生那样在操场上横平竖直地跳广播体操，绝不会想到短短十几分钟后，世界上将凭空多出个弟弟来。

唐臻来得确实太晚，唐臻妈也就是雅沫的姑姑，顶了近四十年的"美人"桂冠，噩梦般被它压得抬不起头，总算无可奈何地遇见了最后一个男人，等怀了孕，便更加无可奈何地去民政局签字画押，尘埃落定。

幸好唐臻没有受这段前因拖累，他仍然像一罐百搭的蜂蜜，收罗了家族里所有人的宠爱。当别人表亲表戚地在餐厅里追逐打闹，雅沫握着襁褓里孩子的一根食指，它宛如独立的生物，在触碰的瞬间缠绕上来，幼儿必备的奶香又潮又陌生地快要从呼吸里攥住她的意志。雅沫记得自己俯瞰姑姑怀抱中的那个世界，她那已经不是简单居高临下的视线，简直像上帝在俯瞰一个幼嫩而脆弱的宇宙，纯粹强者对于弱者的几近无措的好奇。

那时雅沫便被自己绰绰有余的、她称之为力量的东西左右着，把唐臻放在一个低头的差距上，甚至隔着食物链似的阶级，好像那个弟弟是太过无力的物种，她稍不注意的错眼漏看都能酿成大祸。

所以唐臻第一次带着女友出现时，雅沫完全吃惊坏了。她脑袋里贫瘠地摆弄寥寥几根火柴，想去计算中间逝去的时光——怎么了，到底怎么了，她似乎突然走下台阶，失去了俯角的优势。那个弟弟彻底挣脱了岁月对于这类少年的固有的慵懒和拖延，被施了魔法似的拼命长大了。

"她是小殷，"唐臻环着女友的腰，手上显然加了把力，让女友对上他的眼睛，"唔……你叫姐姐就行。"

"啊……"小殷生着一张格外光洁的脸，好像屋顶上有个专门为她凿开的洞，让光投进来，把她拱上舞台中央似的跟着追。而她在听从前刻意地停了几秒，使雅沫瞬间感受到那空隙里欲言又止的各种问号，"姐姐好。姐姐保养得真不错。"

雅沫不知道说什么，仿佛含着极强的薄荷糖，一张嘴就凉得发辣，发辣又发痛。她回想今天自己的模样，刚染的头发在后脑勺又不争气地垮下去，简直是个遭大风吹垮的雨棚，穿件褐色的衬衫，腋下更像夹着两封肥厚的信。雅沫眼睛瞟向小殷脚下两枚恨天高的长钉子，那玩意儿谅她在和小殷同样的二十岁里也绝没有胆量穿，更别提她现在已经三十三了。

如同是又一次被点醒，眼前的唐臻就是落槌的声响，"啪啪"，雅沫六年前在离婚庭上听过。离婚前三年哭一哭，离婚后三年又闹一闹，难怪时间大踏步地过了，赶上唐臻高中大学都在外地念，他的此番到来就比什么都突兀，压根儿像是嫌雅沫的日子过得还不够苍白，非要把最后那点儿颜色也统统漂干净。

可唐臻家正好赶上翻修，姑姑亲自打来的电话中声音几次被冲击钻盖过，让她原本语气温暖的拜托也不得不强硬起来，"以前暑假里他就经常跑你家，还记得吗？

一个礼拜能住上四天，我问他难道喜欢雅沫姐姐家多过自己的吗？死小孩居然头点得什么似的快。"听着险些像生了气，可雅沫从心底里开心。那些年，她还足够年轻，有充分无凭无据的底气把年幼的弟弟当成一只衔在嘴边的果实，而她扑着翅膀，要将他送到海对面的、山对面的、森林对面的那片仙境里去。

早年间没有空调的时候，雅沫把电扇向日葵似的让给唐臻，西瓜正中间那口留给唐臻，可乐里添一勺奶油味冰激凌递给唐臻，她在其中感受的不是奉献的牺牲精神，她是带着一双翅膀，她给予唐臻也是因为她有能力——雅沫听着唐臻叼着吸管后发出的咕噜咕噜声，几乎为自己的力量所折服。她由此喜悦了很多年。

但现在大不同了，雅沫从厨房里偷偷望回客厅，唐臻和小殷围着一台笔记本电脑。小殷穿件大领子的T恤，把自己视成某种零食，殷勤地开了封后枕住唐臻的膝盖。那不就被彻底看光了吗？雅沫回去洗菜，哗啦啦哗啦啦两把结束手指就烧了起来，水面漂起一层白白的辣椒籽。

背后响起声音，唐臻不知什么时候来的，从冰箱里找到新的一瓶可乐后凑上前："姐你烧的是什么？"认出来后，"唔太好了，我最爱这个。"对雅沫露了个完整的笑容后退了出去。

雅沫继续翻动铲子，菜下了锅后水汽被蒸发成惊恐状的白雾往上蹿，以至于雅沫看起来好像是自己的身体在冒烟，如同一块灼热的火山石。唐臻打小不怕辣，并且打小作的表白也无外这几个字，"最"和"爱"的，除了十几年后的声音洗练得堂堂和磊落，又像伤口愈合后的新肉，残留着撩人的痒。

雅沫打离婚官司时并不觉得自己心碎欲死，好像她生命线上那个分叉就来源于此，那几年她忙着追踪丈夫和第三者的蛛丝马迹，到最后简直发展成嗜好，眼睛熠熠发光地按着丈夫的手机。第三者未必好看很多，未必有纤腰有丰乳，但还是胜过了雅沫，谁让她大学一毕业便无节制地放弃了，宛如一张被坐秃了绒面的沙发，露出各种不匀的色块来。丈夫带着公婆在开庭前戳她的脊梁："这副模样的老婆，哪个男人睡得下去"，雅沫很平静地仿佛认了它，走出好几步，见过道上列出一排窗户了，才突然回身按着丈夫的脖子把他往玻璃上撞，用了那么大的劲道，使得她以后看见电视里敲鼓的都会笑个不停。

但这也是她迄今为止最激动人心、最纪念碑似的行为了。

随后她就安安静静地存活下来，比普通人更加无聊和安分地，有个"存"字做前缀地活下来。随后她朝九晚五地单位泡网看报，随后她跳了两个礼拜瑜伽放弃学了两个礼拜游泳又放弃，随后同事推荐韩剧，形容词来来回回"男人个个帅得要死"，在她心头反复拉锯。再随后就是唐臻回来了，他的回来让雅沫转不开脑子，隐约意识有个重大地方发生了事故，使得原本应当从袖口中出现的鸽子不知所踪，她若是个那个魔术师，站在众目睽睽中也察觉到自己失魂落魄的心跳。

这天两个年轻人在外看电影吃饭逛商场一直过了九点才到家，雅沫等门一开便招呼他们赶紧去洗澡——中午居委会门外挂出黑板报，通知了晚十点开始停水。八月时节，气温高得人手心里时刻揉着汗，所以什么都能欠缺，唯独洗澡不能脱节。

小殷先进了浴室，雅沫本还想提醒她手脚抓紧些，小殷倒很识趣，十五分后便露出脑袋喊唐臻接上，她自己湿着一脑袋的长发走进客厅，在地板上滴滴答答画了一条水路。雅沫则从厨房搬出西瓜来切，切完递到小殷面前，借着一来一去两个动作，仿佛就拉近了距离，就有了共通。雅沫坐在小殷一个位置开外，看了看电视机，对她搭话："这是什么？这个好看吗？"一边定睛分辨舞台中央那个半红不紫的小明星，小殷却随即换了台，尽管也解释了一声："我不知道呢，我胡乱按的。"雅沫还是非常尴尬。

"你和唐臻念的一个系吗？"但她依旧下了决心要维持那来之不易的交流。

"哦，没，我是学德语的。"小殷架着一条腿，她换了睡衣的短裤后，原本突出在脸上的光洁便一直向下延伸到脚踝，雅沫发现她的脚趾居然是粉红色的，血管鲜活地在皮肤下唱着诗歌。

雅沫按捺不住，"那你和唐臻，怎么认识的哦？"

"学校里办了场舞会，那时认识的。"小殷一点儿也不扭捏，直接点破雅沫心里最大的悬疑，"其实是我追的他呢。"

雅沫像喝了口久违的碳酸饮料，半天顶出两声干笑，"是吗？是吗？"

"嗯啊。他很受欢迎的。"小殷仔细地挑出两颗西瓜籽，抽张纸巾包住它们，"之前见了他妈妈。天啊两人长得好像。都是好看的人。哦，他妈妈说唐臻从高中起就好多女生追了。说得特别骄傲。哈哈。"

"是吗？是吗？……"雅沫还是那两个字，语气却复杂起来。唐臻读高中的时候，应该正是自己闹离婚的那三年吧。一旦画上这个等号，雅沫咬在西瓜上的牙齿也软了一半。

浴室门打开了，唐臻红扑扑着一张脸，小殷迅速起身，手比着箭头往里戳，"把衣服给你放在架子上了呀，干吗还穿脏的。"

"我说呢。"唐臻又折回去，过会换了身新的。看着就是不同，雅沫心里评价一句，又着急在停水前把衣服洗了，才踏进浴室便被残留的水蒸气抹湿了额头。镜子上已经涂开了一圈，把半间照亮了还留半间是朦胧的。雅沫从地上踢出两只塑料盆。一只里装着她的衣服——雅沫吃过饭便早早洗了，换下深色的衬衫，还有内裤和胸罩都乱在盆里。没什么特别，没什么稀罕，哪怕摆到室外，人来人往的街道在脚下，雅沫也照样掸得出几个用力的声音。她跟着捡起另一盆。女孩和男孩刚脱下的衣服堆叠在里面，外衣和内衣，大概是备用的全部穿完了，今天塑料盆里头一回多出两人的衣服。小殷的内裤和胸罩是成套的，白色蕾丝蛋糕花似的裱了一圈，视觉上制造出嗅觉，留在眼睛中间满是少女的甜。而它们眼下就和唐臻的男式内裤错在一起。

明明是个再随意不过的动词，事实上它们根本没有发出动作，只是摆出一种完成式在雅沫面前。可那依然像从云集了少儿不宜字眼的故事中，撕下来的一页不完整的故事，而它其实足够完整了。

雅沫手抓着盆沿，倾斜了之后那几块布挤得愈紧，雅沫从内往外僵硬。没法正眼看，她已经沦落至此，根本没法再看见这些活生生的、太过直接的象征。她就像个聋了的人，从操场上拆个喇叭在她耳边放，也仅仅是巨大的空气无声地撕扯她的耳膜，完全另一种的痛。她或许从离婚前就开始聋了，磨蹭到最近几年彻底失去了听觉，同时她失去了曾经所有的能力，曾经的、所有的。她当然飞不起来了，脊梁自己要弯，她于是想站都站不直。像过去那样，朝可乐里塞团冰激凌，也是一出成功的戏法，也能给人惊喜的便宜再占不到，今天雅沫只能躲进角落，让两块紧贴的布料轻易擒获她体内特别紧张和隐秘的神经，好像水面上几圈扩大的涟漪，鱼刚刚张开嘴便立刻被钩子挂住了嘴。

雅沫半夜梦见前夫。梦里他真人倒像影子，斜在墙上。雅沫被他压在怀里，她有一具窈窕又紧致的身体。梦里她二十五岁、二十三岁、二十岁，倒带似的渐渐缩小。要不是客厅里响起动静，雅沫能在梦里无止境地小下去。推门后是小殷在折两只塑料袋，雅沫看一眼钟才五点半，小殷说今天去会个老同学，对方住在邻市，"想赶个早班的长途车，空些，凉快些。"

"嗯……"雅沫打个呵欠，意识往下掉了几楼才抓住一根树枝，"你一个人去吗？"

"对。那人唐臻不认识。再说他想今天留在家里休息。"小殷利落地收拾出一个手提包，对着镜子三下两下梳出个花苞般的头，整个脸形被往上提了些，绷出个依然光洁却有些倨傲的笑容。

雅沫目送她打开的大门重新关上，那时便完全醒了。她在客房前停了停，唐臻自然还在睡，等醒来没准要到午后。那接下来呢，他起床后要做什么，会上父母家吃个便饭么，还是继续约朋友出门，既然今天星期六，电影院应该也放不错的新片。雅沫一站就是几分钟，满脑子排着唐臻的计划表。

不过执行人没有丝毫参考的意思，唐臻挠着头发去刷牙时确实过了中午，雅沫仍然在桌上为他列出早餐的牛奶，一边听唐臻含着满口泡泡否决她筹备了半天的问题，说今天不出门，"姐你要外出吗？"

"我？没啊！"雅沫声音突兀地甩很高，有些慌张地想找个落脚点，"家里饭菜都有，也不需要上超市。"

"嗯。"唐臻拿毛巾按着脸，"随便吃就好。有辣酱么。我想吃拌饭的。"五官中间一层朦胧的深色是刚刚退潮的睡意，碾得声音也弱下去几阶，大幅度削减了他此刻的年纪，雅沫那沉在记忆底的一些东西又被翻搅上来，水面浑浊得看不清深浅。

她把唐臻领子后拖出的一根棉线卷在食指上，"当然，上次去旅游时我买了好几罐呢"，线扯断了，纹路却留了下来，重叠住最初的时候，还很年少的自己被更年幼的唐臻用手指缠住的命运。雅沫知道今天是唐臻居高临下的出现了。他离自己一个宇宙的距离，身上载满了全部虚幻的词语，希望、信心、爱情、年轻、配备齐全。而自己躺得太低，只能被他一双男性的眼睛囫囵地从头看到脚。

　　唐臻盘腿坐在地上，身体随游戏节奏无意识地摇晃。他偶尔才在读盘的间隙回过头来，朝雅沫的房间掠一眼。

　　雅沫留给他一个躺在床上睡午觉的背影。她的睡衣或许是新买的，料子还散发出挺括的光泽，只在手臂上设了松紧带，因而布料完全随她的身体起起伏伏。

　　唐臻在客厅里站起来，他踢松了一根端口线，电视当即没了图像。而脚步声一下下落进雅沫的耳朵，在她的脑海中如同一匹黑色的马那样跳格前进。她紧闭着眼睛，紧紧地闭着仿佛要让它们缝合起来，又余出同等的力气，在腰腹上吸气，渴望它再凹陷一点，在大腿上收筋，渴望它别那么松弛。她将背影撑出自己想象中最美好的样子，以至于身下的竹席染上一片绝望的汗。

宝庆里

她穿着厚厚的棉拖一个飞奔跑过来，
管烨又着蓓蓓的胳肢窝把她轻松地举一举，
那动作变相赞美了她的玲珑可爱，
蓓蓓却腾着两手不敢握回去——

这事要从头说起可就没完没了了。

就好比谁曾记得外婆是从哪年开始瘫的，是怎么瘫的？蓓蓓每个初一去拜年，外婆半截身子撑在被头上，从蓓蓓一岁开始坐到十二岁，几乎连下半截的被头缎面也不见更改，仿佛时间流到她那儿便没了声息，想拽走外婆最后半条命却把自己赔成了溃军，末了让那老厢房里的阳光一把化作灰烬。

蓓蓓转头看向厢房另一边，衣橱上安着高大的镜子，身份象征似的佩了一处裂痕，瞬间便把整个屋子往前卷出沧桑的几十年，同时也把烨烨哥哥的脸映出万花筒，他从镜子里往蓓蓓一看，就是四双眼睛抓住了她。

在宝庆里，烨烨哥哥进出个门，身后都会聚上几双视线，它们用别样的热情想在他身上继续发掘出一部狗血小说的狗血续集。当年烨烨哥哥的母亲狂风暴雨中离家出走，高跟鞋在水泥地上敲下的响声直到今天也依然被洒在各家各户的泡饭里。近百号的业余编剧却奉出了至高的热忱，活灵活现地描写烨烨哥哥的母亲怎样在"宝庆里"三个字下挺出决绝的脖子，她把线条砍得残酷又美丽，仿佛一只朝黑夜祭出灵魂的天鹅，而远处江面上的船笛声像那个美国商人一样热切地召唤了她。她是要跟着去美国享福的、去花美金的、去说古德毛宁的、去吃半生牛排的——真搞不懂，那种血淋淋的东西能好吃吗？

但所有的疑惑、好奇、忌妒、蔑视，和大部分只是毫无感情、单纯生冷的围观，潮水似的它们向留在宝庆里的丈夫和刚出生的孩子撞了上去，它们虽然屏息凝神，却把心底的渴望像自己打了补丁的内衣内裤那样堂堂挂在窗外，以至于一句简单的客套也要装备上鲜明的别有深意。

蓓蓓很早就听宝庆里的人夸奖烨烨哥哥长得好看，但她迟早会明白"像个混血儿"下字字珠玑的歹毒。可确实，烨烨哥哥有一副极其俊俏的五官，那俊俏是与宝庆里里所有一切都格格不入的，那俊俏有"档次"，而把宝庆里翻个底儿朝天也找不到这个词，只有一条总是被鱼肚肠堵塞的下水沟，到了雨季它便发泄似的吐出所有累积的怨恨。

蓓蓓在十岁时跳下新年的饭桌，追着烨烨哥哥去看他放烟火。弄堂外的马路上到处都是金色银色的小飞侠。她裹紧一身新买的红色呢大衣，鼻子在那股下水道的臭气里缓慢扒出一条生路，烨烨哥哥就在路那头掏着火柴，他手指一擦，也看清蓓蓓竖着领子，包围出一张松鼠似的天真的脸，他用笑的动作朝她做了个非笑的表情。

这条弄堂叫宝庆里。外婆十岁，跟着双亲从武汉逃到上海，一个弟弟由母亲抱在怀里，一个妹妹被布条缠在外婆的背上，她觉得不太舒服，但乱世当头，撑也得撑出一副知晓大义的样子，可总归是找了下船后最近的一个地方落脚。那时宝庆里还是威严的，青黑色石砖一路铺着，雨水打湿后带出宁为玉碎的坚贞的美，不似现在，近两年虽然进过一二三支施工队，拖了大捆大捆的竹子进来从横到竖后拆了又横着运走，外墙就在这个过程里被粉刷一新，甚至砖块与砖块间都被细心地描上白纹，几条马路外一个走神，它们能和房产广告上的英伦别墅互攀亲戚。但蓓蓓仍然在半夜里醒来，那是阁楼里一只老鼠啃咬皮鞋盒盖的声音，她眼睛再一闭，楼下阿伯的鼾声不受错综复杂的房屋结构影响，走了直线一阵阵挠着她的眼皮。这些体验，在她的家便从来没有。

蓓蓓只在过年时踏足宝庆里。真应了那句三十年河东三十年河西的老话，蓓蓓妈作为插队黑龙江的知青返城，想求几平方米地方落脚，但一个姐姐离家出走杳无音信，两个弟弟则不由分说兜了她一鼻子灰。蓓蓓妈急得骂人都用上东北话，"滚犊子"榔头似的夯在一片吴侬软语里，怒火烧掉她九成理智和十成积蓄，带着一家人咬咬牙背上贷款买了房。宝庆里的两个舅舅每每谈起自己的胜利，手里搓一副扑克牌，拔出一张都能在桌面上抽出得意的风来。然而人算不如天算，几年后城市的房价开始玩儿命似的翻番，让蓓蓓家意外触底反弹，反而两个舅舅，不得不继续蜗居，垃圾房对面那两扇紧闭的窗，就像他们因为郁卒而锁上的嘴角。当然此刻他们并不知道，晚饭过后依然惬意地在弄堂里抚摸自己的肚皮。

那场家族冷战一度维持了数月，而外婆的家就像暴风中心的风眼，无论周遭形势多么恶劣，推开房门依然是无声无息的一老一中一少。烨烨哥哥和他的父亲守着七十多岁的老人——江面上那声船笛响过之后他们便一直维持这个状态，其间做父亲的也曾打算带着儿子离开这个不折不扣的"伤心地",但他能到哪儿去呢?他一个早早从棉纺厂办了退休的工人,想从键盘上按出"再就业"三个字手都会哆嗦,后来居委会安排他搞保洁,每天凌晨四点半开工,宝庆里曲曲折折的大路小路加一块儿也能扫一个多小时,他和一个安徽来的女工隔天换班,这种人生早已一眼就能望见头。

蓓蓓就在这时听见床板"吱"的一声,像吹了个哨子,紧接着姨丈——烨烨哥哥的父亲,蓓蓓喊他姨丈,即便维持这层亲眷关系的"姨"已经失踪很久——他一个起身下了床。姨丈是要干活了吗?她撑着眼睛却只能听,冬夜料峭又深刻的黑暗堵住了头顶的老虎窗。

屋子里的响动倒是迅速极了,房门没多久一把剑收鞘似的阖紧。蓓蓓被推后的睡意这时卷土重来,但她突然感觉到打着地铺的人也坐起了身,她圆了两眼裁出地上那个准确的轮廓,蓓蓓朝它小心翼翼地送出声音,"……烨烨哥哥,你也起来了?这么早?"舌尖像在试一勺刚刚从锅底舀出的清汤。

对方没有立刻回答,他凑着房间的窗户往外看,弄堂里脆弱的灯光只够得住男生半勺下巴,于是那片突然上了微黄的色块像不小心磕破外壳下露出的魂,蓓蓓手指抓着棉被,并不知道自己参与了什么。

"我去上个厕所,你接着睡吧,明天一早你妈妈就要来接你了。"最后他简短地说,衣服窸窸窣窣的摩擦声后是第二次关门的"咔嗒"一响。

外婆家也有马桶,但对占到人口三分之二的男性来说那东西不方便,他们到马路对面二十四小时的公共厕所去。姨丈每次系上裤带穿过马路回来——位于市中心的干道,总是不缺阔气又锃亮的私家轿车把他当成盲点,最后仿佛公交车上的乘客们也看穿了他的窘迫生活,不然他们哪儿来一脸傲慢的轻侮?姨丈回来后心里便积满了绝望与怨恨,他大声嚷嚷着"电视遥控怎么不见了?你妈×这么小个房子东西也找不着,你妈×什么鬼地方",直到撞上儿子的眼神,他才像踩住漏电的电线突然沉默下来。

做长辈的都不会把十二岁的蓓蓓郑重地避讳。蓓蓓常常听见父母报幕般接连念着烨烨哥哥的名字，然后频繁地扔出沉重的形容词，"管烨这个小囝哦""真是作孽""真是要命""真是可怜"，语调里倒是真切的怜惜，但多少隔着看戏的安全距离，好像竭力要从血缘关系中撇清一些，撇不清就会有说不出的麻烦。

但蓓蓓没有领会母亲的暗示，每年寒假都坚持过完初一后留在外婆家继续住两天，她把烨烨哥哥当一棵树似的赖着。蓓蓓妈最初没有答应，心里隐约怀疑自己头一落也许就换来几年后一桩鸡飞狗跳的大事件。可少年儿童在假期里由于缺乏看护而频出安全事故的新闻打击了她几次，终于她赌着一个侥幸肯定了下来。十八岁的管烨回家便看见衣架上多了什么，蓓蓓穿的两只袜子落水后缩得更小，仿佛一对未长成的白色的耳朵。

她穿着厚厚的棉拖一个飞奔跑过来，管烨又着蓓蓓的胳肢窝把她轻松地举一举，那动作变相赞美了她的玲珑可爱，蓓蓓却腾着两手不敢握回去——宝庆里沿街的那一排，开过五金店、婚纱店和杂货店，也拉过一条"歇业前跳楼大甩卖"的横幅，把脸皮撑破地卖了大半年鞋子，此刻则冒出一家小吃店，生煎馒头和粉丝汤在菜单上的字号也大一圈，蓓蓓刚给自己塞了两只生煎，手指尖上还油腻腻地粘着两颗芝麻。因而她完全没有注意到烨烨哥哥比之前见面又瘦了些，现在他那份有档次的英俊被挤压得愈加刺眼。

"馋得要命，等下晚饭不要吃了哦？"在这个白天看着还是寻常的温和的烨烨哥哥，傍晚他去楼下买报纸，蓓蓓也搭住他一只右手，回来的时候她嘴里多了一根糖葫芦，她忙着把生脆的糖衣用牙齿卸干净，甜蜜的碎片落在手背上半粘半连，接着从左手蹭到右手，右手又传染给烨烨哥哥，让他在进门前抬起手来含住下半段食指。管烨在那个姿势上停了半秒，低下头来对蓓蓓皱了皱眉，但眼睛却是莞尔的。

"你一天下来嘴巴没有停过吧？"他近乎大人的口气。

"噢——"

"晚饭真的不吃了是吗？晚上有小排骨和带鱼诶。"

"我要吃带鱼！是红烧的？"

"不会告诉你的。要求这么多。你今天寒假作业动了么？"

"今天只要写篇作文就好了。"

"但你还没写吧？"

"今天还没过完呢。"蓓蓓嚼着第一颗鲜山楂，牙齿在空冷的屋子里频频抽气。她握住他尚且温暖湿润的手指，"其实留到明天也可以的啊。"

蓓蓓的作文只要求她写 300 个字，题目也是标本似的"＿＿＿变了"，而她在桌子前坐了半天，一杆铅笔头用牙印忠实记录了她如何才思枯竭。她的意识才一巴掌长，站一排动画片角色就满了大半，完全没有多余的尺度提供给时间来作对比。什么变了？她不知道城市在变，时代在变，国家在变，她连"城市""时代""国家"这三个词都还未完全理解。她往外婆家的凳子上一坐，十几年的藤椅被磨得如同大理石在发光，一扇老虎窗将正午的太阳显微镜似的投射下来，所有尘埃放大成嬉笑怒骂的歌伶，它们甚至比歌伶摇摆得更翩翩，而她就是被这无声的歌定格凝固了的，和外婆家、和整个宝庆里一样，十二岁的蓓蓓尚且只能拓印下人生的第一页，要留到十年二十年后才能比对出，那疯狂的变化，当初是怎样残忍而温情地给了她一掬昏昏欲睡的安宁的香味。

但是这个夜晚，当房门两次合上，蓓蓓在一个超出预期的漫长等待后突然害怕起来。起初她只是害怕睡在另一张钢丝床上的外婆。长寿的代价就是死亡的气息与之如影随形般共存。随后她意识到，说是去马路对面上厕所的烨烨哥哥，离开已经有半个小时了也没准儿，即便黑暗势必夸大了她脑海中的推断，可仍然是太久了，她的眼皮慢悠悠地粘到了一起。

烨烨哥哥的成绩不错。据说还参加什么竞赛得过什么奖。蓓蓓也偷翻过他的课本，上面的字她看两行就觉得脑袋是被拔走塞子的水池，她被那字里行间的高深彻底掏空了又彻底吸引着。后来她从妈妈那里听说烨烨哥哥的英语是最好的，有一两次他在屋子里和同学打电话，大概是对着答案，嘴一动就把自己周遭的空间又一次从大环境里撕了出去，他再次从宝庆里上凸了起来，或者凹了下去，那流畅的读音快要在这间沉寂的油烟熏满墙的屋子里送出异国的红茶香味。蓓蓓的手塞着腿中间的裤缝，突然意识到原来有那么多人都在怀疑烨烨哥哥的真实出身，他们的怀疑是掷地有声的。

姨妈的照片纪念在蓓蓓妈的相册里。姨妈两条粗麻花辫没延续两页便立刻变成烫飞的大花头，她有一双哪怕在黑白照片里也仿若彩色的眼睛，所以她在南京路上遇见那个美国佬的当下就有了长远的意图。美国佬说他是来中国投资的商人，姨妈为他跑了半年香烟生意、半年丝绸生意，用蹩脚的口音圈出两根手指频频地"哦凯""哦凯"，一年后她生下孩子，医生的剪刀在剪断脐带的同时，姨妈也把另一桩血淋淋的决心扯出了身体。

"她就是要过好日子，她在这里也不消停，她生性就贪，之前在家具厂每个月挣三十六块八，二十块用在化妆上，吹个头烫个头，再买珍珠雪花膏，脸涂得来——'刷'，死人一样白，所以，她这次不跟美国人跑掉，下次就跟英国人跑掉，迟早的事情。你想，管卫国一个没什么能耐的织布工人，半年工资还不够她买块梅花牌手表，她能陪着他进棺材吗？"亲戚们把姨妈形容得活灵活现，蓓蓓几乎能嗅到照片上她攻击性的香气，使得在她半步之后的姨丈看着硬生生愚蠢了不少。

第二天蓓蓓揉开眼睛,镜子把姨丈和烨烨哥哥的背影投到她仍然含混的神智上，蓓蓓在被子里举起脚尖，把床尾的毛衣踢到近前，随后冲着管烨嘟囔一句："哥哥你昨天上厕所去了好久哦。"

她不需要成年后的敏感也能看出姨丈突然放下手里一把韭菜，但她必须具备成年后的敏感才能鉴定那目光里的种种成分。姨丈咧着嘴，好像一格带阻尼的抽屉，静静地移动心思走两步后才咔嚓合上，"你是哦？"他问儿子。

"钥匙掉了，找了半天，楼梯里又没灯，摸出我一头汗。"管烨不冷不热地回答着。

"是伐？"

"干什么？"他用问题替代问题。

姨丈手里那把韭菜又活动起来，试图给这番对话做结尾，等蓓蓓刷完牙，他给蓓蓓倒了早餐的可可牛奶，同时说刚才蓓蓓妈来过电话了，上午有插队落户时的朋友要临时登门，她没法来接，"就让哥哥送你回家吧"。

"我可以一个人走的呀。路我都认识的，38 路转 17 路嘛。"

"没事，让烨烨哥哥送你。现在外面骗小孩的坏人太多了，看你这样可爱的小姑娘啊，肯定想抓走。把你送到山沟沟里，怎么办？你坐火车都回不来，你妈妈要哭死的。"姨丈空洞地吓唬她，却仍然起了作用。蓓蓓把头求助似的扭向烨烨哥哥，却发现他正望着姨丈，眼神里有由紧及松的劲道，好像抛向深海的船锚，当它们终于直坠到底，也在他嘴角砸出一个讥笑。

"哥哥你昨天不是掉了钥匙，对吧？"蓓蓓抓着管烨一身绿咔叽的外套衣摆，她是小孩，可她不笨，她知道撒谎是怎么回事，她只管把昨天夜晚的真相理解成烨烨哥哥去偷偷找烟抽了之类的"思想品德"问题。

管烨领着她已经走出"宝庆里"三个字，门前的五金店切割出一阵金属的血腥，管烨带着蓓蓓又快走两步，他一站到马路上，之前那份与弄堂错位的违和感便溃散了大半。他用自己总算不那么突兀的俊俏的脸对蓓蓓撒谎。

"你知道什么？又在胡思乱想了。"

"哼——"蓓蓓的不满接着被打断。

"行了行了，你考虑考虑自己吧，回家你妈妈一检查，发现你这两天作业动也没动。"管烨跳开她的问题，仍然继续他的兄长角色，"然后再一看，你吃啊吃的，脸也胖了一圈。"

"啊？不会的。"女孩子马上被顶要紧的问题转走了注意力，蓓蓓举起手，用力放下一层大衣两层毛衣后，露出手腕上一圈水汪汪的青绿，她套着镯子往肘心滑，"什么嘛，你看！还是卡到同样的地方，说明我没有胖！"

她脸上红出两圈高光，将腮帮从视觉上膨胀出来，管烨读到她瞳孔里变形的一片红砖瓦，知道她对这弄堂喜爱大过厌恶。蓓蓓连那条极窄极黑的楼梯都喜欢，好像玩一个随时随地的迷藏，偶尔她从功课里偷懒出来，下巴搁在旧烂的窗棂，能够专心致志地看楼下一个一个女人怎么洗马桶。她们先提着那沉甸甸的秽物去垃圾房边门上的粪池，然后提着倒空的桶回到自家门前的下水沟边，那么卖力地转着自己右胳膊上的竹刷子，早晨九点前整个弄堂都哗哗响，听来竟然是某种积极向上的、欢愉又褒义的口号。

宝庆里所有一切——垃圾房到了夏天就被西瓜的馊臭征服，一顶顶刮到泛白的瓜皮上爬了半面黑色，等下一顶瓜皮扔进来，它们才"嗡"地一哄而散；追逐奔跑的小孩子尖叫着；一个坐在门口用牙床缓慢进食的老妪，快要在那里坐成雕像了；在暴雨的季节里，底楼缓慢飘进一台彩电和一尊台灯，最后一只洗脚盆用肥胖的男高音歌唱家的姿态悠然地转进来。接着是一个女人趿双拖鞋在弄堂口嗑瓜子，她的指甲剪得圆圆的，眯起眼睛把马路另一头，被日照晒成盐滩白的尽头看了又看。

管烨想起自己小时候发过一次高烧，恰逢台风天，窗户上的玻璃发狠地摇，像极了琼瑶电视剧里悲情万丈的主角，一边哗啦啦地往屋里泄着眼泪。他打完针被抱回家，睡在外婆身边的小床上，屋顶的横梁终于酝酿充沛后，凝出一条节奏优雅的水线，靶心瞄准他的额头，把他的苍白当成鼓面似的撞醒。管烨半睁着眼睛，焦点从碗柜爬向五斗橱，又爬向一旁的单门冰箱，冰箱上挂着五六幅黑白的照片，他第一次注意到其中有个陌生女人。烫着夸张又华丽的头发，侧了15度的脸，一双眼睛看的不是镜头，它们被下巴抬起一派眺望未来的熠熠生辉。他问外婆，那人是谁。外婆回答说"哪一个？外婆看不清喔"，照片改天却被摘走了，唯独在已经泛黄的墙壁上腾出一块白色的痕迹，太阳好久没有晒到的地方，温暖的化学反应为它空出了一个烙印，等管烨把这块烙印和自己的母亲画上等号时，已经过去了好几年。

管烨想着，收紧了背上的骨头站直身体，像本写到"全剧终"的书。而蓓蓓并不知晓，蓓蓓还在心无旁骛地思考回家后怎么对付检查功课这一关，她拉着烨烨哥哥的手站在红灯前，拼死拼活地想什么变了，300字的作文呢，有什么变了的吗？她该写点儿什么呢？

家里走了蓓蓓后果然像那只电视机上的座钟，比正常情况要慢得多，倘若它高兴起来能拖拉个二十分。钟是木质的外壳，形状像座左右对称的山，背面有发条，正面一块玻璃盖板，打开后指针可以往前调。管烨每天要动它，不然几周后钟面上的零点就是白天，而钟的底座下压了一堆他父亲的自行车停车发票，两角两角地叠成一片薄薄的豆腐干。

他问过："干吗特地去个远的菜场？近的那个走两分钟就到。"远的，人从出门到回来能有一个小时。

"近的贵啊。刚修过，进摊费肯定翻倍吧，菜贩肯自己出么，最后还不是转到我们头上？所以我宁可骑车去远点儿的，我比过了，那里洋山芋三块二一斤，这里要四块一，能差这么多吗？"管烨父亲解释得很合理。他有一副宽阔的额头，年轻时那代表智慧，代表运气，代表澄明心境恢弘志向，而他确实想去造火箭轮船，想当兵，想航海，年轻时的他绝不会想到曾经给他正面力量的宽脑门儿，不用太久，它们便迅速地向后蔓延地盘，使他的生命和头发一样稀疏可笑起来。夏天时他嗑一瓶啤酒，冬天时他抿一瓶黄酒。电视里放什么就反驳什么，好像他还有一双冷眼看世界的清醒瞳孔。

管烨夹一筷子三块二角的洋山芋，便很想笑。

连续四个夜晚，屋子里响起动静，等父亲出了门，男生也立刻穿了外套。他蹑手蹑脚地走着楼梯，楼梯四周不分白天夜晚，永远死寂的黑暗完全隐藏他的动作和表情。令他得以在每层木头上持续微微发麻的身体，知道自己必然有一瞬露出凶狠的表情，可宝庆里提供了太多完全不为人知的角落旮旯，协助他一个完整的酝酿周期。

不出一个月——倘若蓓蓓的功课能延缓一个月，她也许会在300字的作文里登记一排困惑又惊惶的问号。但仔细想想，她总归是不能写，她写了肯定会被班主任一个电话把父母喊去问话，而蓓蓓妈一定又羞又悔地不知能否坦白，毕竟是她一挂电话便简洁有力地尖叫着："要死了，管卫国居然搞起姘头，还被捉奸在床，让人砍掉半条腿！"

蓓蓓平时称谓喊惯了，冷不防一个名字绊得她跟跄，她追着妈妈问："姨丈怎么啦，姨丈怎么啦？"

蓓蓓妈居然激动盖过了原本应有的提防，把女儿也圈进了和丈夫的对话里，"据说那女的和他做同一份工的，两个人都扫地，你想，凌晨四点半到五点半，宝庆里有多少人？他们做什么别人当然都不知道了。"

不只如此，据说据说，姨丈和那女人相好的时间绝对不短，据说据说，不仅在弄堂里、眼皮底下他们幽会，还挑了外头，姨丈骑自行车去碰面，据说据说，那女人在安徽的老公已经找上门来，不是做赤脚大夫的就是做泥瓦匠的——总之腰后都能抽出凶器，姨丈就是让它们给挑下马。他裤子来不及穿，因而一刀下去翻出了骨头，性命虽无大碍，但他的性命是被留下来目睹此后无止境的灾难。

"那烨烨哥哥呢……"蓓蓓忽然想起她最最关心的。整个宝庆里肯定都炸翻了锅，他们期待已久的续集总算没有辜负所有人的一把长头颈，甚至比预料的还要跌宕地开演了。蓓蓓不用费力地想也能模拟出那些刷刷投在烨烨哥哥背上的眼睛，它们一度枯萎了干瘪了，现在宛若获得新生，一个个又披上带刺的锃亮。

"不清楚诶，他肯定也蒙了吧——说到底，管卫国还是怀疑，还是想在抱个亲生的孩子回家，他放不下这个心结。别看他平时闷声不响，脑子里转得厉害呢。诶，真是要命，一个爸一个妈都这副德行——'不是一家人，不进一家门'啊。"蓓蓓妈仿佛在炫耀自己的口才，而口才这个东西便是要付出道德折损代价的。连蓓蓓也听得奇怪，为什么对烨烨哥哥的怜惜不能更加纯粹一点儿？他是那么不幸的受害者啊，这事发生后，他该怎么办呢，他能受得住吗？

十二岁的蓓蓓突然有点儿明白"悲剧人物"是什么意思了。像烨烨哥哥这样的，又好看，身世又不幸的人，绝对是不折不扣的悲剧人物了吧。蓓蓓一想他靠窗站的脸，他沿灯光而破损的橘色的灵魂，心里便有些萧索。是宝庆里把他烘托了的关系吗？宝庆里与他彼此间的所有格格不入又被负负得正地抵消，让烨烨哥哥的悲剧色彩也纯正了起来。

蓓蓓很想立刻去宝庆里看一看他。他现在一定难过极了。

这事要从头说起还真是没完。

1936 年，外婆跟着父母来到上海。城市用泥浆把她的鞋子刷了一层又一层土壳。一家人在宝庆里安顿下来了，弟弟和妹妹却接连染病，最后被阎王勾住脖子，走得简直一眨眼间。外婆成了家里唯一的独女，因而没等她过二十岁，便立刻被介绍给了隔壁弄堂的裁缝，族谱到这里繁衍出了另一个分支，所有人欢欣鼓舞地等待外婆的肚子圆起来，裁缝每个周日去玉佛寺拜拜，身上染了最虔诚的香火味，但外婆却像个哑炮——事实上最后婆家人确实这么叫她——不论什么原因，结局总是外婆生不了。

这在六十年前，是最不被容纳的。那会儿的人们能允许私生子，能允许小老婆，却不允许不能生育。当时二十四岁的外婆，从生理上被宣判了人生的结束。她一定也是站在宝庆里黑暗的旮旯中，或许也正是同一把扶梯，她想无论怎样，无论怎样，她仿佛在朝这片黑暗祈祷一个办法，她是要一个求全的办法。

于是外婆在冬天"生"下了第一个孩子。裁缝的妹妹，漂亮得不像话，冲着那张脸，被一个基督教的孤儿院录用做保姆，是她将女孩放进外婆的怀抱里。那个瞬间外婆的悲情仿佛能像水漫金山一样冲毁了整个宝庆里。她都已经决意虚假而厚颜地活了，可事情也奇怪，外婆随后便怀上了第"二"胎女孩，再往下，干脆都是男孩。

日子好起来了，是吗？

其实外婆记得很清楚，是自己四十八岁那年，丈夫去了外地，走掉三个夏秋冬季，她一人带四个孩子，幸好他们早已成年，此刻不比真正拉扯他们时付出的汗水。外婆那天买了块新的"的确良"布料回家，脑袋里还在计算怎么做一件衬衫一条裤子，多余的地方可以拼出一副袖套。刚推门，大女儿迎面与她站着。她的手背在身后，用电视里看来的如同军队般的站姿，可她眼睛里审判似的冷漠像一架不停朝前卷的流水线，以无法阻挡的速度在尽头落下锋利的切割刀。

她说丈夫在外面搞七捻三，和一个安徽小女人眉来眼去，他在屋子里搭了棚洗澡，蓓蓓的姨妈一撩塑料布居然发现丈夫背上一把指甲抓痕。这当然不是她的，她没那么些原始又粗暴的热烈情怀，她活得像杆红缨枪那样锋利又傲气。"可现在我怀了孕，保不准将来我和孩子都没处去，所以你得把这套房子留给我。毕竟我也是长女，肚子里就是你的长孙，你留给我们，不算过分。"

外婆当然拒绝了她。理由能用冠冕堂皇的"一碗水端平"来粉饰，但外婆心里知道自己把它们倾得恨不得翻转过来。可蓓蓓的姨妈没有善罢甘休，她大肆地活动着周旋着，非要把胜利的果实摘到手，末了却误打误撞识破了自己的真相。原来她即将失去丈夫前早已失去了双亲，只剩肚子里的孩子，它已经有花生米那么大，它已经有足够的质量被生育或者被杀死。

她站在楼梯最上一层，这个区域是那么黑那么暗，吞噬了所有光明的可能维生的可能，用一切悲观和无奈复制你的呼吸，让你与之共生共存了，随后绝望也没那么绝望，悲愤也没那么悲愤了，低也没有那么低，高也没有那么高，但蓓蓓的姨妈终于没有让自己从楼梯上滚落下去。

"等你大一些了，我来带你走。"她在产房顶着满脸虚脱的汗水亲吻孩子的脚掌，它们无辜的软，无情的香。她要以退为进。美国人说了，现在只有六成把握办她一个走，牵扯上孩子的话那就是负六成，唯独她真正站稳了，才有资格考虑孩子的事，美国人待她不薄，但宝庆里的住客怎么会信世界上还有不掺龌龊和欲望的"欣赏"呢？"所以你先替妈妈守一局，知道你会很辛苦，但你会是一个非常非常厉害的男子汉。你要相信妈妈，妈妈一定不会食言。六号的许阿姨是妈妈的老同学，她人好，你能找她。对面楼上的伯伯和妈妈有过节，但他人也不坏，应该不会对你做什么。……你要好好念书，我们这里的实验中学很有名很有名，你要考进去，你一定是很聪明的，看你这个脑袋，你的小脑壳圆得好厉害，说明你一定是最聪明的……不要胡来，不要和人斗气，乖乖听老师的话好吗？放学就回宝庆里，明白吗？答应妈妈好吗？……你要相信妈妈，妈妈一定不会食言。妈妈一定会来接你走的。"她彻底不能呼吸了。

管烨跟着父亲，依然站在弄堂尽头的一扇门前。管烨不用把耳朵贴上去，照样能知道什么叫关键性证据，它们无法忍耐似的呻吟。他知道对方和父亲在多年前就是同一个工厂的，但究竟什么时候开始的，他无从知道，也不想知道。

他跟踪了不下七次，却是直到第五次才瞬间明白那些声音的真正意义。他在那一秒钟急速地出汗，一半热和一半冷。它们要将男生的身体放成一口封印的枯井，又像一个扇在脸上的巴掌，让他从这个转瞬的夜晚里仓促成人。管烨被狭窄的巷子簇拥似的撕扯，用零星的部位去回想，当年母亲离开时，他只是一个徒有哭声作为武器的最底层的婴儿，它们显然充满了无用的荒谬，但现在，今天，他只是摘了挂在墙上的一只塑料袋堵住这幢房子的水管而已，这样用不着多久就会有人从恶臭里醒来，他们也将代替男生去察觉正发生在一墙之隔的桃色新闻——宝庆里的房子墙壁有多薄？挂幅照片，钉子尖也能穿到邻居家去，像颗顽强的青春痘——引线点燃后，不用等几个小时炸弹便会在宝庆里轰出个沸腾的窟窿来。

管烨往回走，冬天的路面分不清是月光还是降下的霜。他知道母亲是从这条路上离开的，和美国人私奔地跑了，据说她同时带走了外婆传家的金戒指和金项链，它们做得可粗糙了，黄澄澄，连项链也是坨状的，外婆就是从那天开始瘫的？她捶着被面骂说："那个缺德的小娘逼啊。"可管烨想起母亲那张在自己高烧时看见的脸，似乎并没有那么残忍，反而被蒸得温暖又天真。

他站了一会儿，耳朵里俨然传来她走远的脚步声，愉快地，它们愉快地在地平线上消失，并没有如同真相里，她上船前让身后一个巨大的箱子撞得失足落了水，台风把曙色下的江面拿在手里布料似的掸了两天，哪怕一块岩石也能仓皇地漂到几公里远，而她被发现则是一个月、三个月，甚至一年后的事情了，谁都认不出来。

蓓蓓下一篇作文题目是《记一个我熟悉的地方》，她看完一整集动画才拼出十几个字。"宝庆里是我外婆住的地方，我每年春节会去给外婆拜年，然后住到初四回家。宝庆里其实不止有外婆，还住着小舅舅一家、大舅舅一家，以及烨烨哥哥一家。"她吃完午饭，思前想后，把铅笔又翻转了，从最后往前擦掉了两个字。

后记

　　写这篇后记的时候，在刚刚发生了 9 级地震的日本。虽然是远离震区的东京，但国内的朋友家人还是一直在替我的安全担心。而事实上，在这些方面永远神经大条一些的我，怀抱不知从何而来的信心的我，认为倒霉的总不会是自己的我，即便经历着每天晚上一到两次的余震，也能够很平静地一边喝着橙汁一边看电视屏幕中闪烁的震级新闻了。

　　害怕什么的，只有第一次，播放至中途的电视剧上突然跳出提示框，讲述说"即将发生有强烈震感的地震，请做好准备"。而大约过了三秒，或者五秒，我所在的位于饭店第十层的屋子，便开始摇晃起来。卫生间里没有放置平稳的玻璃杯发出声音。

　　好像还是有一丝，即便谈不上害怕，却还是有一丝，不知如何是好。

　　自己是个非常非常非常怕死的人。

　　怎么解释呢。有些时候，宛如触发了不可碰的按钮，晚上睡在床上，想到自己总有一天是会死的，自己的一切都不会继续存在，这个世界上再也没有我了，没有我的意识了，我将完全地失去了，在不了解死亡究竟是什么的时候，那应该还是一场永远的永远的沉眠吧——只要一旦进入仔细的思考，就会为这样的结论发出渗入骨髓的寒意。一方面觉得这是多么空虚的话题啊，谁都是会死的。可一方面也无法给出合理的答案，难道我就应该为了自己和其他人一样逃离不了这个结局而放松起来吗。

　　什么都没有了的，永恒的结局啊。

　　目前处在不算最好，但也不算很糟的阶段。其实对眼下的状况还挺满意的，因为获得的越多失去的必然越多，我还没有那样强大的承受能力。虽然比以往更加懂得应酬交际了，却依然会有很多时候，一刹那的念头，"无声无息不告而别去旅行一个礼拜"，这种念头不会被最终实行出来，可它诞生后照亮我的那些刹那，依然会让我又变得可爱起来吧。

而为了达到目前的不上不下的状态，倒也曲折地摸索了好几年啊。

整理的时候很清楚地看到了数年间自己的改变。
而我很喜欢这种改变。
其中一定有失败的不成功的地方，不那么为人所理解，也无法和过去一样打动他们的地方——可我还是对这样的自己最终决定去"喜欢"。因为之中的艰难只有自己知道，是哪怕挖空心思去描述，也做不到完整表达的，真正只有自己知道的路。

嗯，我是个有不死的少女心的人，书写句子总是很长很长的人，不爱浓墨重彩喜欢藏起来去描述的人。我不是个很高产的人。
而几年来，这些似乎都没有变。但也有很多，是自然而然地，为我所喜爱地，走到了新的地方去。

说"平日喜欢看案件聚焦，《新老娘舅》上面夫妻为了房子吵架"，都是真的。最近越来越对它们感兴趣，非常生活化的，现实却又因为现实而充满了虚构所无法比拟的趣味的东西，变得想要去研究它。所以，对于爱情的题材，涉及得越来越少吧。恋爱中的少年少女，我应该是更喜欢看他们如何在现实中被摧毁的样子。这对于写作的人来说，是充满了诱惑性的题材。至于平日里，无论是走在马路上，坐在公交车上，在银行里排队，身边有人在闲谈自己的生活，她们总是显得兴致勃勃，在哪里买的馒头更便宜都能讲得头头是道——她们让我觉得感兴趣。
这就是改变了吧。
或者并不是改变，是更清楚地，慢慢地，但清楚地找到了方向而已。因此不会犹豫要不要继续走下去。

短篇小说不是一个容易挑战的题材，每一次要求一个精彩的故事，而人物都得在那有限的篇幅里被完成。在五千字里，一万字里，他们得活起来，得有情感，而他们的情感得饱满充实，以至于在我有限的心里要涨破那层薄薄的壁垒，从血液里产生出新的，带着毒素似的喜，怒，哀，乐。

所以我是喜欢他们中的每一个人的吧。

他们每一个都是我假设出来，要怎样在这个真实的世界中活下去的人物。如果真的能够从纸页上，不被篇章最后的句号所限制，他们留在我看不见的地方，持续地有了属于自己的样子，那总是一件格外打动人的事情——

我喜爱这个世界。我希望他们也喜欢。

我喜欢这个世界上许多不完美的表象。我希望他们不完美。

我喜欢这个世界最终用死亡来均衡了一切。

而他们会死亡吗，被虚构出来的人物，会死亡吗，还是会在一定的日子里，甚至是留在能够用千秋来形容的长远时光中，渺小而具体地存活下来。

（其实做不到的话，也没有关系啊。）

落落
2011 年 3 月 18 日于东京